光尘
LUXOPUS

走后妈妈

Crying in H Mart
A Memoir
by
Michelle Zauner

[美] 米歇尔·佐纳　著

蔡雯婷　译

北京联合出版公司
Beijing United Publishing Co.,Ltd.

献给妈妈

目录

Contents

一

在韩亚龙超市落泪

自从妈妈去世以后，我就时常在韩亚龙超市里落泪。

"韩亚龙"是一个韩国短语的音译，大意是"食品杂货满手拎"。这是一家以销售亚洲食品为主的连锁超市。在这里，独自来到异国求学的留学生们会奔向速食面货架，寻找熟悉的品牌，寻觅"家的味道"。在这里，韩国家庭可以买到年糕，制作迎接新年的牛肉年糕汤。也只有在这里，你才能买到超大罐的去皮蒜，因为别的超市并不了解你烹调一道家乡菜，到底得放多少大蒜。韩亚龙超市更不会像普通超市那样，只有一两排摆放"民族特色食品"的货架，戈雅牌豆罐头只能挤在泰式瓶装辣椒酱旁。这里甚至有陈列韩国小菜的冷藏柜，你或许会在那里看到我泪流满面的样子，那时我正在回味妈妈做的酱汁蛋和樱桃萝卜冷汤。也可能是在速冻食品区，我拿着一摞饺子皮，想起跟妈妈在厨房包饺子，把案台上的韭菜猪肉馅儿包进薄薄的面皮里。又或者，我在干货区哽咽着问自己，要是我不知道还能给谁打电话，问我们最常买哪个牌子的海带，那……我还能算是韩国人吗？

我妈妈是韩国人，爸爸是高加索白人，而我从小在美国长大，所以全靠妈妈引领我了解韩国传统文化。虽说她从未真正教过我做菜（韩国人往往会省去精细的称量过程，只给出神秘而含糊的指令，像是"加点儿芝麻油，让这道菜吃起来有'妈妈的味道'"），却也让我拥有了独特的"韩国胃"——懂得尊重美食，懂得接纳"情绪化进食"。总之，我们要求一切都得很"特别"：泡菜必须得特别酸，炖菜必须得特别烫，烤肉必须得特别焦脆……否则就会让人难以下咽。在韩国人看来，提前一周准备食材实在太荒唐了，简直是对生活的辜负，因为我们每天都会追随自己的"渴望"。当然，我们也可能连续三周都想吃泡菜炖锅，那我们就会在想到别的美食前，津津有味地品尝这道佳肴。我们还会根据时令和节日来选取食材，烹制三餐。

每当春日来临，天气转暖，我们就会将野营炉搬到室外，煎烤一条条新鲜的五花肉。我过生日的时候，大家会喝海带煨汤。这汤营养丰富，很适合女性在产后补身子。为了向母亲表达敬意，韩国人有过生日喝海带汤的传统。

食物承载着妈妈对我的爱。无论她看上去有多声色俱厉，对我的要求有多高，管束有多严，我还是能从她为我准备的午餐中，以及那一道道我喜欢的饭菜里感知到她的爱。我不太会说韩语，可在韩亚龙超市，却觉得自己韩语说得很溜。我会轻轻抚过各种农产品，大声说出它们的韩语名字：香瓜、腌萝卜……我会往购物车里放很多零食，那些亮闪闪的包装袋上印着我熟悉的卡通人物。我会想起妈妈教我把"乔力棒"零食袋里附赠的塑料小卡片折成小勺子，再用那个小勺子舀焦糖爆米花吃，那些爆米花每次都会不可避免地落到我的衬衫上，撒得满车都是。我还记得妈妈跟我说她小时候吃的那些零食，我一边听，一边努力想象她跟我一般大的模样。我总想让自己也喜欢上她做过的所有事，继承她拥有的种种特质。

最微不足道的小事，也可能让悲伤像潮水一般向我涌来。我可以面无表情地说出那些让我哀思如潮的时刻，比如看到妈妈掉落在浴缸里的头发，或是在医院陪护的那五周，我在韩亚龙超市看到几个孩子卷起米花糖上的塑料包装纸，意识到自己即将失去的一切。形如飞盘的小小米花糖里藏着我的童年，藏着我和妈妈一同度过的快乐时光。我们会在放学路上嘎吱嘎吱地咬酷似泡沫塑料的米花糖，让嚼碎的"米花"像糖一样在舌尖融化。

当我在餐饮区看到一个韩国老奶奶吃海鲜面，看到她把虾头和蚝壳扔在她女儿锡皮饭碗的盖子上时，泪水又模糊了我的双眼。老奶奶有一头灰白的鬈发，颧骨像桃一样高高凸起，文过的眉毛已经褪成了红褐色。我真的很想知道，我妈妈七十岁时会是什么样子，会不会像所有韩国老太太那样把头发烫卷，仿佛这已成为我们民族进化出来的特质。我想象着跟她一起乘扶梯前往餐饮区，我们手挽手，她小小的身体倚着我。我俩穿一身黑，她会说这叫"纽约范儿"。她对纽约的印象，还停留在影片《蒂凡尼的早餐》那个时代。她会拿着她这辈子梦寐以求的香奈儿皮夹，而不是在韩国梨泰院商圈买的假货。她会擦着在QVC①电视购物上买的抗衰老面霜，脸和手都有些黏糊糊的，还穿着古怪的高帮厚底运动鞋，我一向不赞成她这么穿，但她总说："米歇尔，在韩国，所有名人都是这么穿的。"她会一边扯掉我外套上的小绒球，一边对我诸多挑剔——什么我的肩太塌了呀，我得去买双新鞋子呀，我真的要开始用她给我买的护发精油了呀……她说什么都好，只要我们还能在一起。

我要是够诚实，就会承认自己真的很生气。我根本不认识这个韩国老太太，心里却觉得愤愤不平：为什么她可以好好活着，我妈妈却不行？好像这个陌生人的幸运，跟我的不幸有什么关系似的。凭什么她可以坐在这里吸溜吸溜地吃香辣什锦

---

① QVC 是美国最大的百货零售电视购物网（Quality Value Convenience）。
—— 如无特殊说明，本书脚注均为译者注

面，我妈妈却再也没机会了？还有那些年纪跟我妈妈差不多的人，他们的妈妈也都还活着。人生是不公平的，有时候不讲道理地怪别人，反而可以纾解内心的苦痛。这种感觉想必很多人都曾体会过。

还有那么一些时候，我难过极了，仿佛被困在一个没有门的房间里。只要一想起妈妈已经离开了这个世界，我就感觉自己撞上了一堵永不坍塌的墙。根本无路可逃，我只能一次又一次撞向硬邦邦的墙面，一次又一次想起无法改变的现实：我再也见不到我的妈妈了。

韩亚龙超市大都坐落于城郊商业区，超市周围有很多亚洲商铺与餐馆，这些餐馆往往比临近城区的韩国餐厅更胜一筹。城区附近的餐厅喜欢在桌上摆满韩国小菜——十二只盛放炒鳀鱼、酿黄瓜和各种腌制品的小碟子，会让你感觉自己正在被迫玩一个永远停不下来的桌面"叠叠乐"。这里也没有你在公司附近吃的那种难吃至极的亚洲融合菜，你不会在拌饭里吃到甜椒，更不会在让服务员给你加凉拌豆芽时，看到他们不屑的眼神。这里有真正的韩国餐厅。

驾车前往韩亚龙超市，你可以根据沿途标牌判断自己有没有走错路。随着这场"朝圣之旅"的逐渐深入，街边商铺招牌上的字母会慢慢变成一个个晦涩难懂的字符。这个时候，我小学程度的韩语水平也将面临考验：能否在车里快速读出看到的韩国字词？上小学时，我每周五都去韩语培训学校上课，在那儿学了六年多，这是唯一展现我学习成果的时刻：读出教堂、眼镜店、银行等标牌上的韩文。再穿过几条街，就能抵达这片商业区的中心。仿佛突然来到异国他乡，这里全是亚洲人，讲不同方言的人在错综复杂的街巷间穿行。除了"火锅"与"酒"，招牌上几乎见不到英文。这些英文单词湮没在各种文字与符号里，旁边画着卡通老虎或跳舞的热狗等图案。

韩亚龙超市所在的商业综合体还设有餐饮区、电器店和药房。当然，这里也有美妆专柜，你可以买到含有蜗牛原液或鱼子酱精华的韩国化妆品与护肤品，以及大肆宣传含有胎盘——却语焉不详是什么动物的胎盘——的面膜。这里通常还有假模假式的法式面包房，卖淡而无味的咖啡、奶茶和一系列中看不中吃的精致甜点。

我最近常逛的韩亚龙超市位于费城东北部的一个生活区——埃尔金公园。我通常会在周末开车过去吃午餐，采购下周所需的生活用品，再选些晚餐想吃的新鲜食材。埃尔金公园的韩亚龙超市共有两层，一楼销售食杂百货，二楼则是餐饮区，会聚了各式各样的美食摊位，有专卖寿司的，有只做中国菜的，还有卖韩国传统美食泡菜豆腐汤的，汤盛在老式砂锅里，端上来以后还能咕嘟咕嘟冒上整整十分钟的泡。有个摊位主营韩国街头美食，这儿有韩国拉面——其实就是在辛拉面里加了一个蛋；有大大的蒸饺，猪肉粉丝馅儿包在松软厚实的面团里；还有辣炒年糕，有嚼劲的圆柱形小年糕裹着放了鱼饼、红辣椒和苦椒酱的浓厚汤汁。苦椒酱是韩国人最常用的三大酱料之一，口感甜辣，几乎每道韩国菜都会放很多。最后再来说说我个人的最爱：中韩融合料理，你可以在这里吃到酸甜可口的糖醋肉，这道由猪肉烹制的菜肴看起来橙黄鲜亮，十分诱人。此外，这里还供应炒饭、炸酱面和海鲜汤面。

在餐饮区吃东西，不妨一边品尝浓油赤酱的韩式炸酱面，一边优哉游哉地看看周围的人。我也常常想起远在韩国的亲人，虽然现在他们几乎都过世了。我还会想起跟妈妈一同从美国前往韩国首尔，在搭乘十四个小时的飞机后，我们跟亲人吃的第一顿饭，往往就是中韩融合料理。我姨妈会打电话订餐，二十分钟后，我们公寓的门铃就会响起。在《致爱丽丝》的音乐声中打开门，会看到一个戴着头盔的人，他刚从摩托车上下来，手里拿着大大的钢盒。他滑开钢盒上的金属门，拿出一个个装有面条、炸猪肉饼以及浓郁酱汁的餐盒。盒上的保鲜膜已经凹陷，保鲜膜下方坠着热气凝结的水珠。我们揭开保鲜膜，把浓香醇厚的黑色酱汁淋到面条上，把黏滑透亮的橙黄酱汁浇到猪肉上，然后跷着二郎腿，坐在冰凉的大理石地板上，吸溜吸溜地吃起面来，时不时伸手夹点配菜。我的妈妈、姨妈和外婆用韩语叽里呱啦地聊着，我边吃边听，却根本听不懂，只能不断让妈妈翻译。

我很想知道，有多少人会在韩亚龙超市思念自己的家人？有多少人会在小吃摊点餐取餐时想起自己的家人？又有多少人会在这里与家人共享美食，增进彼此间的感情，欢度生命中的重要时刻？有多少人今年回不了家？有多少人已背井离乡十来年？又有多少人像我一样，深深怀念着永远也无法复生的亲人？

我旁边坐了一群中国留学生，他们年纪轻轻就离开家人，独自来到美国上学。这些身在异国的学生得搭乘四十五分钟的公交车，才能从城外来到城郊，品尝这里的灌汤包。

另一张桌子坐着三位韩国女性，看得出来是一家三代人——女儿、母亲和外婆。三人各自喝着不一样的汤，时而用自己的勺子舀别人碗里的汤，时而倾身去拿别人托盘里的食物，时而伸长胳膊去夹各种韩国小菜，谁也不曾想到或在意所谓"个人空间"这回事。

一个白人小伙带家人来吃饭，给父母介绍他们点的一道道菜肴。他的家人试着拼读菜单上的单词，忍不住咯咯笑出了声。他可能是被派驻到首尔去服兵役的，也可能是一名英语教师。或许他是家里唯一有护照的，又或者，这是他们一家决定一起去旅行，亲眼看看这个世界的时刻。

一个亚洲人正在给女朋友介绍美食，带她走进一个拥有新奇口味与口感的世界。他教她吃朝鲜冷面，告诉她放点醋和辣芥末，这碗冷汤面会变得更加美味。他还跟她说起自己的父母如何来到美国，他又是如何在家里看着妈妈做朝鲜冷面的。他妈妈做冷面时，会用樱桃萝卜替换西葫芦。

　　还有一位老人蹒跚着走向一张邻近的桌子，点了一碗他可能每天都来吃的人参鸡粥。不时有取餐铃响起，提醒人们前去取餐。而在取餐台后面，头戴护罩的女人们一刻不停地忙碌着。

　　这是一个美丽而神圣的地方。来自世界各地的人聚集于此，每个人都有不一样的背景与经历。他们从哪里来，跨越了多远的距离，为什么来到这里？是为了做父亲最爱吃的印度咖喱，所以来这儿挑选在美国超市买不到的良姜？是为了纪念逝去的人，来这里采购祭祀供奉的年糕？还是为了在回味起韩国明洞夜市大排档的下酒菜时，满足下雨天也能吃到辣炒年糕的渴望？

　　谁也不会提起这一切，谁也不会流露出心照不宣的眼神。我们只是坐在这里，静静地吃午餐。但我知道，我们来这里的原因都一样——渴望在所点的食物与所买的食材中寻觅家的味道，或是从中拼出完整的自我。然后我们各自离去，拎着"战利品"回到自己的寝室或城郊的厨房，做出一道道美食。而要是不跑这一趟，没有这些"战利品"，肯定"还原"不了这些菜肴的风味。我们没能在乔氏超市①买到想要的食材，于是来到弥漫着独特气味的韩亚龙超市，坚信这里一定有我们在别的地方找不到的东西。

坐在韩亚龙超市的餐饮区，很多事都会让我回想起妈妈，想起跟她有关的种种，就像我在本书开篇所写的那样。我旁边坐着一对韩国母子，他们的位置刚好挨着供水管道。儿子很贴心地从服务台取来两人用的银色餐具，再将餐具摆放到纸巾上。他吃炒饭，他妈妈喝着牛骨熬制的浓汤。他看上去二十岁出头，可他妈妈还在不停念叨，告诉他该怎么吃。我妈妈以前也总这样。"洋葱得蘸点儿酱。""别放那么多苦椒酱，会很咸的。""你为什么不吃绿豆？"有时候，这喋喋不休让我烦躁不已。天哪，就让我安安静静地吃吧！但大多数时候，我知道这絮絮叨叨里藏着一个韩国女性最深切的温柔与最真挚的关怀。我知道这关怀有多可贵，愿意付出一切去换。

那位妈妈用自己的勺子给儿子舀了几块牛肉。儿子看起来有些疲惫，他静静吃着，几乎不跟妈妈说话。我很想告诉这个男孩，我有多想念我的妈妈。我想告诉他，对自己的妈妈好一点，因为生命真的太脆弱了，你的妈妈随时都有可能离开。我

---

① 乔氏超市（Trader Joe's）：美国连锁超市，独家销售众多自有品牌产品。

也很想劝他妈妈赶紧去医院检查，确保身体里不会有一个小小的肿瘤正在生长。

　　五年里，癌症让我陆续失去了小姨和妈妈。所以我去韩亚龙超市，绝不只是为了采购墨鱼和一美元三把的小葱，我还想在那里找到属于自己的回忆，找到各种线索，证明在亲人离开后，我身体里的那一半韩国血脉并未随她们而去。韩亚龙超市就像一座桥，让我走出一个个侵扰我的回忆：化疗时剃光的头、骨瘦如柴的身体、氢可酮摄入量的记录……这个地方让我回想起她们以前的模样，那时她们美丽动人、精力充沛，会把长谷牌蜂蜜脆脆圈像戒指一样戴满十根手指，或是给我示范如何把葡萄里的果肉吸出来，再吐掉里面的籽。

二

留着你的眼泪

我妈妈是在二〇一四年十月十八日去世的。不知道为什么，我总是记不住这个日子。究竟是不想记得呢，还是说相较于我们所经历的一切，单单一个具体的日子实在算不了什么？总之，那一年她五十六岁，我二十五岁。多年以来，妈妈一直跟我说，二十五岁是一个很特别的年龄。她就是在这个年纪遇到了我爸爸。也是在这一年，她跟我爸爸结了婚，离开了她的祖国，离开了她的妈妈、姐姐和妹妹，真正开启了她成年生活的新篇章。二十五岁，她组建了自己的家庭，拥有了不一样的人生与未来。对我来说，这本该是生活逐渐步入正轨的一年。可妈妈在这一年离开了我，让我的生活分崩离析。

有时候，我会为记错日子而内疚。所以每年秋天，我都会翻看照片，再次核对妈妈墓碑上篆刻的日期，那日期在我们五年来送去的艳丽花束间半掩半现。我还会去谷歌搜索我当年没写的讣告，有意识地让自己感受一些当年应当感受却未曾感受的东西。

我爸爸却对日期格外重视。他似乎建立了某种生物钟，永远也不会记错每一个即将来临的生日、忌日、周年纪念日与节日。他的情绪会在一周前本能地变糟，然后我的脸书①就会被他所发的信息淹没，什么这一切是多么不公平啦，你永远也不会懂失去最好朋友的滋味啦。接下来他会骑摩托车环游普吉岛。我妈妈去世后，他在普吉岛休养了一年，用温暖的海滩、街边的海鲜摊和拼不出"问题"这种单词的年轻女孩来填补内心的孤寂。

我永远记得妈妈常吃的食物。她有很多自己的小习惯，比如她会在结束一整天的购物后，去露天咖啡吧享用半个松软可口的黑麦馅儿饼搭半份厚切薯条。她会往无糖冰茶里加半包代糖，但她坚持不在别的食物里加这种糖。她会在点餐时，强调意大利蔬菜浓汤或橄榄园餐厅配赠的肉汤得"热气腾腾"，而不只是"热腾腾"。她会在特别的日子去波特兰杰克餐厅品尝半打带壳生蚝配香槟醋，再来碗"热气腾腾"的法国洋葱汤。

---

① 即 Facebook，美国社交软件。

她可能是唯一一个在麦当劳得来速 ① 汽车餐厅郑重要求薯条也得"热气腾腾"的人。还有首尔咖啡馆的什锦面——一种配有各种蔬菜的香辣海鲜汤面，她总会按自己的母语规则，颠倒"首尔"和"咖啡馆"的语序 ②。冬天她喜欢吃糖炒栗子，哪怕这会让她饱尝胃胀气之苦。喝淡啤酒的时候，她会吃点儿咸花生。她几乎每天都喝两杯霞多丽葡萄酒，但要是喝上第三杯，就会感觉不舒服。她吃比萨喜欢配辣泡菜，平时也爱拿各种调味酱佐餐，而在墨西哥餐厅，她会点一份剁得很细的墨西哥青辣椒。她对芹菜过敏，讨厌吃香菜、牛油果和甜椒。她很少吃甜食，只偶尔品尝一品脱哈根达斯草莓冰激凌，或是买一小袋橘子味的软心豆粒糖。再就是在圣诞节期间，她会吃两块时思牌松露巧克力，还会在自己过生日时吃一块蓝莓芝士蛋糕。总而言之，她很少吃甜点，也很少吃早餐。相较于甜食，她更喜欢吃咸的。

我清楚地记得这一切，因为妈妈就是这么表达爱的。她不说善意的谎言，也很少夸你，但她会心细如尘地观察你的偏好，悄悄记住那些令你快乐或惬意的事，并将她的关怀藏在那

---

① 麦当劳得来速（McDonald's drive-through）：麦当劳推出的快餐服务模式。顾客驾车进入购餐车道，不需要下车就可以进行点餐、付款、拿取产品，之后驾车驶离购餐车道。其服务主旨是节省顾客时间，让顾客不用下车就可以享受到美食。——编者注

② 英语语序是 Café Seoul，颠倒后为 Seoul Café，跟汉语语序一样。

些你甚至不曾留意的地方。她知道你在吃炖菜时，喜不喜欢连同汤汁一起盛进碗里。她知道你能不能吃辣，讨不讨厌番茄，吃不吃海鲜，胃口大不大……她会记得你最先吃完的是哪一碟韩国小菜，下次就会把那碟小菜堆得满满的，摆上双份的量。她能满足你的种种喜好，记得那些令你独一无二的一切。

一九八三年，我爸爸搭乘飞机来到韩国。他在《费城询问报》上看到了一则广告，广告很简单地介绍了一个"出国机会"。这个机会是位于韩国首尔的一个培训项目，培训向美国军方销售二手车的人员。公司给他在首尔市龙山区当时的地标性建筑——奈加酒店订了个房间，我妈妈当时是那家酒店的前台。我爸爸说，我妈妈是他遇到的第一位韩国女性。

他们约会了三个月。培训项目结束时，爸爸向妈妈求婚了。二十世纪八十年代中期，他们两人辗转在三个国家居住过，先是在日本的三泽市和德国的海德堡住了一段时间，然后又回到首尔，并在那里生了我。一年后，爸爸的哥哥罗恩在他自己的卡车代理公司给我爸爸安排了一份工作，这个工作结束了我们一家一年两次跨越洲际的背井离乡，在我一岁时我们移居美国并稳定下来。

我们搬到了美国俄勒冈州的尤金市，这是一个位于太平洋西北部地区的大学城。该城坐落于威拉米特河的源头旁，河水从城外的卡拉普亚山脉向北奔流一百五十英里①，然后汇入哥伦比亚河河口。威拉米特河在群山间蜿蜒流淌，东边是喀斯喀特山脉，西边是俄勒冈海岸山脉，两山间的河谷十分肥沃。数万年前的一次次冰河时期曾发过一场又一场洪水，这些洪水来势汹汹地从米苏拉湖往西南方向涌去，冲过了华盛顿东部，裹挟着肥沃的土壤与火山岩，逐渐在地面上层层累积，形成了广阔的冲积平原，使此地极其适合发展农业。

整座小城绿意盎然，郁郁葱葱的植被绵延至河岸，又一路向上与崎岖的小山以及俄勒冈中部的松树林连成一片。这里四季温和，时常下着蒙蒙细雨，一年中的大部分日子都阴沉沉的，却也让此地的夏天极具生机，随处可见苍翠欲滴的美景。小城总是烟雨蒙蒙，我却从未见哪个俄勒冈人有出门带伞的习惯。

俄勒冈人对这里的丰富物产颇为自豪，常常在各种当地食材、时令性食材以及有机食材大规模上市前，就兴致盎然地烹调出一道道美食。淡水流域的垂钓者也总是收获颇丰，春天有野生的大鳞大麻哈鱼，夏天有硬头鳟，一年四季都能在河口捕到大量鲜甜的珍宝蟹②。每到周六，当地农民就会到市中心去售卖自己种的有机农产品和自己养的蜜蜂酿的蜜，还有漫山遍野

---

① 英制长度单位，1 英里约为 1.61 公里。
② 邓杰内斯蟹（Dungeness crab）：国内俗称珍宝蟹。

采来的野蘑菇和野生浆果。根据调查，反对全食超市[①]的嬉皮士[②]往往都支持当地农商合作社，他们喜欢穿勃肯鞋[③]，在露天市场卖自己编的发带，还亲手做坚果酱。他们的小名也极具自然元素，男生叫"草药"（Herb）或"河流"（River），女生叫"森林"（Forest）或"极光"（Aurora）。

我十岁的时候，我们搬去了城外七英里的一个地方。先经过一个个种植圣诞树的农场，再穿过斯宾塞孤峰公园的登山步道，就能见到我们的林间小屋。小屋坐落在一片将近五英亩[④]的土地上，一群群野生火鸡慢悠悠地在草地上啄食昆虫，爸爸驾着割草机四处除草。有时他不想穿衣服，就会拿很多西黄松裹在身上，毕竟这儿几英里也见不到一个邻居。小屋后面是一片空地，妈妈把空地上的草坪打理得很好，还种了好多杜鹃花。空地后是一片小山坡，红黏土上生长着不易弯折的劲草。还有一个池水浑浊的人造池塘，里面满是淤泥，可以在这儿追捕蝾螈和青蛙，捉到了再把它们放回去。日照极强的初夏时节，野生黑莓丛简直长疯了。爸爸会拿一把大大的园艺剪，剪

---

① 全食超市（Whole Foods）：一家主要销售天然食品与有机食品的超市，价格较贵。
② 嬉皮士（hippie）：原指二十世纪六七十年代的青年颓废派，他们摈弃传统的生活、着装和行为方式，提倡和平与友爱，常蓄长发并吸毒。
③ 勃肯鞋（Birkenstocks）：一家鞋制品制造商，以设计简约、穿着舒适闻名。
④ 英美制面积单位，1 英亩约为 4047 平方米。

掉林木间的黑莓丛，直到剪出一条可以骑山地摩托的环形小径。他每个月都会把剪下来的荆棘与野草集中到一起，再把草堆点燃，然后让我把打火机油挤到草堆上，看火焰直蹦六英尺^①高，那时我们就会对他的这份"手艺活"大加赞赏。

我很喜欢我们的新家，可同样也讨厌这里。这里没有可以一起玩的邻家小孩，没有便利店，甚至没有骑自行车能到的公园。我孤独极了，常年见不到一个小伙伴，也找不到一个可以说话或求助的人，除了我的妈妈。

森林里只有我和妈妈，她将大把的时间与精力放在我身上，这让我有些窒息。拥有她尽心竭力的爱是我的运气，可同样也让我感到压抑。我妈妈是家庭主妇，从我生下来起，她就一直负责料理家务。她谨小慎微地保护着我，却不是那种娇惯孩子的母亲，不像我很多朋友的妈妈，总是对孩子温柔无比、倍加呵护。我非常羡慕这些朋友，羡慕他们有一个"温柔呵护型"的妈妈，就是那种无论孩子说什么都表现得特别感兴趣，其实那些事她根本不可能产生半点兴趣。只要你哼两句不舒服，她就会急急忙忙带你去看医生。别人取笑你的时候，她会宽慰你说："那些人就是嫉妒你。"哪怕你相貌平平，她也会坚定地告诉你："对我来说，你永远都是那么美。"而在圣诞节收

---

① 英制长度单位，1 英尺约为 30.48 厘米。

到你送来的"废物"时，她会毫不犹豫地表示："我好喜欢！"

而我每次受伤的时候，我妈妈只会大喊大叫。不是为我大喊大叫，而是冲我大喊大叫，这真让我无法理解。我朋友受伤的时候，他们的妈妈会一把抱起他们，安慰说"没事的"，或是直接带他们去看医生，白人随时随地都在看医生。而我受伤的时候，我妈妈却面色铁青，那样子就像是我故意损坏了她的财产。

有一次，我在家门口的院子里爬树，不小心踩空了一个我常用来搁脚的小豁口，光溜溜的肚子顺着粗糙的树皮滑了两英尺，剐破了肚子上的皮。我试着让自己再踩到别的枝丫上，却没能成功，直接从六英尺高的地方落了下来，摔伤了脚踝。我顿时哭了起来。当时我的脚扭伤了，衬衫破了，肚子上的伤口也流着血。妈妈却没有一把抱起我，带我去看医生，反而像夺命黑鸦般出现在我面前。

"妈妈跟你说过多少次，不要爬那棵树？"

"阿妈[1]，我脚踝扭伤了，我觉得要去医院。"我哭着说。

她在我身旁走来走去，无情地冲我大吼大叫。我躺在落满枯叶的地上，因疼痛而扭动着身体。我发誓她朝那些枯叶踢了好几脚。

---

[1] 原文为韩语的英文发音：Umma。

"妈妈，我正在流血呢，求你别冲我吼了！"

"你这块疤永远也消不了了！哎呀，真的是，怎么回事呀①?！"

"对不起，可以了吗? 对不起！"

我急剧地抽泣着，大颗大颗的泪珠滚落下来。我一遍遍地道歉，止不住的抽噎让我说得含含糊糊、断断续续。然后我用手肘支撑着向屋子爬去，拖着因扭伤而变得僵硬的腿，同时带动了腿下的枯叶和冰冷的泥土。

"哎哟喂! 行了！② 这已经够了！"

该如何形容她的爱呢? 比严厉更严厉，比残酷更残酷，比这世上的一切都要强悍有力。这种爱刚劲十足，你无法从中找到一丝弱点。这种爱充满"先见之明"，能早早看到对你有益的一切，却不在乎这一切是否会让你受尽折磨。我受伤的时候，就像是伤在我妈妈的身上，那痛楚会深深扎进她的心里。正是因为爱之深，才会如此痛之切啊! 如今我回首往事，才逐渐意识到这一点。在这个世界上，永远不会有人像妈妈那么爱我。是她，让我永远也不会忘记这一点。

"别哭了! 把眼泪留到你妈死的时候！"

这是我们家经常说的一句话。我妈妈没学过多少英文谚

---

① 原文为韩语的英文发音：AY-CHAM WHEN-IL-EEYA?!
② 原文为韩语的英文发音：Aigo! Dwaes-suh!

语，就自己杜撰了一些，像是"妈妈是这世上唯一不会骗你的人，因为妈妈是这世上唯一真心爱你的人"。打从我记事时起，就记得妈妈曾教过我"凡事都得给自己留百分之十"。她的意思是，无论你认为自己有多爱一个人，或是认定对方有多爱你，也不要毫无保留地付出全部。至少留下百分之十，让自己不至于一无所有。"就算是对你爸爸，我也会有所保留。"她补充道。

妈妈时时刻刻都在想方设法让我成为"最好的自己"。我尚在襁褓之中时，她就常常捏我的鼻梁，以免我的鼻子太塌。我上小学的时候，她怕我长不高，就让我每天清晨上学前都抓紧床头板，然后她用力把我的腿拉长。要是我皱眉或是笑得太剧烈，她会用手指抚平我的额头，叫我"别弄出那么多皱纹"。如果我走路时有点低头垂肩，她会在我的肩胛骨之间拍上一掌，并用韩语喊道"肩膀打开，背挺直"。

她对美容充满热忱，可以连看好几小时的 QVC 电视购物节目，然后打电话订购洁发护发素、特效牙膏、鱼子酱磨砂膏、精华液、保湿露、润肤水、抗衰老面霜……她十分相信QVC 电视购物里的产品，简直是毫不怀疑。如果你对某产品提出质疑，她会立刻用该产品的宣传话术与你争辩。妈妈发自内心地认为，超级微笑牙膏能让牙齿增白五度，丹尼斯博士的焕采护肤三件套能让我们拥有年轻十岁的面容。她浴室的柜子上摆放着形形色色的瓶瓶罐罐，她每天都会在脸上涂抹按揉，或是轻轻拍打，十分虔诚地遵循十步护肤法，包括用微电流美容仪淡化皱纹。每天晚上，我在玄关都能听到她用手掌轻拍脸颊的声音，以及用据说可以紧致毛孔的脉冲美容仪的声音，再一层又一层地往脸上涂抹各种护肤品。

而我呢，几瓶高伦雅芙化妆水胡乱堆放在浴室洗脸池下的柜子里，科莱丽洁面刷也是干的，根本没怎么用过。我实在坚持不了妈妈竭力推荐的任何一种美容法，所以在我的整个青春期，我们随时都有可能为这些事吵起来。

她简直完美得令人发指，精致得不可思议。她的衣服穿了十年，却像根本不曾穿过一样。她的外套不会起一个毛球，毛衣不会起一个绒球，漆皮鞋上也不会有一道划痕。而我总在弄坏或弄丢喜欢的东西，总在不停地被骂。

她以同样严苛的态度对待家里的物品，让一切保持纤尘不染、洁净如新。她每天都用吸尘器打扫房间，每周都会让我拿抹布把家里的踢脚板抹一遍，她自己则用油擦拭实木地板，再用毛巾把地板擦得油光锃亮。或许对妈妈来说，我和爸爸就像两个蹒跚学步的大孩子，随时都在以洪荒之力破坏她无比完美的世界。妈妈常常气急败坏地说我们又把哪里弄乱了，我和爸爸却一脸迷茫地看着她说的地方，完全不明白到底哪里脏了乱了。要是我和爸爸不小心把饮料或汤汁洒到地毯上，妈妈就会表现得好像我们是在那儿放了一把火。她会发出痛苦的尖叫声，飞快地跑去拿她放在洗涤池下方的地毯清洁喷雾，那是她在 QVC 电视购物上买的。然后她会把我们推到一旁，生怕我们让污渍变得更加难以收拾。我们只能尴尬地在她身边走来走去，傻呆呆地看她喷啊涂啊、拍啊抹啊，纠正我们的过错。

妈妈收集的精美饰物越来越多，我和爸爸犯错的风险也变得越来越高。每套物件都有自己的专属陈列区，洁净有序地摆放在家里的各个地方。一排绘有玛丽·恩格布莱特[①]画作的迷你彩绘茶壶整齐地排列在位于过道的书架上。一套陶瓷芭蕾舞者站在门厅里的餐具柜上，第三个位置上的人偶缺了两根手指，每次看到都会让我谨记笨手笨脚的后果。厨房窗台上放着几座蓝白色的荷兰小屋，里面装着杜松子酒，其中两三个塞着难看的软木塞，提醒爸爸别忘了酩酊大醉的代价。施华洛世奇的水晶动物"定居"在客厅橱柜的玻璃架上，每逢生日或圣诞节，就会有一只闪闪发光的天鹅、豪猪或乌龟在那儿找到自己的"归宿"，让客厅在黎明的晨曦中又添一束璀璨的光芒。

妈妈的规矩和期盼让我备受折磨，可我要是躲着她，便只能一个人孤孤单单地自娱自乐。我的童年就是在这两个极端间来回切换。有时我像假小子一样尽情玩耍，这往往会让我

①玛丽·恩格布莱特（Mary Engelbreit，1952—　）：美国艺术家、插画师。其画作常被印刷在书籍、贺卡和日历上。——编者注

被妈妈责骂；有时我又像块橡皮糖一样黏着妈妈，费尽心思地讨好她。

爸妈偶尔会把我留在家里，让临时保姆照看。我会把妈妈的小玩偶放在一个托盘里，再把托盘放到水槽里，十分细致地用肥皂清洗每一只小动物。我会把陈列玩偶的橱柜擦干净，还会用清洁剂擦橱柜上的玻璃。然后，我使劲儿回想玩偶的排列顺序，把它们一个个摆好，希望妈妈回来时能注意到我做的这一切，对我报以慈爱与亲昵。

当我有被抛弃的感觉时，哪怕那感觉再微乎其微，我也会无法抑制地想要去打扫或清理。在被儿时的想象力折磨的时候，我把这当成一种保护仪式。我常常做噩梦，常常产生有关父母离世的妄想。我会想象盗贼破门而入，甚至想到可怕至极的杀害细节。在我爸妈外出的夜里，只要他们回来晚了，我就会认为他们一定遭遇了车祸。我反反复复梦到爸爸开车时不耐烦地抄近道，结果走错了路，从渡船街大桥的一侧冲了下去，掉进了威拉米特河。河水的压力让他们无法打开车门逃生，只能淹死在不断渗入的河水里。

看到妈妈每周都打扫房间，每周都要求我把踢脚板擦拭干净，我就觉得，要是我在她外出时把家里打扫得更加整洁，她肯定会答应永远也不再把我留在家里。我就这么可悲地尝试着，想方设法让她高兴。有一次，我们去拉斯维加斯度假，爸妈想到赌场里去赌钱，就让我独自在酒店房间里待了好几个小时。一整个晚上我都在打扫房间，把爸妈行李箱里的物品摆放整齐，再用一块手帕把所有东西都擦得干干净净，然后迫不及待地想看到他们回来后注意到这一切时的反应。我坐在我的折叠小床上，对着门的方向咧嘴傻笑，期待看到他们归来时的面庞，压根儿没想到第二天一早就会有清洁人员来打扫房间。爸妈回来的时候，根本没注意到房间里的变化，我只好拉着他们快速巡视整个房间，一处又一处地告诉他们我做的好事。

我苦苦等候，尽可能把握每一个可以令"满室生辉"的机会。在讨妈妈欢心的一次次实验中，我发现我们对韩国美食的共同热爱不仅仅是母女间的一种联结，也能百试百灵地让我从妈妈那里获得不折不扣的赞许。我是在某年夏天，去首尔的鹭梁津水产市场时彻底证实这一发现的。鹭梁津水产市场是一个海鲜批发市场，你可以在那里买到各种海鲜，还能拿到楼上的餐馆，请餐馆按你喜欢的方式进行烹制。我和妈妈还有她的姐姐娜美和妹妹恩美，一同选了成磅的鲍鱼、扇贝、海参、琥珀鱼、章鱼和帝王蟹，一些打算生吃，另一些放到辣汤里煮。

我们来到楼上，煮海鲜的丁烷炉旁很快就摆上了一道道韩国小菜。当时上的第一道海鲜是韩式活章鱼。一整盘灰白色的章鱼腕足在我面前扭动，它们的脑袋才刚刚被切掉，吸盘还在有节奏地跳动。妈妈夹了一块，蘸了点苦椒酱和醋，就把章鱼放进嘴里嚼了起来。她笑嘻嘻地看着我，我则目瞪口呆地看着她。

"尝一下。"

在很多方面，妈妈都会拿出家长式的权威来对我进行管束，但在跟食物有关的事情上，她对我倒是挺宽松。她从不强迫我咽下我不想吃的东西，也不会要求我非得把自己的那份食物吃完，哪怕我只吃了一半。妈妈认为，"吃"应该是一种享受，要是你已经吃饱了，却因为怕浪费而把肚子撑大，那才是一种更大的浪费。总之在吃这件事上，她唯一的规矩就是：你至少得尝一下。

我很想取悦妈妈，也想给两位姨妈留下好印象，就夹了一块扭得最厉害的，像妈妈那样蘸了点酱汁，然后把章鱼塞进嘴里。蘸了酱汁的章鱼咸咸的、酸酸的，带点甜味，还夹杂着一丝微微的辣，吃起来非常有嚼劲。我用力地嚼了好多次才咽下去，生怕那些吸盘还能吸附在我的食道上。

"好样的，宝贝！"

"哎哟喂，干得漂亮！[1]" 我的姨妈们惊呼道，"这可真是我

---

[1] 原文为韩语的英文发音：Aigo yeppeu!

们家的女孩呀！"

家人对我的勇气大加赞赏，我不免也颇为自得。那一瞬间的某种感受，让我踏上了一条全新的道路。我开始意识到，与其勉为其难地努力表现，倒不如以勇气取胜。我开始享受大人们的惊讶与赞叹，他们夸我会吃，夸我品味不凡。跟我同龄的孩子却无知地认为，这么吃简直恶心极了。我慢慢发现，自己还真继承了一些伟大的民族天赋。我十岁的时候，就会用核桃钳把饱满的龙虾夹开来大快朵颐。我可以大口大口地吃鞑靼生牛排、法式鹅肝酱、沙丁鱼、蒜香黄油焗蜗牛。我敢于尝试生海参、生鲍鱼，还有带壳的生牡蛎。有时候，妈妈晚上会在车库里用野营炉烤墨鱼干，再准备一碗花生米和一碟用红辣椒酱和日式蛋黄酱调制的酱汁。爸爸会把墨鱼干撕成一条条的，然后我们边看电视边吃，一直嚼到下巴都酸了，我就会喝一小口妈妈的葡萄酒，把嘴里的墨鱼干都咽下去。

我爸妈没上过大学，我们家也没有多少藏书或影碟，我从小更没什么机会接触艺术，谁也不会带我去博物馆之类的文化场所。他们不知道我该看哪些作者写的书、哪些导演拍的影片。我十二三岁的时候，没人跟我分享老版的《麦田里的守望者》，也没人教我翻录滚石乐队的黑胶唱片。总之我不曾获得过任何指导性材料，引领我走进丰富多彩的文艺世界。我爸妈自得其乐地过着远离喧嚣的俗世生活。他们已经去过了很多地方，见过了不少世面，尝过了世间百味。他们不追求高雅的艺术享受，辛苦挣来的钱都花在了美食上。血肠、鱼肠、鱼子酱……我的童年过得"有滋有味"。他们热爱美食，热衷于寻觅食材、烹制佳肴、分享美味。在他们宴客的餐桌上，我就是最尊贵的客人。

三

双眼皮

每隔一年的夏天，我和妈妈都会去一次首尔，跟她的家人在那里共度六周的时光，而爸爸依旧留在俄勒冈工作。

我喜欢去韩国。我喜欢大城市，喜欢住公寓楼。我喜欢首尔的湿度和味道，虽然妈妈说那只是垃圾和污染的味道。我喜欢去外婆家对面的公园漫步，喜欢在迷人的夜色里，听无以计数的蝉在来来往往的车声中盛情鸣唱。

首尔是一个与尤金截然不同的地方。在尤金，我只能待在树林里，唯有妈妈大发慈悲时，我才有机会前往七英里外的小镇。外婆一家住在首尔江南区，一个位于汉江南岸的繁华地带。公园尽头就是一个小型商业区，那儿有文具店、玩具店、面包房和超市，我一个人就能去。

我从很小的时候起，就特别喜欢逛超市。我渴望了解各种品牌，喜爱它们亮闪闪的漂亮包装。我热衷于触摸各种食材，想象它们无穷无尽的奇妙组合。我可以在超市里逛上好几个小时，研究冰柜里香甜的蜜瓜雪糕与红豆棒冰，或是在一排排货架间找寻我和成永表哥每天早上都喝的袋装香蕉牛奶。

我和妈妈在首尔时，外婆家的三间卧室得住六个人，在家里随便走几步，就有可能撞上一个人。成永的房间在厨房旁边，小得简直跟橱柜一般大，里面只能放得下一台小电视和一台索尼 PS 游戏机，还有一张小小的折叠床，床的上方挂着一排衣架，床头正对的房门上贴着玛丽亚·凯莉①的海报。

成永是娜美姨妈的儿子，也是我唯一的表哥。他出生后不久，他爸妈就离婚了。他妈妈因为要上班，就把他留给我外婆带，所以他从小就是在一屋子女人的环境中长大的。他比我大七岁，身型高大壮实，走起路来却垂头耷脑的，一副腼腆害羞的样子，看上去有点儿像女孩。他正处于敏感的青春期，整天为学业压力和即将到来的兵役而忧心忡忡。韩国规定所有男性都必须服两年兵役。他长了很多青春痘，经常用各种局部洁面乳和洁面膏清洗。他一点儿也不嫌麻烦，甚至只用瓶装水洗脸。

我很喜欢成永表哥，夏天里的大部分时间都跟着他到处

---

① 玛丽亚·凯莉（Mariah Carey，1969—   ）：美国歌手、词曲作者、演员。荣获五项格莱美音乐奖、八项吉尼斯世界纪录。代表作有《英雄》（*Hero*）、《当你相信》（*When You Believe*）等歌曲。——编者注

跑。他是个很贴心的大男孩。在我紧紧抱住他的腿或腰，非要他抱我时，或是求他跟我玩，追着我爬上他们家二十三楼的公寓时，他总是很有耐心。当时正是酷暑炎炎的时节，汗水一颗颗地从他脸上滴下来，浸湿了他的衬衫。

娜美姨妈的房间在厨房另一边，连着一个可以俯瞰街道的小阳台。她有一个大大的翡翠色梳妆台，上面放着上百瓶指甲油。每次我们刚到的时候，娜美姨妈都会让我挑一个颜色。我再三比较，仔细挑好后，她就会铺上报纸，帮我涂指甲油。涂好以后，还会拿出一瓶专门的冷冻喷雾来喷一喷，好让我的指甲干得快一点。一些喷出来的泡沫落在我的指甲和指甲周围，立刻像干冰一般迅速消失了。

娜美姨妈是这个世界上最会读故事书的人。跟我的外公一样，娜美姨妈是一名配音演员，给纪录片和动画片配音。她配音的那些录像带，我和成永表哥看了一遍又一遍。晚上，她会给我们读韩语版的《美少女战士》，绘声绘色地模仿每一个角色的声音。根本不需要把故事翻译成英文，她变幻万千的声音能让我明白一切。她可以在各种角色间无缝切换，时而发出邪恶女王的阴险笑声，时而喊出英勇女战士的口头禅，时而像个没用的助手一样唯唯诺诺、声音颤抖，时而又像个风度翩翩的王子，魅力十足地温言细语。

我约莫八岁的时候，娜美姨妈开始和一个叫金先生的人约会。后来他们结了婚，我就喊金先生姨爹。姨爹梳着高高的大背头，黑发里夹着一绺白发，特别像动画片里的"臭鼬佩佩"。他是位中国医生，开了一家诊所，会通过晾晒、调配与萃取天然物质来制作各种草药。在妈妈让我变得更好的不间断运动中，金先生的出现让她拥有了更好的新型武器。每天早上，姨爹都会到我们公寓来，煮一种对我成长发育有好处的草药茶，而在我们等待他浸泡草药的时候，他会在我头上扎针，刺激我的脑部活动，说是这样可以让我在学校里表现得更好。

草药茶呈深绿色，闻起来有点像甘草膏混杂清凉油的味道，尝起来就像是泡在污水里的果皮，我从没吃过比这更苦的东西。我每天都得顺从地捏着鼻子，忍着呕吐的感觉咽下几口热腾腾的、跟糖浆一般浓稠的草药茶。多年以后，我二十多岁时发现，这茶跟相当受欢迎的意大利菲奈特苦酒的味道差不多。

恩美小姨的卧室在娜美姨妈房间的对面。恩美小姨是姊妹中最小的一个，也是家里唯一上过大学的人。她学的是英语专业，成绩十分优异。我妈妈想轻轻松松地说母语，不想再说英语的时候，她就负责帮我们翻译。她只比我妈妈小几岁，但或许是因为从来没有结过婚，甚至连恋爱都没谈过，我感觉她更像是我的一个玩伴，而非长辈。我大部分时间都跟她和成永表哥待在一块儿，翻看他们收藏的歌碟，或是求他们带我去文具店，看当时正流行哪些形象或角色，像是睡衣姐妹、蓝色小熊和流氓兔——就是那个看上去痞痞的、头上还戴个马桶搋子的兔子。

我和妈妈夜里睡在客厅里的折叠沙发床上，沙发床正对着几扇玻璃推拉门。我不喜欢一个人睡，所以非常开心可以不用找借口，就能紧紧地挨着妈妈一起睡。由于时差的缘故，凌晨三点我和妈妈还在沙发床上翻来覆去，无法入睡。最后，妈妈翻过身来低声对我说："我们去看看外婆的冰箱里有什么。"我在家的时候，只要过了晚上八点，我要是找东西吃被逮到，那肯定是要挨骂的。可是到了首尔，妈妈却像个孩子似的，带头找起了吃的。我们把所有特百惠保鲜盒一个个打开来，盒子里放着各式各样的韩国小菜。我和妈妈就在昏暗潮湿的厨房里吃了起来，有甜酱焖黑豆，有青葱和芝麻油拌的爽脆的黄豆芽，还有甜果馅儿饼……我们吃一勺刚从电饭煲里盛出来的紫米饭，再往嘴里塞一截多汁的腌黄瓜。我们手里拿着酱腌生蟹，吸蟹壳里浓稠如膏、咸香鲜美的汤汁，再用舌头把蟹肉顶出来，最后一根根地舔手指上的酱汁。我们时而咯咯发笑，时而又用"嘘"声让对方小声点儿。嚼着焯过水的紫苏叶，妈妈对我说："你这样子让我知道，你是个真正的韩国人。"

大多数晚上，妈妈会在外婆房里待很长时间。有时我从门口经过，会看到妈妈和外婆躺在床垫上，静静观看韩国综艺。外婆多半在抽烟，要不就是拿一把大大的水果刀旋转着削梨子。她会削下一条完整的梨皮，把梨子削成小块给我妈妈吃，自己则吃几口梨核上的果肉，以免浪费。我妈妈在家也是这样给我削水果的。我从来没有想过，外婆很想弥补我妈妈远嫁美国的这些年。我更加没有意识到，妈妈就是外婆的女儿，她们之间的关系就跟我和妈妈一样，或者说她们之间的相处模式，也在某种程度上影响着我和妈妈的相处模式。

我很怕外婆。她嗓门儿很大，讲话声很刺耳，会说的英语单词不超过十五个，所以她说话的时候，总像很生气似的。她拍照时从来不笑，而笑起来的时候，会发出一连串短促而嘶哑的声音，最后几声就像在干咳。她的背特别驼，像极了弯弯的雨伞把手。她总穿花格睡裤，却搭着一件面料粗糙的闪亮上衣。但我最害怕的，是她得意扬扬挥舞着的一件特别武器——"大便针"，就是将双手合在一起，模拟出一把枪的形状，再出其不意地用食指捅别人的肛门。这听起来非常可怕，却是这里稀松平常的风俗，有点像韩国人开玩笑地提拉别人的内裤，并不算是性骚扰。但这真的吓死我了，只要外婆在旁边，我就会躲在妈妈或成永表哥身后，不然就会被外婆拽到墙边，隔着裤子用食指戳，然后干咳似的笑话一脸惊恐的我。

外婆喜欢抽烟、喝酒、赌钱，特别喜欢玩一种叫"花札"①的纸牌。花札是一种跟火柴盒差不多大的硬质塑料卡，背面为鲜红色，正面彩绘了各种动物、花卉和树叶。他们经常玩的游戏叫"花图"，就是要将手里的卡牌与桌面上的卡牌进行匹配，比如玫瑰配玫瑰、菊花配菊花、配成一组就能得一分，但每组卡的分值又略有不同，配对缎带卡可以得一分，匹配三张画着鸟的卡可以得五分，还有写着汉字"光"的卡，上面绘有一个小红圆圈，这种卡共有五张，完成匹配就能得到整整十五分。只要拿到三分，你就能选择要不要继续这局游戏。继续游戏，你将有机会赢更多的钱，但其他玩家也有可能后来居上。如果不想冒险，也可以选择直接结束。

大部分晚上，外婆会铺上绿色的大毡子，准备好钱包、烟灰缸和几瓶烧酒与啤酒，同几个女人一起玩"花图"。跟别的卡牌游戏不同，花图不需要安安静静地看牌、分析或推算，至少在我们家不需要，她们总是吵吵嚷嚷，牌出得很快。我的教母洁米会把手臂扬得高高的，在空中挥舞足足三英尺，像投掷波格卡②一样用尽全力把牌砸下去，红色的塑料卡牌背面会啪的一声，重重落到配对牌上。她们会大喊"得分"或"赢了"，然后叮叮当当地将赢到的硬币堆成一摞，宛如一座银色小塔，

---

① 花札（hwatu）：起源于日本安土桃山时代的一种纸牌游戏，有四十八张牌。
② 波格卡（Pog）：一种圆形的金属卡，可堆叠成一摞，用硬币或汽水瓶盖投掷，击中者可赢取散落后正面朝上的卡片。

这座塔的高度会随着时间流逝而不断变化。

她们玩"花图"的时候，我就玩"端茶倒水"。韩国人喝酒的时候通常会吃点东西，大都是些开袋即食的小吃。我会在外婆家的厨房里拿一些小碟子，把一袋袋的鱿鱼干、花生、饼干倒到碟子上，然后给她们端去。我还会帮她们拿酒，帮她们倒酒，给她们做韩式按摩。这种按摩不需要揉捏肩膀，只要握住拳头有规律地捶打背部。等她们打完牌，赢的人会给我小费，我就会很开心地拿到一百韩元硬币，上面印着李舜臣的大胡子头像。运气好的话，我会得到一只翱翔的银鹤——五百韩元硬币。

我们每次去看外公，都会去同一家中国餐厅吃饭。外公高高瘦瘦，下巴方正，性情温和，很有男子气概。他年轻的时候，一头黑发整整齐齐地向后梳，总是穿着贴身剪裁的西服，戴着色彩鲜艳的围巾，看上去既苗条又优雅。他是一位著名配音演员。妈妈小时候，家里条件是非常好的。他们家是街上第一家拥有彩色电视机的家庭，邻居家的孩子常常翻过栅栏，聚在他们家后院，试图透过窗户看客厅里的电视。

外公的形象很上镜，但记台词的能力却不怎么样。于是在电视流行起来以后，他的事业就开始走下坡路。妈妈以前常常跟我说，外公的耳朵很薄，在韩国人看来，耳朵薄的人往往没主见，很容易在他人的建议中摇摆不定。外公确实如此。在妈妈刚念完小学时，几次不可靠的投资让他散掉了家里的积蓄。

为了补贴家用，外婆只好到露天市场去卖一些自制饰品。工作日的时候，她会煮很多辣牛肉汤，那是一种用撕碎的牛胸肉、蕨根粉、小红萝卜、大蒜和豆芽炖的汤。外婆会把汤舀到小塑料袋里，午餐时卖给附近的上班族。

最后，外公为了另一个女人离开了外婆，与这个家庭断绝了关系。多年以后，他才跟他的女儿们联系，向她们要钱。饭后，妈妈总是趁外婆不注意的时候，把一个信封递给外公，并让我不要跟人说。

娜美姨妈会在那家中国餐厅订一个房间，房间里有一张大大的桌子，桌上有一个很大的玻璃转盘，可以转动转盘来拿取放在上面的陶瓷醋瓶和酱油瓶，转盘上还有一个呼叫服务员的大理石按键。我们会点改良过的韩式炸酱面，盛在浓汤里的汤饺，放了蘑菇和胡椒的糖醋肉，以及富含胶质的海参，这道菜还配有鱿鱼、虾和西葫芦。外婆总是坐在餐桌一角，一根接一根地抽烟，默默地看着她的前夫跟他曾抛下的子女们叙旧。

成永表哥会带我到餐厅夹层去看一个六英尺长的鱼缸，鱼缸里有一条小鳄鱼。年复一年，那条鳄鱼一直在那儿，慵懒地眨着眼睛。后来这条鳄鱼长得实在太大，将整个鱼缸填得满满的，一点儿也挪动不了，最后就连鱼带缸整个消失了。

在这两年一次的探亲过程中，在我十二岁，正深受内心充斥的不自信折磨的时候，我突然有了一个沾沾自喜的新发现：在首尔，我是很好看的。无论去到哪儿，总会有陌生人拿我当明星看待。商店里的老阿姨会拦住我妈妈并对她说："她的脸好小啊！"

我向妈妈问道："她们为什么这么说呢？"

"韩国人喜欢小脸，这样比较上相。所以几个人一起照相的时候，人们总是喜欢往后站。金娜就喜欢把我往前推。"

金娜是我妈妈高中时的老同学，是个性格开朗的大个子女生，总是开玩笑说，只要脖子抻得长一些，景深效果就会让她的脸显得小一些。

"韩国人也很喜欢双眼皮。"妈妈一边用手在眉眼之间画了一条线，一边补充说。我过去从未注意到，妈妈的眼皮平整光滑，上面并没有一道褶皱。我跑到镜子前，去看自己的模样。

在记忆中，那是我第一次庆幸自己遗传了父亲的某些特质，他牙齿不整齐，鼻子和嘴之间的距离也比较大。我一直希望自己长大后像妈妈一样，拥有完美无瑕的光滑肌肤，只零星长几根腿毛，用镊子就能拔掉。但在那一刻，我最渴望的，就是拥有双眼皮。

"我有！我有双眼皮！"

"很多韩国人都会做双眼皮手术，你娜美姨妈和恩美小姨都做过这个手术，但别跟她们说我告诉过你这事。"妈妈说。

回首往事我才发现，自己应该明白，是文化差异造就了妈妈对美的执着以及对品牌的重视，让她愿意在护肤上花费大量时间，而并不是因为她这个人特别肤浅。与食物一样，美也是韩国文化不可或缺的一部分。韩国是当今世界整容率最高的国家，在二十多岁的女性中，约有三分之一都做过整容手术，这种对美的追求，已深深融入韩国的语言与风俗里。每当我好好吃饭，或是礼貌地向长辈鞠躬时，我的亲戚就会说"Aigo yeppeu""Yeppeu"，意思是"举止得体"或"干得漂亮"，这些夸赞将美与道德修养融为一体，将美的价值与回报融入早期教育里。

我以前不曾想过，到底是哪些原因，让我希望自己更像白人。在尤金，我们学校只有为数不多的几个混血儿，很多人都将我看作亚洲人，这种感觉非常不好。我知道自己不受欢迎，也从来没有人称赞过我的长相。而在首尔，很多韩国人都以为我是白人，只有妈妈在我旁边时，他们才发现我和我妈妈有点像，是个混血儿。突然，这种"异国"特质让我成了一个受欢迎的人。

也就在那一周，我发现，我在韩国获得的认可又迈上了一个新高度。那天恩美小姨带我去首尔南部的韩国民俗村，那里被称作"生气蓬勃的博物馆"。泥土地上坐落着低矮的老式房屋模型，屋顶都是用茅草搭的，屋檐下挂着各种各样的食品，草席上晒着红辣椒，身穿传统服饰的演员们扮演着朝鲜王朝的王公贵族与普通农民。

那天，正好有剧组在那儿拍摄一部韩剧。拍摄时导演注意到了我，就安排他的助理过来。我妈妈礼貌地点头并接过对方递来的名片，然后就跟她的姐妹们笑出了声。

"那个人说什么呢，妈妈？"

"他来问你有哪些才艺。"

成为韩国偶像的生活，一幕幕在我脑海里展开：我跟几个韩国偶像穿着精心设计的露脐装一同排练舞蹈，我参加名人访谈节目时的种种造型，以及一大群青少年簇拥在我乘坐的豪华轿车周围。

"那你怎么说的呢？"

"我说你连韩语都不会，而且我们住在美国。"

"我可以学韩语呀，妈妈！如果我留在韩国，就可以当明星了。"

"你永远也当不了这里的明星，因为你不可能成为任何人的洋娃娃。"妈妈边说边伸手搂着我，把我拉向她。就在这时，一些人穿着鲜艳的传统服装，开始举办一场婚礼。新郎身着栗色官服，戴着硬挺的黑色竹编帽，骑着一匹马，马的鬃毛两侧垂着薄薄的丝帘。新娘穿着蓝色与红色的衣服，披着一件精美无比的丝绸外套，里面穿着长袖韩服，双手笼在一个暖手筒里，双颊泛着红晕。

"就连妈妈叫你戴上顶帽子，你都不愿意听。"

这就是妈妈，她目光如炬，总能看得很远。就在那一瞬间，妈妈已经想到了我一生的孤单与被动，想到了围绕在我身边的男男女女，他们挑剔我的模样与发型，为我挑选衣服，教导我该怎么说话、怎么吃饭、怎么行动。所以她很清楚，最好的选择是收下卡片，默默离开。

就这样，我失去了成为韩国偶像的机会。但在首尔的那一小段日子里，我发现自己是美丽的，甚至有可能成为一个小明星。要不是我的妈妈，我可能就会像中国餐厅里的那条宠物鳄鱼一样焦躁不安：被关在看似奢华的地方，呆呆地看着周围的一切，一旦那个地方不再容得下我，就会将我随随便便地处理掉。

我跟家里的女性亲戚与兄弟姐妹在一起共度的时光就像一场美梦，而在外婆去世时，这场梦也就醒了。当时我十四岁，正在学校里上学，所以被留了下来，我妈妈独自飞去医院看她的妈妈。妈妈到的那天，外婆就去世了，仿佛她一直在等我的妈妈，等她的三个女儿都围绕在身旁。在外婆的卧室里，她用一块丝绸包裹着为葬礼准备的种种物品。火化时要穿的衣服，准备在葬礼上展示的镶框照片，以及举办葬礼的钱。

妈妈从葬礼回来时难过极了。她大声地哭了起来，边哭边喊："阿妈、阿妈。"她瘫坐在客厅的地毯上，头垂在我爸爸腿上。爸爸坐在沙发上，也陪着她一起哭。当时我感到很不安，只远远地看着他们，就像是在外婆家看她和她妈妈相处那样。我从未见过妈妈如此不管不顾地流露自己的情绪，也从未见过她如此失控，就像个孩子一样。当时我无法像现在这样，理解她到底有多悲伤，也无法站在她的角度，明白她到底失去了什么。我不曾想到，她也许会为自己远走他乡，离开母亲那么多年而感到内疚。我不知道该如何安慰她，不知道其实她渴望得到一丝安慰，就像我现在这样。我也不知道哪怕只是往前迈一小步，到底有多难。

当时我只是想起了一句话，那是我回美国之前外婆跟我说的。

"你以前就是个胆小如鼠的小家伙，都不敢让我给你擦屁股。"外婆说完拍了一下我的屁股，大声笑了起来。然后骨瘦如柴的她抱了抱我，跟我道别。

四

纽约风范

得知妈妈生病时，我已经从大学毕业三年了，但我很清楚，自己并没有取得什么成绩。我拿到了创意写作与电影制作的学位，但并没有用到自己的所学。我干着三份兼职，还在一个没什么人听说过的乐队——"小小大联盟"——里当吉他手和主唱。我花三百美元在费城北部租了一个房间，爸爸就是在费城长大的，他在我这个年纪时去了韩国。

我来到费城纯属巧合。跟很多待在小城市的孩子一样，我觉得小地方十分无聊，令人窒息。在我念高中的时候，对独立的渴望以及各种身体激素的分泌，让我从一个无比渴望跟妈妈一起睡的孩子，变成了一个无法忍受她触碰的少女。每当她来摘我毛衣上的毛球，或是拍我的肩膀让我不要含胸驼背，或是用手指抚平我前额的皱纹时，都像是用一个滚烫的熨斗熨过我的皮肤。仿佛一夜之间，我变得无法接受任何建议。我越来越愤懑、越来越敏感，直到这些情绪在一瞬间爆裂失控，让我想撕开自己的身体大喊："别碰我！""你就不能让我自己待着吗？""也许我就是想要皱纹，也许我就是想按自己的方式活着！"

对我来说，上大学意味着有机会远离父母，所以我申请的学校基本都位于美国东海岸。大学升学顾问说，像我这种总是吹毛求疵，又比较渴望得到关注的人，适合去一些规模不大的人文社科类大学，尤其是女子学院。我们还去旅行了一趟，参观了一些学校。在东海岸的秋色里，布林莫尔学院①的石质建筑深得我心，完全符合我多年来对大学校园的想象。

我考上大学这事简直是个奇迹，因为当时我差点连高中都毕不了业。高三时我一度精神崩溃，逃了很多课，还需要吃药治疗。妈妈认为这一切都是我对她的报复，最后我努力走了出来。我和妈妈都对布林莫尔学院很满意，最后我还以荣誉毕业生的身份毕业，成为我们家直系亲属里第一个取得大学学位的人。

我决定待在费城是因为这里物价便宜、生活轻松，还因为我相信小小大联盟乐队肯定会有火起来的一天。然而现在已经过去了三年，这支乐队不仅没有火，甚至连小有名气也谈不

---

① 布林莫尔学院（Bryn Mawr College）：位于宾夕法尼亚州的一所女子学院，建校于 1885 年。

上。几个月前，我被打工的那家墨西哥融合菜餐厅炒了，我在那儿已经当了一年多的服务员，那是我干过的时间最长的一份工作。我男朋友彼得也在那儿打工，一开始我暗自定了个小目标，希望能跟他建立超越朋友间的关系，就在我以为我们俩的关系永远也无法超越友谊时，他却成了我的男朋友，而就在我们在一起后不久，他升了职，我却被开除了。当时我给妈妈打电话，想从她那儿得到一丝安慰，跟她说我真的很难相信，那家餐厅竟然会开除我这么一个勤勤恳恳、魅力十足的员工，妈妈却对我说："米歇尔，端盘子这种活儿，人人都能干。"

在那之后，我每周有三天上午在朋友位于费城老城区的漫画店工作，另外四天在里滕豪斯广场的一个电影发行办事处做市场助理，周末的晚上还会到唐人街的一家卡拉OK和烤串店打工至深夜。这一切都是为了存钱，让我们乐队可以在八月进行一场为期两周的巡演。这次巡演是为了宣传我们刚刚录制好的第二张专辑，虽说第一张专辑根本就无人问津。

我的"新居"跟我从小到大生活的地方完全不同。我家里总是纤尘不染，家具与装修都严格遵循我妈的品味与要求。而我当时住的地方，客厅里的柜子是用胶合板和空心砖砌的，这些材料是我的室友，也是我们乐队的鼓手伊恩得意扬扬地从垃圾堆里淘回来的。我们的沙发是一辆十五座面包车最后一排的备用长椅，我们会搭乘那辆车去演出。

我的房间在三楼。走廊后面有个小阳台，在那儿可以俯瞰楼下的棒球场。夏天的时候，我们会在阳台上抽烟，看"小联盟"棒球赛。我对这个位于顶楼的房间非常满意，唯一的缺点是壁柜的天花板没封好，可以看到房梁与屋顶。我倒也不觉得有什么问题，直到一群松鼠跑到屋顶里做了个窝，在上面交配产子。有时候，我和彼得夜里会被这些松鼠跑动和撞击东西的声音吵醒，这倒也不算什么大问题。然而有一天，一只松鼠掉到了墙与墙之间的一个洞里，它逃不出来，就慢慢饿死了。我的房间充斥着这只松鼠散发出来的浓烈恶臭，这还不是最可怕的。可怕的是在这座房子看不见的地方，滋生着不计其数的蛆虫，这些蛆虫又繁衍成不可胜数的苍蝇，在某天清晨我打开卧室门的时候，它们一窝蜂地出现在我面前。

我活成了妈妈最不想看到的样子，辜负了她的叮咛，像个不得志的艺术家那样，过着逃避现实的生活。

那年三月，我满二十五岁。到了五月的第二周，我开始烦躁不安。我决定到纽约去见好朋友邓肯，他是我大学时认识的朋友，后来在《混音器》①杂志做编辑。我一直怀揣这样一种想

_____

① 《混音器》（*The Fader*）：美国音乐杂志，以预测流行趋势、报道新兴音乐人而闻名。

法，如果有朝一日我要放弃自己的音乐梦想，那我对音乐的兴趣，或许能让我在音乐新闻行业一展拳脚。照当时的情况看，所谓"有朝一日"，大概是越快越好吧。"小小大联盟"的贝斯手德文最近加入了一个越来越受欢迎的乐队，也就是那一周的周末，他们要到曼哈顿下东区一个专门接待媒体的小俱乐部演出。这信号已足够明确，德文就快要退出我们的乐队了。按德文的话来说，他们就要大红大紫 ① 了。我还没准备好承认这一点，但我周末到纽约去，从某种程度上来说，也是想为自己找条退路。

而在前一周，妈妈说她肠胃出了点儿问题。我知道她约了某天下午去看医生，那天下午我给她发了好几条消息，询问她看医生的情况，但她都一反常态，没有回复。

我在唐人街上了车，心里有种不祥的预感。早在几个月前的二月，妈妈就曾说她肚子疼，当时我没怎么在意。事实上，我还开了个玩笑，用韩语问她是不是拉肚子。"拉肚子"是一个我经常想起的韩语词，因为读起来有点像"莎莎酱"，而莎莎酱的质地，很容易让人联想到"拉肚子"。

---

① 原文为 becoming "Jimmy Fallon big"。Jimmy Fallon big 是米歇尔·佐纳组建的日式早餐乐队（Japanese Breakfast）于 2017 年发行的专辑《来自另一个星球的温柔声音》（*Soft Sounds from Another Planet*）里的一首歌。Jimmy Fallon 是《吉米今夜秀》的节目主持人。这里根据上下文可知是走红的意思，直译较难表达和理解，因而做了一定程度的意译。

我妈妈很少看医生，她坚持认为，小病小痛都会自行痊愈。她觉得美国人在看病这方面实在有些过于谨慎，药也吃得过多。她从小到大都跟我灌输这些理念，所以有次彼得吃了坏掉的金枪鱼罐头食物中毒，他妈妈让我带他去看急诊的时候，我差点没笑出来。在我们家，呕吐是解决食物中毒的唯一办法。食物中毒是人生的必经之路。想要吃点好的，那就得冒点险，所以我们家每年都会食物中毒个两次。

妈妈去看医生，这表明情况已相当严重，但我怎么也没想到那会是一种致命的疾病。两年前，恩美小姨因结肠癌病逝，妈妈不可能也得癌症，那相当于被闪电击中两次。不过，我还是有点起疑，觉得爸妈肯定有什么事瞒着我。

傍晚时分，客车到站了。邓肯建议我们在一个叫"蛋糕店"的小酒吧见面，酒吧的地下室可以进行演出。我背了个笨重的大背包，里面塞满了周末穿的衣服，当我走在通往酒吧的艾伦街时，立刻感觉那些衣服既幼稚又落伍。

暮春渐远，初夏已至，很多下班的人都把外套脱了下来，搭在小臂上。一种熟悉的渴盼正悄然而来，那是一种对自由的渴盼。每当白昼渐长，漫步在城市之中，从早到晚都让人感觉极其愉悦的时候；每当酒醉之后，穿着运动鞋跑过空无一人的街道，把所有责任都甩到一边的时候，这种渴盼就会滋生。而那是第一次，我突然感觉自己应当压制这种渴盼，突然感觉暑假与闲散的日子都将离我而去。我需要接受，某些东西在不久的将来会发生改变。

我比邓肯先到酒吧，他说他还要二十分钟才能到。我给妈妈打了个电话，但她没接。我又给她发短信，问她"到底发生了什么事"。那个时候，我有种被忽视的感觉。我把背包放在酒吧里的一张高脚凳旁，随手翻阅放在窗边的唱片。

邓肯比我大两岁，我们并不是关系很密切的朋友。我们认识的时候，他在哈弗福德学院读大四。我们俩所在的校区是通公交车的，学生可以选修另一所学校的课程，加入另一所学校的社团。邓肯当时是学校里一个五人组织的成员，那个组织负责安排乐队在校园里进行演出。我申请加入的时候，他非常支持，所以我想他现在可能也会关照我一下。

我的手机振动起来。是妈妈，她终于回电话了。我拿起包，到外面去接电话。

"妈妈，到底是怎么回事？"

"亲爱的，我们知道你周末去纽约了，所以想等你回费城，等你跟彼得在一起的时候再说。"

通常在电话里，她的声音总会伴着点别的声音。但现在，她仿佛是在一个死气沉沉的房间里说话。我开始在街上踱步。

我对妈妈说："要是有什么事的话，现在就告诉我吧，让我蒙在鼓里是不公平的。"

电话那头是长久的沉默。妈妈打电话来，本意是想安抚我，让我等到回去后再说，但现在她开始重新考虑。

最后她终于说道："医生在我的肚子里发现了一个肿瘤，说是恶性的，但具体情况还不清楚，需要再做些检测。"

我停止了踱步，一动不动地站在路上，感觉有些喘不过气。街对面，一位男士走进一家理发店。另一家店的门口，几个人坐在一张桌子旁，说说笑笑地喝着饮料。有人正在点开胃菜，有人正在抽烟，有人正把衣服送去干洗，有人正在清理狗狗的排泄物，有人正在取消约会……在这么一个温暖宜人的五月，世界正一刻不停地运转着。而我呆若木鸡地站在人行道上，得知我妈妈得了一种可能会致死的病，这种病曾经夺去过我爱的人的生命。

"别太担心了，我们会查清楚的，快去见你的朋友吧！"妈妈说。

怎么会这样呢？怎么会？怎么会？怎么可能一个女人因为肚子疼去看医生，却被诊断出了癌症？

我看到邓肯出现在远远的街角，我挂电话的时候他冲我招了招手。我压抑住想哭的心情，重新把包背在肩上，朝他笑了一下。那一刻我想到了那句话：把眼泪留到你妈死的时候。

当时正在进行"欢乐时光"限时特惠，饮品买一赠一，于是我们点了两瓶的米勒啤酒。我们聊了聊毕业后的生活，邓肯说他刚写完一篇有关拉娜·德雷①的封面报道。我就向他打探了一些采访细节，他说采访时拉娜·德雷一直在抽烟，还用苹果手机录下了整个采访过程，以免出现断章取义的报道，我听了以后对她很有好感。

在接下来的闲聊里，我承认自己有兴趣搬来纽约，但清楚地知道，自己只是说说而已，只是在内心深处拒绝接受那个一小时前才得知的消息。我知道，任何计划都只是空谈，我肯定得回尤金，陪妈妈进行治疗。这秘密让我有些语无伦次——我天生藏不住这么大的秘密，可又觉得，跟一个并不是特别熟的朋友说这样的事，又显得不太合适，而且我怕自己只要一开始说，就会忍不住哭起来。

邓肯很支持我搬来纽约，让我搬过来时联系他。跟他道别以后，我站在两小时前得知妈妈患癌的那条街上，给彼得打了个电话。

在跟我约会的男孩子里，彼得是第一个给我妈妈留下好印

---

① 拉娜·德雷（Lana Del Rey, 1985— ）：美国歌手、词曲作者，代表作有《向死而生》（*Born to Die*）、《风华正茂》（*Young and Beautiful*）等歌曲。——编者注

象的。他们第一次见面，是在前年九月，当时我爸妈准备去西班牙庆祝结婚三十周年，但在去之前先来了一趟费城。那是我毕业后爸妈第一次来看我，上一次还是三年前，那时我还在东海岸上学。我想让他们看到，我对这座城市有多熟悉，虽说毕业没多久，我也能在这里自给自足地生活。所以我研究了好几个星期，在城里最好的餐厅订了个位置，打算带他们去埃尔金公园逛一天，带妈妈看看这里的韩国街区。

彼得开车送我们去宗加帆餐厅，这家餐厅的特色菜是韩式辣酱豆腐汤——一种用嫩豆腐炖的汤。点菜的时候，妈妈很兴奋，她发现这家餐厅有很多尤金市的韩国餐厅所没有的菜，于是点了些爸爸可能会喜欢的菜。彼得之前感冒了，我妈妈建议他点参鸡汤。这汤很有营养，用一整只鸡熬制，鸡肚子里塞了糯米和人参。妈妈还给大家点了海鲜葱饼，这饼加了一种可以让饼边更酥脆的调料，她做饼时也经常放。喝着辣酱豆腐汤，吃着厚实有嚼劲的海鲜葱饼，我跟妈妈说我知道这附近有一家韩式水疗馆，跟我们在首尔去过的那家很像。

我说："那家店也提供搓澡服务。"

妈妈笑着问道："真的吗? 连搓澡都有? 那我们要去吗? "

彼得说："听起来挺有意思的。"

桑拿房是分性别的，但都连着一个公共区，大家可以穿着适合自己的宽松睡袍在那儿闲聊。不过在浴室里，通常都不会穿衣服。如果彼得跟我们一起去的话，就意味着他和我爸爸见面还不到二十四小时，就要赤裸相见了。

彼得一边喝汤，一边感谢我妈妈的推荐。他津津有味地吃着桌上的韩国小菜，有凉拌裙带菜、甜辣鱿鱼干和酱香甜土豆，裙带菜放了醋和大蒜，土豆裹着黄油和甜甜的糖浆。我们刚开始约会的时候，彼得就发现自己非常爱吃韩国小菜。我很喜欢彼得的一点是，他吃到特别美味的食物时，会闭上眼睛，就好像他必须关闭一些感官，才能集中精神去放大另一些感受。他敢于尝试各种食物，从来不会让我觉得，我吃的东西很古怪或很恶心。

"他吃起东西来，就像个韩国人。"妈妈感叹道。

彼得去上厕所的时候，我爸妈伏低身子聊了起来。

爸爸说："我敢打赌，去浴室的时候，他肯定会溜的。"

"我跟你赌一百美元，他肯定会去的。"妈妈反驳道。

第二天，在水疗馆大厅，我们准备各自进去的时候，彼得没有退缩，走进了男士更衣室。妈妈颇为得意地瞥了爸爸一眼，又搓了搓手指，仿佛在暗示爸爸给钱。

那间浴室比我们在首尔经常去的那家要小一些，里面有凉水、温水和热水三种温度的浴池，浴池对面装了十几个淋浴喷头，人们可以坐在塑料凳上冲洗。浴室尽头有一个桑拿房和一个汗蒸房。我和妈妈先去冲洗，然后慢慢走进水温最高的池子，肩并肩地坐在光滑的蓝色瓷砖上。在一个封闭的角落里，三个身穿内衣的大妈正在卖力地给客人搓澡。浴室里非常温暖，也非常安静，只能听到水从天花板喷向冷水池的水流声，以及大妈时而给某个女性搓背的声音。

妈妈突然问我："你刮阴毛了？"

"我修剪过。"我不好意思地夹紧双腿，脸也有些红了。

"别那么做，会显得很放荡。"

"好的。"我边说边往下滑，让自己泡得更深一些。我感觉她正不高兴地盯着我的文身，我一次次不顾她的强烈反对去做的文身。

妈妈说："我喜欢彼得，他很有纽约风范。"

相信任何一个曾在纽约待过的人，都不会认为彼得有"纽约风范"。虽说彼得毕业于纽约大学，但他并不是那种干劲十足、雷厉风行的人。在美国西海岸地区看来，东海岸地区的人往往拥有这些特质。而彼得充满耐心，温和从容，就像我妈妈照顾我爸爸一样，平衡着我的生活。我跟爸爸很像，我们总是风风火火的，遇到点儿失败就迅速放弃，把事情转交给别人。我妈妈的意思应该是说，她喜欢彼得一早就表现出很靠谱的样子。

彼得在电话里说："我会过来找你，一下班就来。"

那是一个星期五的晚上，彼得在酒吧里上夜班。那时太阳正在落山，天空泛着粉色的霞光。我开始朝地铁的方向走去，告诉他不用这么麻烦。他最早也要两点才能下班，大晚上的这么跑过来不值得，而且我也打算明天一早就搭客车回去了。

我乘地铁去布鲁克林北部的布什维克区，到朋友格雷格那儿去过夜。格雷格在一个叫"向上"①的乐队里打鼓，他住在大卫·布莱恩牛排馆的仓库里，那个餐厅可以举办一些表演活动。仓库里连他在内一共住了六个人，他们用石膏板搭了一个个小隔间。这让我想起《彼得·潘》里那些迷失的孩子住的树屋。我呆呆地躺在客厅的沙发上，想到要是他们的妈妈来看他们的话，心里会怎么想呢？廉价的租金与非比寻常的激情让这些音乐人选择居住在这样的环境里。

我想起那天我们泡完澡以后，妈妈提议去韩亚龙超市买点儿东西，然后去我住的地方腌些牛小排，这样她离开以后我也能尝到家的味道。她走进我破破烂烂的屋子，我屏住呼吸，等她挑剔我住处的脏乱差，或是像我被开除时那样尖刻地讽刺。但她朝厨房走去，什么也没说。她从一排靠墙摆放的自行车旁挤过，甚至宽厚地忽视了墙上的一个大裂口——这裂口是房东敲开的，他想用一把锤子解决水管结冰的问题——以及墙敲开

---

① 向上乐队（Lvl Up）：一支来自美国纽约的摇滚乐队，成立于 2011 年，已于 2018 年解散。——编者注

后露出的不够蓬松的粉色绝缘层。

她也没有评价我厨房的柜子完全不搭——我们的碗柜是在旧货店淘的,各种小物件是室友从他们爸妈家拿来的。她看到了这些年来送我的礼物,乐扣乐扣的橙色储物盒,还有卡弗莱的平底锅。然后她卷起袖子,把从韩亚龙超市买来的肉放到砧板上,用木槌敲了起来,这样可以使肉吃起来更嫩一些。我知道她敏锐的目光已经捕捉到了一切,就像她当初关注我的体重、肤色与仪态一样,她注意到了二手的家具,注意到了落满灰尘的角落,以及一个个不成套的盘子——盘子上尽是豁口。

她一辈子都在尽心尽力地保护我,以免我过上这样一种生活。而她现在面带微笑地在厨房里忙碌着,切小葱,把七喜汽水和酱油倒进碗里搅拌,然后用手指蘸着品尝味道是否合适,似乎根本不在意沿柜子边缘摆放的几个蟑螂屋和冰箱上黑乎乎的手指印,一心只想为我留下点儿家的味道。

或许妈妈已经放弃了对我的改造,不再费力将我打造成我不想成为的样子。或许她只是换了种更为智慧的方式,知道这样的生活我坚持不了一年就会发现她是对的。又或者,她开始试着接受,我会开创自己的人生,找到全心全意爱我的人,而最终一切都会好起来。

彼得还是开车来纽约了。他凌晨两点将酒吧打烊,四点到了格雷格住的地方。他的手黏糊糊的，有股"血橙玛格丽特"①的味道，牛仔裤上还粘着干掉的墨西哥炒豆。他挤进我睡的沙发，静静躺了下来。我把头埋进他大学时就在穿的灰色 T 恤里哭了起来，压抑了一整晚的情绪终于得到释放。那一刻我非常庆幸，在跟他说不用麻烦的时候，他没有听我的话。直到很久之后他才告诉我，我爸妈给他打过电话，所以他比我更早知道妈妈患病，也答应我爸妈会在我知道这件事的时候陪在我身边，并一直陪着我。

---

① 血橙玛格丽特（blood-orange margaritas）：一种由龙舌兰、血橙汁等调制的鸡尾酒。

五

葡萄酒在哪儿

"你为什么不算上我？"我在手机里哀怨地问，就好像是在控诉一个大孩子对我的忽视，就好像对方过生日没有邀请我。

妈妈说："你有你自己的生活。你二十五岁了，这是很重要的一年，我可以和你爸爸一起应对。"

她说了很多消息，但没有一个是好的。尤金的肿瘤学家李医生诊断出妈妈患的是四期胰腺癌，不动手术的话，生存率只有百分之三。即便动了手术，在几个月的康复期后，完全去除癌细胞的概率也只有百分之二十。爸爸一直在想办法跟休斯敦的安德森博士预约，想再听听他的意见。在电话里，妈妈把"胰腺癌"说成了"一切癌"，把"安德森博士"说成了"安迪·安德森"，这让我感觉我们唯一的希望就寄托在《玩具总动员》^① 的角色手里。

"可我想跟你一起。"我坚持道。

爸爸后来说:"你妈妈怕你过来后会跟她吵起来,她知道自己得把所有精力都用在对抗疾病上。"

我以为我离家的这七年,时间已经治愈了我们之间的伤痛,修复了在我青春期时留下的裂痕。尤金和费城相隔的三千英里让我妈妈找到了广阔的空间来存放她卸下的权威,她试着了解我的创造力,不再喋喋不休地批评。我也开始欣赏她的种种付出,这些付出唯有她不在我身边的时候才能显现出来。现在我们的关系比以前好多了,然而爸爸的坦白,说明妈妈并没有忘掉那一切。

我爸妈说,打从我一生下来,就不是个好带的小孩。我三岁的时候,娜美姨妈说我是"著名调皮鬼"。我总能撞到各种东西、木秋千、门框、椅子腿以及国庆日^② 的金属折叠看台。我的头盖骨中央至今都还有个凹槽,那是我一头撞到玻璃桌角时磕到的。而在聚会的时候,只要有孩子哭,那就肯定是我。

---

① 《玩具总动员》(*Toy Story*):由华特·迪士尼影片公司和皮克斯动画工作室共同制作的动画系列电影。安迪是这部动画片中的一位主角。
② 7月4日是美国独立日(国庆日),美国各州都会在这天举办盛大庆典与游行。

多年以来，我一直怀疑，是我爸妈说得太夸张，或是他们不够了解孩子的天性。但在听了很多亲戚的回忆后，慢慢地，我不得不承认，自己确实是个特别顽皮的孩子。

但那还不是最糟的，最糟的是我爸爸提及的那几年。在我念到十一年级第二学期的时候，因无法化解青春期的种种焦虑，我开始变得越来越抑郁。我睡不着觉，每天都很疲惫，也提不起精神去做任何事。我的成绩开始下滑，跟妈妈也常常发生冲突。

有天吃早餐的时候，爸爸跟我说："你肯定是从我这儿遗传的，我猜你也睡不着觉。"

他坐在餐桌旁一边喝麦片粥，一边看报纸。当时我十六岁，不久前跟我妈吵过一架，心情低落。

"这里面的东西太多了。"爸爸头也不抬地敲了敲他的太阳穴，然后把报纸翻到了体育版。

我爸爸曾是个瘾君子，他的青春期比我的更难熬。他十九岁的时候，几乎都住在阿斯伯里帕克 ① 的木栈道下面，有一次因为卖冰毒给警察而被捕。他在监狱里待了六年，又转到卡姆登县的戒毒所，在那里成为一种新心理学疗法的实验对象。他得在脖子上挂一块牌子，上面写着"我能讨人喜欢"，还要做

---

① 阿斯伯里帕克（Asbury Park）：美国新泽西州蒙默斯县的一个海滨城市。

一些说是可以激发道德意识，其实根本没用的训练。每周六他都得在那个机构的后院挖一个洞，周日又得把洞填回去。跟爸爸相比，我遇到的问题都不值一提。

爸爸试着劝慰我妈，告诉她这是一个很正常的阶段，青春期的孩子就是会时不时地闹情绪，但妈妈根本听不进去。我在学校里的表现一向很好，那个时候又恰巧要申请大学。在她看来，我郁郁寡欢只是因为他们把我给宠坏了。在她看来，他们为我付出了那么多，我却只知道自怨自艾。

她对我管得更严了，仿佛一座高塔般耸立在我身边，让无尽的阴影笼罩在我周围。她刻薄地讽刺我的体重，调侃我的双眼皮，责怪我逃避责任，数落我不好好用她从 QVC 电视购物上给我买的爽肤水和磨砂膏。无论我穿什么，我们都会吵一架。我不能关上自己房间的门。放学以后，我的朋友纷纷前往别人家开睡衣派对，我却不得不赶往各种课外培训班，然后被树林困住，只能愤愤不平地独自待在房里，还不能关上房门。

每周一次，我可以去朋友妮可家过夜，这是唯一一个我可以稍稍喘口气，逃离妈妈严厉监管的地方。妮可的妈妈叫科莱特，她们之间的关系跟我和妈妈的截然不同，她妈妈允许她自己拿主意，她们也非常享受在一起的时光。

妮可家住的是一套两室的公寓，墙壁的颜色明亮鲜艳，家里有很多从旧货店淘来的古董家具和衣服，每一件都很有型。大门后面放着她妈妈年少时在加州玩的冲浪板，窗台上放着她妈妈在智利教英语一年带回来的纪念品。客厅过道的天花板上挂着一架秋千，铁链上穿插着手工编织的塑料花。

我羡慕她们可以像朋友一样相处，而非女儿与母亲。我嫉妒她们可以一起去波特兰旅行，一路上能省就省。当我看着她们在公寓里做烘焙，用她妈妈从意大利祖母那儿继承来的一块沉甸甸的铁块，把准备做比萨饼的面团压平，或是做出一个个有着精巧花纹的可食用点心垫时，我觉得整个房间都弥漫着恬静与温馨。妮可的妈妈梦想开一家咖啡吧，在里面卖自己做的糕点，还要把咖啡吧布置得跟自己家差不多，我觉得那里一定也充满创意、令人着迷。

对妮可妈妈的观察，让我开始怀疑自己的妈妈到底有没有梦想。她没有任何明确的目标，这让我觉得越来越古怪，越来越难以置信，认为她缺乏男女平等的意识。我自以为是地轻视她以我为生活重心，漠视她看似轻松的辛勤劳动，难以理解她作为一个家庭主妇，没有拿得出手的爱好，也不去学点实用的技能。一直到我多年以后大学毕业，才逐渐懂得操持家务需要投入多少精力，才突然发现我把她给我的一切都看得太过理所当然。

然而，作为一个刚刚开始思考职业方向，对人生理想充满激情的青少年，我实在无法想象，一个人要是没有自己的事业，或是自得其乐的爱好，那样的人生该有多么无趣，多么没有意义。为何她从未展现过自己的爱好与野心？她真的甘心只做个家庭主妇吗？我开始询问与分析她所掌握的技能，并提出一些可行性建议，比如去大学学习室内设计或时尚课程，又或是开个饭店。

　　"要干的活太多了！加里的妈妈不就开了个泰国餐厅吗？你看她现在多忙，别的事根本做不了！"

　　"那我去上学的时候，你一整天都在做些什么？"

　　"我要做的事可多了！你就是被宠坏了，才不知道我在忙什么。等你搬出去以后，就会明白妈妈到底为你做了什么。"

　　我看得出来，妈妈有点儿嫉妒妮可的妈妈科莱特，并非因为科莱特有几个稀奇古怪的梦想，而是科莱特不过随口说了几个梦想，我就对她如此崇拜。尤其在我步入冷酷无情的青春期后，越来越喜欢炫耀与科莱特之间的关系，以此伤害妈妈的感情。我把这视为一种报复，报复她常常伤害我的感情。

　　那个时候，我似乎对一切都漠不关心，只有音乐能填补我心灵的虚空。这填补又仿佛一把利刃，进一步破坏了我和妈妈日渐恶化的关系，让我们之间的裂痕越来越大，甚至到了要彻底崩裂的地步。

音乐成为我苦闷生活的唯一慰藉，没有任何事物能与之相较。我每天都通过 LimeWire 网下载音乐，在论坛上讨论喷火战机乐队①翻唱的歌曲《长久》（Everlong）是不是比原版的更好，零用钱和午餐钱也全都用来买唱片。我热衷于研读唱片封套上的介绍，沉迷于观看太平洋西北部独立摇滚冠军的访谈，对"K记录"和"杀死摇滚明星"等独立唱片公司如数家珍，还秘密筹划去看演唱会。

来尤金演出的乐队并不是很多。尤金有两个地方可以开演唱会，我从小到大在"哇哦音乐厅"看过很多本地歌手或乐队的演出，像梅诺梅娜、乔安娜·纽桑、比尔·卡拉翰、蒙特·伊尔莉，还有堪称"尤金英雄"的摇滚战士乐队②。乐队成员们表演时戴着束发带，上半身穿着胸前坠有流苏的皮背心。我们非常喜欢这支乐队，因为他们是唯一走出这里并取得一定成就的乐队——与知名唱片公司签约，演唱威瑞森无线③的广告曲。我们从未质疑过他们的成就是否真有那么辉煌，也不曾去想他们为何常常回到我们这个小地方来演出。

---

① 喷火战机乐队（Foo Fighters）：美国摇滚乐队，由涅槃乐队（Nirvana）前鼓手戴夫·格罗尔于 1994 年成立。——编者注
② 摇滚战士乐队（Rock n Roll Soldiers）：一支来自美国俄勒冈州尤金市的朋克摇滚乐队，成立于 1997 年。——编者注
③ 威瑞森无线（Verizon Wireless）：美国移动通信公司。

名气更大的乐队会去麦克唐纳剧院演出，我在那儿第一次见到了谦虚老鼠乐队①，也在那儿第一次试着"跳水"②。我在舞台边待了整整三十分钟，确保跳下去的时候一定会有人接住。对我们那儿的人来说，艾萨克·布罗克③就像是神一样的存在。传言说他有个堂兄弟住在附近一个小镇的拖车式活动房屋停车场，就是《活动房垃圾》（*Trailer Trash*）那首歌里唱到的那个活动房，这让我们感觉他离我们更近了，甚至声称他就是我们这儿的。我认识的每个人都能说出他唱过的上百首歌曲，包括专辑B面的歌曲④，包括他与别人合唱的，哪怕这些歌名毫无关联，我们也能通通记住。我们一首又一首地刻录他的歌，再将录好的碟片插进塑料封套里。他的歌词写出了在太平洋西北部阴郁小镇长大的感觉，写出了那种在无尽沉闷中濒临窒息的感觉。每当我们在长途车上放空思绪时，都会播放他那首十一分钟的加长版歌曲，听他那令人毛骨悚然的发泄式尖叫。

而对我影响最为深远的，是我第一次拿到耶耶乐队⑤在

---

① 谦虚老鼠乐队（Modest Mouse）：美国摇滚乐队，成立于1992年。——编者注
② 跳水（crowd surf）：通常指表演者从舞台边缘倒下或跳下，让乐迷接住自己。
③ 艾萨克·布罗克（Isaac Brock, 1975—　）：美国独立音乐人，谦虚老鼠乐队的主唱、吉他手。——编者注
④ 专辑B面一般收录非主打歌曲。
⑤ 耶耶乐队（Yeah Yeah Yeahs）：美国摇滚乐队，成立于2000年。——编者注

菲尔莫尔①的现场演出专辑，那张专辑封面上的女生凯伦·欧②跟我长得挺像。在我崇拜的乐坛偶像里，凯伦·欧是第一个长得像我的。她有一半韩国血统、一半白人血统，舞台表现力极强，一点也没有亚洲人内敛的特质。她以极其大胆的舞台表演闻名，比如含一口水喷向空中，一路蹦蹦跳着跳到舞台边缘，或是在连通麦克风前把麦克风放进嘴里，深深插到自己的喉咙口。我目瞪口呆地看着这一幕，陷入了一种非常矛盾的情绪。我首先想的是，如果是我会怎么做，然后又想，已经有一个亚裔女孩这么做，那我也没什么发挥空间了。

那个时候，我还不知道什么叫"零和博弈"③。我才刚刚对音乐有点儿想法，也不认识其他玩音乐的女孩，无从得知别人是不是会跟我有一样的困扰。当时我也不懂类比推理，比如一个白人男孩看了傀儡乐队④的演唱会光碟后会不会想，既然已

---

① 菲尔莫尔（The Fillmore）：位于美国旧金山的一个演出场所，始建于1912年。——编者注

② 凯伦·欧（Karen O，1978— ）：出生于韩国的美国歌手，耶耶耶乐队主唱。——编者注

③ 零和博弈指参与博弈的各方，在严格竞争下，一方的收益必然意味着另一方的损失，博弈各方的收益和损失相加总和永远为"零"，故双方不存在合作的可能。

④ 傀儡乐队（The Stooges）：美国摇滚乐队，成立于1967年，后经过多次解散和重组，已于2016年正式解散。该乐队于2010年入选"摇滚名人堂"，《滚石》杂志将其列为"史上最伟大的100位艺术家"的第78位。——编者注

经有了一个伊基·波普①，别的白人还怎么能在音乐领域占据一席之地？

不过，凯伦·欧让我感觉自己也能玩音乐，让我相信像我这样的女孩，有朝一日也能做出对他人影响深远的事。在这种乐观情绪的鼓舞下，我开始频频央求妈妈给我买把吉他。那时妈妈给我报名了一大堆课外培训班，我上了几节就都不去了，她正为自己损失了一大笔学费而心疼呢，所以不愿答应我的请求。圣诞节的时候她终于妥协了，我收到了妈妈在开市客②超市买的一把一百美元左右的雅马哈原声吉他③。这把吉他的琴弦有点儿高，需要将琴弦调低一点，才能把弦按到品格上。

我开始每周上一节吉他课，在一个学吉他颇为尴尬的地方——"课程工厂"。在学吉他的地方中，"课程工厂"有点儿像沃尔玛超市。这儿与乐器零售商"吉他中心"相连，里面有十来个隔音的小房间，每个房间里有两把椅子和两个扩音器。你可以在克雷格列表网④找自己喜欢的不得志乐手来教你。我

① 伊基·波普（Iggy Pop，1947—　）：美国音乐人、歌手、词曲作者，傀儡乐队主唱，被誉为"朋克教父"。——编者注
② 开市客（Costco）是美国最大的连锁会员制仓储量贩店。
③ 原声吉他是指不插电的、区别于电吉他的吉他，包括古典吉他与民谣吉他。
④ 克雷格列表网（Craigslist）是一个全球性的免费分类信息网站，以城市为单元提供信息发布服务，包括求职招聘、房屋租赁买卖、二手产品交易、家政服务等。

十分幸运地找到了一个很喜欢的老师，他教了很多只想弹绿日乐队①的歌和《天国的阶梯》②的青春期男孩，所以很乐意给我上课，教我点别的乐曲。

那些吉他课上得可太及时了！就在那一年，尼克·霍利·盖莫成了我的英语课同桌，我觉得自己就像中彩票一般幸运。我以前就听说过尼克，他是玛雅·布朗的邻居和前男友。我没跟玛雅一起上过课，但人人都知道她，因为她是我们这个年级所有男孩都迷恋的女孩。最让人生气的是，她长得非常漂亮，也很受欢迎，却总是装出一副自己只是个可悲替代品的样子。她把棕色的头发染成黑色，穿驼色的灯芯绒裤子，会在胳膊上写一些突然想到的东西，然后再写到自己的"生活博客"③上。受她影响，我也十分勤勉地写起了"生活博客"，虽然我跟她在现实生活中并不是朋友。她的博客里有明眸乐队的歌词，有她自己的浪漫邂逅，有以第二人称写下的大段大段令人费解的思绪，写给一个曾对她不公的人，一个她无比深爱的

---

① 绿日乐队 (Green Day)：美国摇滚乐队。1987 年，该乐队前身"Sweet Children"成立；1990 年，改名为绿日乐队。2015 年，绿日乐队入选"摇滚名人堂"。——编者注
② 《天国的阶梯》(Stairway to Heaven) 是英国摇滚乐队齐柏林飞艇 (Led Zeppelin) 在 1971 年年末发行的一首歌曲。这首歌被认为是有史以来最伟大、最具标志性的摇滚歌曲之一。——编者注
③ 生活博客 (LiveJournal) 是一个记录生活故事、分享建议与交流想法的博客平台。

人。我觉得，她就是我们那个时代一位十分杰出的美国诗人。

尼克有一头乱蓬蓬的金发，一只耳朵戴了个银色的圈状耳环，还用"惠陶特"修正液涂自己的指甲。上课的时候，他总是很安静，反应也很迟钝，全程都像是被石化了一样。他经常问我作业什么时候交，能不能借一下我的笔记，我巧妙地利用这些不得已的请求，让他成了我的朋友。尼克初中时组过一个名叫"巴罗斯"的乐队，当时我还不认识玩乐队的人，而尼克已经加入过一个乐队，这让我感觉他简直太酷了。他们乐队在解散前录制过一张迷你唱片，我到处打听，终于在一个朋友的朋友那儿找到了。那是一张刻录的光盘，放在一个自制的纸信封里，信封上用三福马克笔写了专辑名，还画了图。我一回到家，就立刻把碟片放入我桌上的手提唱机里播了起来。我坐在转椅上认真地听，汗涔涔的手里拿着那个纸信封研读歌词，同时想象尼克过去丰富的情爱经历。这张碟片共有五首歌，最后一首叫《莫莉的唇》（*Molly's Lips*），在我的想象里，莫莉是他众多前任中的一个，要不就是玛雅·布朗的化名。我当时蠢到不知道他这首歌是翻唱涅槃乐队①的，不过我想尼克当时也不

---

① 涅槃乐队（Nirvana）：美国摇滚乐队，成立于1987年。1994年4月，在乐队主唱科特·柯本自杀后，涅槃乐队解散。2004年，《滚石》杂志将该乐队评为"史上最伟大的100位艺术家"的第27位。他们在2014年入选"摇滚名人堂"。——编者注

知道这首歌其实是涅槃乐队翻唱凡士林乐队 [1] 的。

最后我鼓起勇气，问尼克想不想跟我一起即兴弹奏。我们午餐时约在足球场旁的一棵树下，没几分钟我就暴露了自己初学的吉他水平。我没跟任何人一起即兴弹奏过，所以当尼克弹起一首歌时，我根本听不出他起的什么调，也不知道该如何伴奏。我试着轻轻哼唱，想找到正确的调，在我熟悉的地方跟上，最后还是道着歉放弃了。尼克很有耐心，并不觉得这有什么，还提议说我们可以弹几首我会的歌曲。我们午餐时，一段段交替弹奏了白色条纹乐队 [2] 的《我们做朋友吧》（We're Going to Be Friends）和地下丝绒乐队 [3] 的《休闲时光》（After Hours）。在我的青春岁月，这简直是最浪漫的奇迹。

我写了几首歌后，就决定跟科斯米克比萨店签约，在餐厅的"开放麦之夜"进行表演。这是位于市中心的一家咖啡吧式餐厅，吧台前有个小舞台。餐厅里地板亮闪闪的，天花板也很高，常请人来演奏爵士乐与世界音乐。我请了一些朋友来看表演，当时餐厅里没多少人，然而在烤箱门不断开合与收银员念

---

① 凡士林乐队（The Vaselines）：苏格兰摇滚乐队，成立于1986年。——编者注
② 白色条纹乐队（The White Stripes）：美国摇滚乐队，成立于1997年，已于2011年解散。——编者注
③ 地下丝绒乐队（The Velvet Underground）：美国摇滚乐队，成立于1964年。1996年，该乐队在"摇滚名人堂"完成了最后一次表演。2004年，《滚石》杂志将其列为"史上最伟大的100位艺术家"的第19位。——编者注

名字让人来取比萨的声音中，我那把从开市客超市买来的原声吉他弹奏出来的琴音依然微不可闻。无论如何，这短暂的荣耀让我不胜欢喜，因为我带来了一帮朋友，餐厅成了我一个人的小舞台，只为几个当地"艺术家"表演。

我在浴室用自拍装置给自己拍了一组照片，然后用爸爸的电脑浏览这些照片，再用微软绘图软件设计宣传海报。我买了一个射钉器，把宣传海报钉在城里的电线杆上，还去询问一些商家，可不可以把我的宣传海报贴在他们的窗玻璃上。我在聚友网①完善了个人主页，还上传了自己用音乐创作软件录制的几首歌。我把这个主页链接附在邮件里，发给几个当地乐队和活动主办方，恳请他们给我演出机会。我参加了几所高中的公益演出，在当地培养了一小群支持者，只不过大部分都是我的同学和朋友，在我的生拉硬拽下才勉强来捧场的。后来我终于有了点儿"地位"，在玛利亚·泰勒②来"哇哦音乐厅"开演唱会时赢得了一个暖场表演的机会。

演出那天，给予我精神支持的尼克很早就到了，并一直陪我在演员休息室等待上台演出。我以前从未去过演员休息室，即便如此，那环境在我看来也着实不怎么样。那是一个亮堂堂的房间，跟衣帽间差不多大，里面有两张长凳和一张木桌，上

---

① 聚友网（Myspace）是一个以音乐为重心的社交网站。
② 玛利亚·泰勒（Maria Taylor, 1976—　）：美国创作歌手。——编者注

面放了个迷你小冰箱。尼克和我坐在一张正对门的长凳上，玛利亚·泰勒和一个穿着法兰绒服装的乐队成员突然走了进来，我顿时感到十分局促。一头深色鬈发将玛利亚的五官与身形衬托得恰到好处，尤其是她高挺的鼻子和苗条修长的身材。我屏住呼吸，看着她走进来，小声咕哝着"葡萄酒在哪儿呢"，然后就离开了。

那天我爸妈也来了，坐在靠后些的位置。我坐在一把金属折叠椅上，弹奏了六首原音乐①歌曲。我穿了件上面写着"永远二十一"的彩虹色条纹衬衫，配一条褪色微喇牛仔裤，裤脚扎进棕色牛仔靴，当时我认为这样穿特别酷。谢天谢地，我那个时候换了把泰勒牌原声吉他，还配了台莓红金色的吉他音箱，我选这台音箱纯粹是因为喜欢这种奶油色撞红色的感觉。每弹完一首歌，我都会摸索着调整变调夹的位置，这样下一首歌也能使用相同的和弦指型。我唱了几首青少年渴望简单生活的歌曲，未曾意识到那正是我当时所过的生活。表演完以后，爸妈夸我"棒极了"，并慷慨地准许我看完接下来的演出。

玛利亚·泰勒弹的是一把红色的格雷奇牌空心琴身电吉

---

① 原音乐（acoustic songs）及原声乐器是在二十世纪电子音乐面世后，为了将传统真实的、未经电子处理（或不是由电子信号产生音波）的乐器与之区别而衍生的词。

他，她娇小的身型让吉他显得特别大。当玛利亚弹起她那首《镇静剂》(Xanax) 时，我兴奋地捏住尼克的肩膀，这是她新专辑的主打歌曲，我曾拿她这张专辑做过混音。这首歌一开始有点像钟表的嘀嗒声，在一声接一声的鼓点里，她唱出了心底的不安与恐惧："害怕飞机，害怕突然变道的车……害怕结冰的山路，害怕我们得经历这些才能到达演出的地方。"她颤动着身子弹起了副歌，这个时候，乐队的其他乐手，之前还一声不吭的乐手，突然跟她一同合唱起来。

我也跟着他们一同唱起来，这首歌写的是巡演途中需要解决的种种问题。我留意到他们曾前往一个小镇旁的某个最多只有三十人的小山脊演出，他们肯定很后悔去那儿。我看到他们可以唱着自己的歌走遍全国，那感觉一定十分美好。而我跟玛利亚共享过同一个舞台，在同一个房间里待过，她就站在离我只有两英尺的地方。我短暂地窥视过一个艺人的世界，有那么一瞬间我觉得，那个世界离我也很近。

演出结束后，尼克开着他爸妈的尼桑千里马轿车送我回家。他为我感到骄傲，这让我十分欢喜。一个我仰慕的人开始对我刮目相看，这感觉真的很好。

尼克对我说："你应该去录唱片，把你所有的歌都录进去，就找我以前录过的那家录音室。"

第二天上午，妈妈带我去首尔咖啡馆吃午餐。这家餐厅在一所大学旁，是一对韩国夫妇开的，丈夫负责店面工作，妻子在后厨忙碌。这家餐厅唯一的问题是服务速度实在太慢，只要客人超过三桌，那位丈夫就很容易出错。为了解决这个问题，妈妈会在从我们家开车到餐馆的半道上，就提前打电话把餐订好。

"你今天想吃石锅拌饭吗？"妈妈问道。她一手握着方向盘，另一只手在她粉红色的摩托罗拉翻盖手机里翻着联系人名单。

"嗯，听起来不错。"

"啊，再来份香辣……"

只要妈妈一说韩语，我就感觉自己在玩"疯狂填字游戏"——几个熟悉的字搭上一串我填不出来的空格。我知道她点了多加蔬菜的香辣海鲜面，我能听懂这些是因为她总点相同的食物。如果她喜欢吃什么，就会一直吃，每天吃，似乎永远也吃不腻，却又会在某一天突然不吃了。

我们到的时候，妈妈跟柜台后那位笑容满面的老人用韩语打了个招呼。我拿起大大的金属茶壶，倒上热茶，并在桌上摆好纸巾、金属汤匙和筷子。妈妈付过钱，从柜台前拿起一本韩国杂志，来到了我们坐的小隔间。

妈妈小声说："我真的很喜欢这儿，不过他们的服务实在太慢了，所以我都会提前打电话点餐。"

她喝着大麦茶，翻起了杂志，浏览杂志上的韩国女演员和模特。"我觉得这个发型应该很适合你。"她指着一个韩国女演员说，这位女星披着一头柔顺的波浪卷长发。接着她又翻了一页说："韩国现在特别流行这种军绿色夹克，妈妈也想给你买一件，但你一向喜欢穿难看的衣服。"

那位老人推着推车走过来，把我们点的餐和小菜摆到桌上。我的石锅拌饭底部还在噼里啪啦地响着，妈妈的香辣海鲜面的鲜红汤汁也像刚刚浇过水的蒸汽浴石，发出嗞嗞的声音。

"祝您用餐愉快。"那位老人欠身用韩语说道，然后推着车走回了柜台。

"你觉得我昨天的表现怎么样？"我一边问，一边给我的石锅拌饭加了点苦椒酱。

"宝贝，不要放太多苦椒酱，不然会很咸的。"妈妈拍了拍我悬在碗边的手，我顺从地放下了红色的酱料瓶。

"尼克说，他知道一个录音室，我可以去那儿录歌。只要录吉他和人声，所以我应该两三天就能录好，那么录音的费用大概只要两百美元，然后我就可以自己在家刻录更多碟片了。"

妈妈夹起长长的面条，又让面条落回了汤里。她把筷子放在碗上，合上杂志，看向桌对面的我。

她看着我的眼睛，说："我一直在等你放弃这一切。"

我垂下头，看着自己的米饭，用勺子把蛋黄搅散，跟石锅里的蔬菜拌在一起。妈妈倾身舀了几勺豆芽汤浇在我的饭上，汤汁淋到石锅壁上，又发出了嗞嗞的声音。

　　"我根本不该让你去上吉他课的。你应该好好考大学，别做这些没谱的事。"

　　我不安地抖起了腿，拼命压抑着怒火。妈妈把手伸到桌下，按住我的大腿说："别再抖腿啦，福气都被你抖掉了！"

　　"要是我根本不想上大学呢？"我使劲儿甩开她的手，无所顾忌地说。我舀了满满一勺滚烫的米饭放进嘴里，用舌头把米饭颠来颠去，张着嘴让热气冒出。妈妈紧张地看了看餐厅四周，仿佛我说的是要加入哪个黑社会。她努力定了定神说："我才不管你想不想上大学，你必须上大学。"

　　"你根本不了解我。什么没谱的事，那是我最爱的事！"

　　"行行行，你去跟科莱特一起住吧！"她火冒三丈地拿起钱包站起来，戴上她大大的太阳眼镜，说，"她肯定会照顾你的，你在那儿想做什么就做什么，而我什么都要管。"

　　我跟着她走到停车场。她坐在驾驶座上，打开车内的折叠镜，用卷起来的收据一角剔掉沾在牙齿上的辣椒粉。她在等我阻拦她，等我追上她，求得她的原谅。但我不会屈服的，不靠他们我也能活下去。我像所有涉世未深的青少年一样自以为是地想，我可以去找工作，可以跟我的朋友一起住，可以继续到处演出，总有一天台下会坐满观众。

妈妈把揉成一团的收据扔进水杯架，然后收起折叠镜，把车窗摇了下来，隔着墨镜看向我。我站在停车场上，尽可能让自己不要颤抖。

"你想做个忍饥挨饿的艺术家？那就去吧！"她对我说。

忍饥挨饿的艺术家生活很快就打破了我的幻想。我在妮可家住了几天，又去跟我的朋友香农一起住。她比我大一岁，有自己的地方住，那是个名为"花店"的朋克小屋，其实就是个废弃的住所。玩金属朋克的"艺术家"们睡在地上，喝醉了就往街边的屋顶扔玻璃瓶，朝石膏墙扔餐刀。

脱离了妈妈的管束，我变得更加不负责任，也更为迷失了，不再理会过去一年来跟妈妈争来吵去的那些事。填了一半的大学补助申请书还在爸爸的电脑桌上，我却陷入了不断逃学的恶性循环。逃课，不交作业，因成绩不好而感到丢脸，只好再逃更多的课，免得见到那些关心我的老师。一个又一个清晨，我都坐在校外停车场抽烟，无法鼓起勇气走进去。我开始想到死亡，看到什么都能将之视为通往死亡的工具。高速公路是一个可以被撞倒的地方，五层楼是一个可以跳下去的高度。看到一瓶瓶玻璃清洁剂，我会好奇自己能喝掉多少。我甚至想象自己吊在百叶窗的拉绳上，将百叶窗拽得上下晃动。

期中成绩出来了，我所有科目都不及格，平均绩点大幅下降。妈妈去见了大学升学顾问，向他寻求帮助。她慌慌张张地收集各种文件，包括那些填了一半的大学补助申请书，并分别寄往我之前感兴趣的各个大学。

我回到家以后，开始去看心理治疗师。治疗师开了一些处方药来让我舒缓情绪，还给我的大学申请书附了一封信，信上说我的情绪变化与行为是精神濒临崩溃的表现。

在我离家上大学前的最后几个月，一种令人焦灼的沉默在家里蔓延。妈妈总是悄无声息地在屋子里穿梭来去，仿佛我根本就不存在。甚至连我不打算去参加毕业舞会，她也只是漫不经心地随口一答。而在一年前，我们还曾一同挑选过我在毕业舞会上要穿的裙子。

我很希望妈妈跟我说话，但表现得毫不在意，我知道她的心理素质比我强得多。我们之间的生疏似乎对她构不成任何影响，直到我收拾东西准备去布林莫尔学院时，她才开口打破了我们之间的沉默。

"我像你这么大的时候，要是有个给我买这么多漂亮衣服的妈妈，我简直愿意为她付出生命。"

我盘腿坐在地毯上，叠着一条我在"友善"慈善旧货店买的牛仔背带裤，裤子破洞下打了格子花纹补丁。我把折好的牛仔裤放进包里，旁边是一件花花绿绿的圣诞毛衣，和一件我用松松垮垮的衬衣改的无袖衫。

"我总是穿娜美的旧衣服，可到了留给恩美的时候，她也穿上了新衣服。"妈妈对我说，"在东海岸这么穿，人人都会以为你无家可归。"

"那又怎样？我不像你，我有更重要的事要想，才不在乎自己看起来怎么样。"

妈妈突然抓住我的臀部，把我转过去，用手掌打我的屁股。这不是妈妈第一次打我，随着我越来越大，这惩罚也显得越来越怪异。一方面，我比她还要重，她打我，我也没多痛，只是感觉很尴尬，这么大了还在被打的尴尬。

爸爸听到动静，就下楼到门厅来看是怎么回事。

"揍她！"妈妈大声喊道。

爸爸一动不动地站在那里，呆呆地看着。

"揍她！"妈妈再次喊道。

"你再打我的话，我就要报警了！"

爸爸抓住我的胳膊，扬起了手，但他还没打下来，我就从他手里挣脱了。我跑向电话，报了警。

妈妈看着我，那目光就像看一只虫子、一片污渍、一个吞噬她所有付出的黑洞。这不再是那个挽着她胳膊逛杂货店的女孩，不再是那个祈求睡在她床边地板上的女孩。我把电话拿到耳边，挑衅地看了她一眼，却在听到电话里的声音时害怕得挂断了。妈妈趁机抓住我的小臂，那是我们第一次扭打在一起，第一次想要把对方按倒在地毯上。我想把她推开，却发现那是一件我做不到的事，需要一种我驾驭不了的力量，最终，我只能任由她按住我的手腕，爬到我的身上。

"你为什么要这么对我们？我们什么都给了你，你怎么可以这么对我们？"她大声喊道，大滴大滴的眼泪与口水落到我的脸上。她身上散发着橄榄油和柑橘的味道，柔软滑嫩的手把我的手腕按在粗糙的地板上，压在我身上的重量已开始让我感觉疼痛。爸爸在我们身边走来走去，不清楚自己在这场争斗中到底该扮演怎样的角色，不知道我这样的孩子为何会变得如此乖戾。

"生了你以后，我打过一次胎，就因为你是这么个糟透了的小孩！"

她松开手站起来，走出那个房间，边走边发出一阵咂舌声，那是深以为憾才会发出的声音，比如路过一栋破败不堪的漂亮建筑。

竟然发生过这种事。这么大的秘密，她竟然从来没有跟我说过，直到这一刻才咆哮着说出来，这让我感觉十分荒诞。我知道，我肯定不是她打胎的真正原因，她这么说只是想伤害我，就像我无数次伤害她那样。然而比这件事更令我震惊的，是这么大的事，妈妈从未跟我提过。

我对妈妈保守秘密的能力感到既羡慕又害怕，因为我试图守住的每一个秘密都会让我心痒难耐。即便是对我们，她也可以不吐露分毫。她似乎不需要任何人，至少那需要微弱得让人震惊。多年以来，她一直教我要给自己留百分之十，可我没想到那意味着，她对我也有所保留。

六

暗物质

　　我想，这是我的机会，弥补一切的机会。弥补我小时候调皮多动，给妈妈平添了无数麻烦；弥补我青春期言语尖刻，一次次伤她的心；弥补我在商场里故意躲起来，在公共场合发脾气，弄坏妈妈心爱的物品；弥补我偷开爸妈的车，在外面吃迷幻蘑菇①，酒后把车开进了沟里。

　　我会表现得积极乐观、心存喜悦，让妈妈也受到感染。我会毫无怨言地做好每一件家务，穿她想让我穿的每一件衣服。我会学着给她做饭，做她喜欢吃的每一种食物。我会独力照顾好她，不让病痛将她击垮。我会偿还自己多年以来欠下的债，成为她希望我成为的模样。我会让她后悔，为什么没有早点让

---

① 迷幻蘑菇是一类含有裸盖菇素和脱磷酸裸盖菇素等迷幻物质的蕈类，它能导致神经系统的紊乱和兴奋。

我来到她身边。我，要做她最最完美的女儿。

接下来的两周，爸爸预约了安德森博士，带妈妈飞去了休斯敦。在更好的成像技术下，他们发现妈妈患的并非胰腺癌，而是一种罕见的四期鳞状细胞癌，这种癌最初可能是在胆管里形成的。医生告诉他们，如果我妈妈听从先前那位医生的手术建议，可能会在手术台上失血而亡。他们建议妈妈现在最好回家，采用一种混合三种药的"莫洛托夫鸡尾酒"①疗法，再采取放射性治疗。我妈妈才五十六岁，要是没有患癌，她的身体还是比较健康的。医生认为只要我妈妈积极治疗、坚强应对，就有战胜疾病的可能。

回到尤金，妈妈给我发了一张照片，照片上她剪了个新发型——"精灵头"②。她十多年都没变过发型，一直留着简简单单的过肩长直发。有时她会松松地扎个马尾，夏天戴鸭舌帽或遮阳帽，秋天戴无檐帽或报童帽。除了年轻时烫过鬈发外，我再没见她做过别的发型。"好适合你呀！"我兴奋地给她回信息，还附了几个表示迷恋的动画表情。"显得你更年轻了，好像米娅·法罗！！！"我真这么觉得。在那张照片里，她面带微笑

① 莫洛托夫鸡尾酒（Molotov cocktail）并非鸡尾酒，而是一种土制燃烧弹的别称，用在此处以表达药劲较大。
② 精灵头（pixie cut）：一种露耳的短发发型。

地站在客厅雪白的墙壁前，旁边是我爸妈放车钥匙和座机电话的柜子。她的胸前贴了个输液港^①注射座，边缘处可以看出贴了医疗胶带。她看上去有些腼腆，身子微微前倾，露出满怀希望的神情，让我也觉得未来充满了希望。

尽管妈妈一开始表示反对，我还是辞去了三份工作，转租了公寓，中断了乐队的各项活动。我打算在尤金度过夏天，但在八月时会回费城进行为期两周的巡演。到那个时候，我再根据家人和自己的情况，决定是否要永久地搬回去。那个时候，彼得会来看我。

我回尤金的那个下午，就是妈妈第一次打化疗针的第二天。为了让自己看起来精神饱满、容光焕发，我在旧金山转机时，是在女厕所里的镜子前度过的。我在洗手池前洗了脸，用粗糙的纸巾把脸擦干，然后梳头、擦脸、化妆，小心翼翼地描出细长的眼线。我从随身带的行李箱里拿出粘毛滚筒，粘去裤子上的纸屑和毛衣上的毛球。我为了妈妈费尽心思地打扮自己，比去约会和面试更加讲究。

打从上大学起，每次寒暑假回家我都会用心装扮。大一那

---

① 输液港是一种为了减轻药物对血管的刺激而置入患者体内的专业输液装置，由无损伤针、置入静脉的导管、埋藏在皮下的注射座三部分组成。

年的十二月，我小心翼翼地把她给我寄来的一双牛仔靴擦得闪闪发亮，先用一块软布蘸点跟靴子一起寄来的鞋蜡，再把鞋蜡抹开，然后用一把木刷打着小圈把鞋蜡抹匀。

虽然我在离家上大学时，跟妈妈闹得很不愉快，但她每个月都会给我寄来一个个包裹，让我知道她一直想着我。她给我寄甜甜的蜂蜜米花、二十四袋一盒的即食海苔、微波炉加热的即食米饭，还有一袋袋的虾条、一盒盒的巧克力棒，以及一杯杯的辛拉面。每到期末我要省钱的时候，这些食物能让我好几个星期不用去食堂。她还给我寄挂烫机、粘毛滚筒、BB霜、袜子，还寄了一件在T.J.麦克斯折扣商店新发现的"不错牌子"的衬衣。我爸妈去墨西哥度假回来后给我寄来了一些包裹，那双牛仔靴就是其中之一。当我穿上靴子时，发现那双靴子并不是全新的。我妈妈在家里穿了差不多一个星期，每天大概穿一个小时。为了撑开硬硬的鞋帮，为了让后跟更加有型，她得穿两双袜子。为了让我穿得舒服些，她替我忍受磨脚的新鞋。

我站在宿舍的穿衣镜前，认真打量着自己，仔细检查衣服上有没有线头之类的小东西。我试着以妈妈的敏锐目光观察自己，查看她可能挑剔的每一处细节。我想让她眼前一亮，证明我已经长大了，即便她不在身边，我也可以照顾好自己。我想以一个成年人的形象回去。

妈妈也以她自己的方式为我们的重逢做了准备。她提前两天腌制好牛小排，在冰箱里放满一盒盒我喜欢的小菜，还提前好几个星期去买萝卜泡菜，然后在我回来的前一天把泡菜从冰箱里拿出来再发酵一天，让泡菜在我回到家时酸得恰到好处。

　　肉质鲜嫩的牛小排在放了芝麻油、糖浆和苏打水的汤汁里煮着，直到汤汁收干，每块排骨都裹上焦糖色的糖浆，整个厨房弥漫着浓郁的香气。妈妈把洗干净的红叶生菜放在我面前的玻璃茶几上，又端来一盘盘韩国小菜。浸泡在酱汁里的水煮蛋切成了两半，爽脆的豆芽放了葱花和芝麻油，还有用高汤熬煮的大酱汤和酸溜溜的萝卜泡菜。

　　我十二岁就开始养的金毛寻回犬茉莉娅四脚朝天地躺在地上，露出它大大的肚皮。每当妈妈说"挺胸"时，它都会做出这个动作，就像她做的牛小排，总能让我感受到家的气息。

　　"茉莉娅长胖了，你给它吃得太多了！"我摸着茉莉娅鼓囊囊的肚皮，说。

　　"我只喂它吃狗粮……和一点点饭，它是只韩国狗，喜欢吃米饭。"

　　我愉快地摊开手掌，在手上铺了一片生菜，往上面放我喜欢的馅儿料：一片色泽红亮的牛小排，一勺热腾腾的米饭，一点包饭酱和一片薄薄的生蒜，然后把它们包起来塞进嘴里。我闭上眼嚼了几口，细细品尝其中的滋味。我已经几个月没吃到家里做的菜了，味蕾与肚皮都亟待满足。光是米饭就足以创造奇迹，让我知道自己已经回家了。家里煮出来的饭粒粒分明，很有嚼劲，跟我在宿舍里赖以维生的黏糊糊的微波炉即食米饭完全不同。妈妈在我身边，将我的表情尽收眼底。

"味道怎么样？好吃吗？①"她边问边拆开一包海苔，把它放在我的饭碗旁。

"真好吃！②"我含着食物答道，还夸张地做出好吃得快要晕过去的样子。

妈妈坐在我身后的沙发上，把我垂落在脸颊旁的头发拢到肩后，让我可以更自在地享受这顿丰盛的美餐。那触碰很熟悉，她的手凉凉的，因为擦了护手霜而有些黏。我发现自己不再躲闪，甚至很渴望她的触碰，仿佛我有了一个新的内核，这个内核不自觉地被她的爱所吸引。仿佛我离开家的这些日子，我们之间的关系又回复到电量满格的状态。我发现自己恢复了讨好她的渴望，跟她讲起了成长过程中遇到的一件件趣事，因欠缺经验而出的一个个洋相，满心欢喜地看着她哈哈大笑。比如，我是怎么把一件毛衣洗到缩水缩到只有原来的一半大，又是怎么在一家特别高档的餐厅点了一杯我以为不要钱的苏打

---

① 原文为韩语的英文发音：masisseo。
② 原文为韩语的英文发音：jinjja masisseo。

水，却发现那杯水售价十二美元。我终于肯承认，妈妈，你是对的。

我走下尤金机场的电动扶梯，心里还是有点希望像过去那样，看到妈妈站在候机楼的出口处等我，我一出现就向我招手。她总是独自在那儿接我，穿一身利落的黑色套装和一件仿皮草背心，戴着大大的玳瑁太阳镜，在一群穿着绿色"俄勒冈鸭"[①]连帽衫的尤金人里显得十分与众不同。

然而这一次，来接我的是爸爸，他把车停在行李认领处门口。

"嘿，女儿！"爸爸给了我一个大大的拥抱，然后把我的行李放进汽车后备厢。

"妈妈怎么样了？"

"她挺好的，昨天刚做了化疗，现在有一点虚弱。"

我们静静地坐在车里。我打开车窗，深深地吸了口俄勒冈的空气。空气暖洋洋的，有一种草刚刚割过的清香，一种扑面而来的初夏气息。我们的车经过大片大片的旷野，经过城郊的一个个"大盒子"仓储购物店，经过我曾经最最要好的一个朋友的家。那座房子重新粉刷过，草坪也加了栅栏，而我跟这个

---

① 俄勒冈橄榄球队名叫"鸭队"，俄勒冈大学俗称"鸭子大学"，其标志为黄绿色的卡通鸭，很多运动时尚品牌都推出了相关服饰。

朋友早已不再联系。

爸爸一如既往地把车开得飞快。在这个小小的大学城，路上的车都开得很慢，他却不时地变道超车，显得颇为格格不入。妈妈没在，气氛有些尴尬，因为我和爸爸很少单独待在一块儿。

爸爸很乐意挣钱养家。仅仅是存在于我们的生命中，就足以证明他已经超越了自己的成长环境，战胜了自己的毒瘾，这可一点也不简单。

我从小就爱听爸爸说他过去的那些事，佩服他无所畏惧的男子气概。他会给我讲他年轻时跟人打斗的事，不遗漏一丁点儿细节，比如他是如何弄瞎一个人的眼睛，如何被人用刀挟持，如何在木栈道下待了整整二十三天。他骑哈雷摩托，只戴一只耳环，身材十分壮实，让我很有安全感。他酒量也特好，下班后会去办公室对面的高地酒吧喝酒，快速干掉一杯又一杯龙舌兰，再漫不经心地喝掉半打啤酒，第二天早上醒来依旧精神饱满。

跟妈妈不同，爸爸在我的成长过程中，并不是很在意我的性别。他教我拳击，教我生火。我十岁的时候，他甚至给我买了一辆排量 80cc 的雅马哈摩托车，这样当他在后院泥泞的环道上骑车时，我也可以跟在后面。

不过，在我的童年时光里，爸爸大部分时候不是在上班，就是在泡吧。即便他回了家，大多数时间也是在冲着电话大吼，寻找遗失的草莓种植架或是弄清一车莴苣迟了三天还没到货的原因。随着我越来越大，我和他之间的谈话也越来越像是跟一个某部电影只看了最后三十分钟的人，解释之前到底发生了什么。

爸爸总是把我和他的疏离怪到他的工作上。我十岁的时候，他接管了他哥哥的公司，工作量也翻了一倍。真实的原因是，那个时候我们家刚好添置了第一台电脑，我无意间看到他在网上跟一些女性预定了付费服务。这个秘密，我瞒了妈妈一辈子。

我小一些的时候，还会为爸爸的不忠找理由。他是个有需求的男人，可能已经跟我妈妈达成了某种和解。但我越大就越觉得这事很恶心。他当年那些看似英勇的经历变得无聊而重复，无不暴露出他的一个个缺点。他持续不断的醉酒不再是一件有意思的事，酒后驾车更显得不负责任。那些小时候让我感到快乐的事，无法让他成为一个称职的父亲。我们之间的关系，也不像我和妈妈那样亲密无间，相互影响。现在妈妈病了，我不知道该如何跟爸爸一同陪她战胜病魔，渡过难关。

我们经过斜坡上的公墓，爬上陡峭的小山，向着威拉米特街驶去。在一块显示城市边界的标牌后，路边的景致变得截然不同，熟悉的风光在我眼前展开。路上有很多弯道，随时可见奔跑的鹿。爸爸小心翼翼地从缓慢行驶的沃尔沃汽车和斯巴鲁汽车旁开过，朝斯宾塞孤峰公园行进。接下来的路装了护栏，漫天斜阳给山坡上的草披上了一层金灿灿的霞光。越往上开，松树就越多，松树后的房子也越依稀难辨。我们越过孤峰，开过达克沃斯苗圃基地——在那里，孔雀在一排排盆栽灌木和盆栽树木间自在地漫步，又经过了位于狐狸洞路的圣诞树农场，驶过铺满砾石的下坡路——路边华盖如伞的树、蕨类植物以及苔藓天衣无缝地交织成一幅绿意盎然的画卷，画卷尽头是我们的家。

爸爸还在停车，我先急急忙忙进了家，把换下来的鞋整齐地放在门厅。我一边穿过厨房，一边大声喊着妈妈，妈妈也从沙发上站了起来。

"嗨，宝贝！"她跟我打招呼。

我朝她走过去，小心翼翼地拥抱她，可以感觉到她胸口硬硬的塑料注射座。我伸手摸了摸她的头发，对她说："真好看啊，我很喜欢。"

她重新在沙发上坐下，我坐在沙发和茶几之间的地毯上。茱莉娅在我们身边吐着舌头喘气，它的一颗犬齿已经掉了，那是爸爸几年前清理车道上的高尔夫球时不小心打掉的。我抱着妈妈的小腿肚,把头靠在她的大腿上。我本以为我们俩见面时会很激动,但她表现得平静而淡漠。

"你感觉怎么样?"

"挺好的,就是有点虚弱。"

"你应该多吃点,这样营养才能跟得上。我准备学做你喜欢吃的韩国菜。"

"噢,是的,你给我发了好多照片,你做的那些菜真不错。明天早上你给我做鲜榨番茄汁吧,我买了几个有机番茄,用维他密斯榨汁机榨的时候再放点蜂蜜和冰块,那样味道非常好,等会儿我就做一点。"

"番茄汁,我记住了。"

"再过一两周,妈妈的朋友桂就会来了,到时候可以让她教你做几道韩国菜。"

桂比妈妈大几岁,是妈妈跟爸爸到日本生活时认识的朋友。当时我爸爸在三泽市的一家二手车店工作,桂非常照顾我妈妈,告诉她在哪儿停车,去哪儿喝东西,怎么开车,如何经营副业。桂带她去福利商店买黑市商品,那是开在美军驻军基地的百货折扣店,里面可以买到咖啡奶精、洗洁精、瓶装洋酒和午餐肉罐头。妈妈在福利商店以免税价买到这些当时很稀缺的商品后,很快就能以五倍的价格卖出去。

搬去德国后,我妈妈就跟桂失去了联系,不过几年前她们又联系上了。桂现在和她丈夫伍迪住在佐治亚州。我从未见过她，但想到可以跟她学几道韩国菜，让妈妈看看我有多能干，就感到很兴奋。我想象着自己可以跟桂一起做出一道道美味佳肴，想象自己终于可以偿还一点欠下的债，向妈妈回报些许爱与关怀。她关心了我那么多年，我却始终不当一回事。我要用美味佳肴让她得到慰藉，让她回忆起自己的故乡。那些她喜欢的食物会滋养她的身体，提振她的精神，让她获得康复起来所需要的力量。

我们一起看了会儿电视。茱莉娅在妈妈身边喘着粗气，我们静静地把粘在它皮毛上的刺蓟摘掉，把捉到的蜱虫烧死。只要我们专注地盯着屏幕，它就会用爪子来挠我们的手腕，要我们把注意力放在它身上。那天妈妈很早就上床睡了，我也拿着包上了楼。

我的卧室在爸妈房间的楼上。卧室呈长方形，两边各有一个凹室，凹室上方可以看到倾斜的屋顶。其中一个凹室放着我的书桌，另一个放着唱机柜和音箱，以及一扇铺着蓝色软垫的飘窗。两边的凹室都刷成了亮橘色，卧室中间则是薄荷绿色的。整个房间的色彩以及左上角的海报表明，这里住过一个青春期少女。

"别弄得到处是洞！"妈妈站在楼梯上朝我吼道，当时我正拿着钉子往天花板钉色彩绚丽的挂毯，往墙上钉贾尼斯·乔普林①和《星球大战》的海报。我又想起自己在"友善"慈善旧货店发现那台老旧的柜式唱机和难看的木质音箱时的情景。"我们可以再刷一层漆。"我对妈妈说，想到可以跟她共同完成一个充满创意的项目，我顿感幸福极了。我把这些东西搬回家，却只能独力完成所有改造。我在车库里铺上报纸，用喷漆把唱机柜喷成黑色，可我没有耐心等油漆干，就往上面喷大大的白色波点，白油漆缓缓往下流淌，形状变得极其扭曲，让这台唱机看起来宛如一头正在融化的奶牛。我看着唱机，想起了自己做过的一件件半途而废的蠢事，而当我把莱昂纳德·科恩②的唱片放进唱机，发现这台唱机只能播放单声道音频而非立体声时，更觉得自己蠢到家了。

我打开窗户，爬上屋顶。原本这扇窗还装了纱窗，几年前拆下来后就一直堆在车库里。在青蛙与蟋蟀的低鸣声中，我在屋顶的斜坡上躺下来，靠着粗糙的沥青纸稳住身子，双脚垂在屋檐的雨水槽上方。在这个远离城市灯光的地方，漫天繁星莹亮闪烁，比我记忆中的还要璀璨。我以前常常在爸妈睡着以

① 贾尼斯·乔普林（Janis Joplin, 1943—1970）：美国创作歌手、音乐家。2004年，《滚石》杂志将其列为"史上最伟大的100位艺术家"的第46位。——编者注
② 莱昂纳德·科恩（Leonard Cohen, 1934—2016）：加拿大创作歌手、诗人、小说家，于2010年荣获第52届格莱美音乐奖终身成就奖。——编者注

后，爬到屋顶另一头，再顺着柱子爬下去，跟约好的小伙伴一起开车出去玩儿。每当我蹦跳着跑过砾石路，奔向我的"解救者"，听到引擎发动的声音时，就感觉自己自由了。

其实偷偷溜出去，也没多少事可做。开车来接的通常是我的同学或大一些的朋友，跟我的关系谈不上有多好，只不过他们刚好有驾照，想打发夜里无聊的时光。我们经常在树林里开狂欢舞会，穿着华丽的衣服跟不认识的嬉皮士一同狂舞。有时，我会在爸妈的节日派对上偷点酒，那时我就像个小心翼翼的化学家，用虹吸管从各种不同的酒瓶里吸出不易察觉的量，再在舞会上跟苏打水与饮料混在一起。大多数时候，我们只是开着车到处转转，在车上听歌，有时也会冒险驱车一小时前往德克斯特水库或弗恩山。到了那里，我们也只是坐在码头上凝望深邃的湖水，凝望这夜色里既漆黑又透亮的存在，试图在无边的阴郁里寻求共鸣。那时候我们总是充满了困惑，老也弄不清自己到底是怎么想的。还有一些时候，我们会开车到斯金纳山上去，俯瞰这座将我们困在其中的乏味小城，或是去二十四小时营业的 IHOP 餐厅喝咖啡、吃土豆丝煎饼，抑或是偷偷穿过一大片耕地，到一个有秋千的地方去。还有一次，我们甚至开车去了机场，就为了看看航站楼里即将出行的人们，他们就要飞往我们做梦都想去的城市。深入内心而又无法言说的孤独和"美国在线"①即时信息将我们这群"夜行性青少年"连在了一起。

我很清楚,现在跟过去已完全不同。这一次,我是自己要回来的,不会再费尽心思地逃进黑暗的夜色里。我反而无比强烈地渴望,黑暗再也不要到来。

---

① 美国在线 (AOL):美国最大的因特网服务提供商之一。

七

药

我刚回去的那几天，并没有什么事发生。我们一直担心，总觉得会出点问题，总觉得厄运正在悄悄靠近。但那几天妈妈感觉还不错，我也就琢磨着，既然已经安然过了三天，或许情况并没有那么糟。

每天早晨，我都会按妈妈说的那样，洗三个有机番茄，再把它们切成小块，放到搅拌机里跟冰块和蜂蜜一起搅。其他菜就难多了，很多韩国菜我都不会做。我会做的那些，就妈妈现在的状况来说，口味太重了。我不知该如何是好，一直问妈妈，她能不能想到一些我可以给她做的食物，但她没什么想吃的，也没怎么理会我的提议。她唯一想到的是不倒翁牌奶油汤，这道汤口味比较柔和，也很容易消化，可以在卖亚洲食品的店里买到。

尤金没有韩亚龙超市。妈妈每周都会带我去两次销售亚洲食品的"日出市场"，这是镇上一个由韩国家庭经营的小店。丈夫肤色较黑，也比较矮，总是戴着大大的飞行员墨镜 ① 和黄色橡胶手套，很吃力地把新到的货搬到店里去。妻子娇小美丽，烫着一头短短的鬈发，待人热情，声音也很甜美，通常在店里收银。偶尔，他们三个女儿中的一个也会到店里来帮忙，把杂货装进袋里，再放到架子上。每隔几年，就会有一个女儿大到可以来帮忙，替代那个离家上学的女儿。结账的时候，妻子一边用扫码枪录入我妈妈买的豆芽或豆腐，一边跟她用韩语闲聊。在她们的谈话里，我听到过几所声名赫赫的大学。

店前方的货架上，大袋大袋的米堆得高高的，侧边放着个敞开式冷柜，里面有各种韩国泡菜和小菜。店中间的货架上陈列着方便面和咖喱食品，边上的冰柜里摆满了各种海鲜和速冻水饺。而在店后方的角落里，货架上满满当当放的全是韩国录像带。这些录像带都是盗版的，通通套着白色封套，带子侧面有手写的影片名称。妈妈常在这里租韩剧录像带，只是那些韩剧早已过时，她很多年前就听她首尔的朋友和家人讲过。我表现好的时候，妈妈会让我在收银台旁挑一种零食，通常是养乐多酸奶或一小杯果冻，有时我们也会买一袋麻薯，在开车回家的路上吃。

---

① 飞行员墨镜（aviator glasses）是一种有着细金属边框和泪滴形大镜片的太阳镜。起初是专为飞行员设计的太阳镜，后来在大众市场上逐渐流行。

我九岁的时候，"日出市场"搬到了一个更大的地方，货架上的商品也更多了。妈妈欣喜地研究着一个个新上架的进口食品，有装在小木盒里的冷冻明太鱼鱼子，有袋装的韩式炸酱方便面，还有鲷鱼烧——鱼形面皮里裹着冰激凌和红豆沙。每一种新品都能勾起妈妈儿时的回忆，让她品尝到从前的味道。

独自一人来到这里，这个我和妈妈总是一起来的地方，那种感觉是很奇怪的。我习惯了跟在她后面，看她比对一袋袋速冻海鲜食品或是韩式葱油饼预拌面粉，研究哪一种更接近外婆经常用的那种。然而这一次，我不用再帮妈妈推购物车了。我来到货架前，慢慢研读包装上的韩国字，寻觅她要我找的速食汤，搜寻她喜欢的牌子。

我在韩语培训学校学过韩语读写。从小学一年级到六年级，妈妈每周五都带我去韩国长老会①教堂。那是紧挨停车场的一栋小楼，有两三间教室，供不同程度的学生上课。教室里画着各种描绘《圣经》场景的彩图，"主日学校"②的学生也在那儿上课。真正的教堂则在楼上，每年都会举办一两次集会活动。

每周，培训班学生的妈妈都会轮流为大家准备餐食。有

---

① 长老会（Presbyterian church）：基督教新教加尔文宗教会之一，十六世纪产生于苏格兰，主要分布于英、美等国。
② 主日学校（Sunday school）：通常于周日教授儿童基督教知识的学校。

的家长会好好利用这一机会，让孩子品尝传统韩国菜，另一些家长则将之视为一项任务，通常都轻轻松松地从"小恺撒"比萨餐厅订购十盒比萨，孩子们却非常喜欢吃。妈妈会在开车回家的路上抱怨："格蕾丝妈太懒了，我才不信孩子们会真心喜欢拿比萨当饭吃。"韩国的妈妈们往往以孩子的名字称呼彼此，智妍的妈妈叫智妍妈，埃丝特的妈妈叫埃丝特妈。我从来没有听过她们的本名，仿佛她们都只有一个身份——自己孩子的妈妈。

轮到我妈妈的时候，她做了紫菜包饭。放学后，她在家里蒸了一大锅米饭，又花好几个小时用一张薄薄的竹帘把包了腌黄萝卜、胡萝卜、菠菜、牛肉和蛋皮的米饭卷成一根根完美的圆柱，再把这些圆柱切成一口一个的小块。卷的时候，妈妈会把从两端凸出来的蔬菜切掉，上课前我们总拿这些菜当零食吃。

我在那所培训学校上课，却没交到什么韩国朋友。每次吃完饭，我总是在停车场闲逛，感觉自己格格不入。在半小时的休息时间里，学生会把停车场当操场。那儿有个篮球架，通常会被大一些的男孩占领，其他人则坐在边上自娱自乐。那里的学生基本都是纯正的韩国人，他们对父母言听计从的态度令我十分惊诧，那是他们从韩国移民来的双亲共同灌输的结果。这些孩子顺从地戴着妈妈让他们戴的遮阳面罩，每个星期天都会跟妈妈一起去教堂做礼拜。在我们这个人数不多的韩国圈子，基督教是非常核心的教派，但我妈妈很早就没再参加教会活动了。或许因为我成长于两种教育理念交融的家庭，我在那儿就像个不伦不类的坏小孩。我犯错的时候，老师会让我双臂抱头站在角落，其他人则照常上课。我始终没能把韩语说得很流利，只能算是勉强学会了读写。

"科里姆苏普（Keu-reem seu-peu）。"我用英式韩语小声读着。对像我这样只会拼读韩国字的人来说，英式韩语是一条能让我轻松掌握大量词汇的捷径，即按韩语发音规则来拼读英语外来语。不过韩语字母里没有 z，英语单词里发 z 的音会变成 j，所以"比萨"（pizza）用韩语念就会变成"比架"（pee-jah），"太让人惊叹了"（amazing）会念作"额眉竟"（ama-jing），"芝士"（cheese）则读作"芝就"（chee-jeu）。同样，英语里的 r 会变成 l，"奶油汤"（cream soup）就会读作"科里姆苏普"（Keu-reem seu-peu）。科里姆苏普，我轻声念叨着这个词。奶油汤。我找到了妈妈喜欢的牌子，这种奶油汤的包装袋以亮橙色和鲜黄色为主，商标上印了个舔着嘴唇还眨着一只眼的卡通头像。我买了几种不同口味的奶油汤，买了几碗这个牌子的韩式即食粥，还买了一袋麻薯，然后就回家了。

我洗好手，把粉红色的麻薯摆在一个小碟子上，送到妈妈床前。

她看到后，说："谢谢你，宝贝，但我不想吃。"

"吃一点吧，妈妈，就吃半块。"

我坐在她身旁，看着她吃。她勉为其难地咬了一小口，就把麻薯放回了碟子里，轻轻弹掉手指上沾到的白色糖粉，然后把碟子放在床头柜上。我走出她的房间，去准备奶油汤。

我倒了三杯水，再把奶油汤的粉末倒进去加热。我竭力回忆着自己在网上看到的"看护小贴士"：应遵循"少食多餐"的原则，尽可能营造愉悦的用餐氛围；将食物放在大一些的碗里，可以让食物显得更少，更好吃，也更容易吃完。我把汤倒进一个特别大的蓝碗里，让这碗汤看起来只有一点点，少得就像是井里的一滴水。尽管如此，妈妈依然只吃了几口。

那天晚上，我突然想到一道很适合给她做的菜——蒸蛋羹。很多韩国餐厅都会将蒸蛋羹作为配菜，让食客获得更好的用餐体验。这道菜营养丰富，口感鲜香嫩滑，我小时候特别喜欢吃。

我根据网上的食谱，在碗里打了四个蛋，用叉子把蛋液打散。我在橱柜里找到一个砂锅，把砂锅放到炉子上，把装有蛋液的碗放进去，又加了盐和三杯水，再盖上盖子蒸了十五分钟。揭盖一看，蛋羹蒸得刚刚好，看起来很嫩滑，犹如一块黄色的嫩豆腐。

我把蛋羹放在餐垫上，然后扶着妈妈来到厨房，对她说："我做了蒸蛋羹！"

看到蒸蛋羹，妈妈皱了皱眉，厌恶地把脸转向一旁："噢，宝贝，我现在真不想吃这个。"

我努力调整自己沮丧的心情，试图将失望的情绪转化为无尽的耐心，如同一个正在照顾腹痛婴孩的新手妈妈。我小时候那么挑剔，妈妈想了多少办法与我周旋啊！

"阿妈，这是我为你做的，你至少尝一口吧，就像你以前教我的那样。"我对妈妈说道。

在我的劝说下，她只尝了一口，就回到床上去了。

第四天早上，妈妈感觉很恶心，第一次吐了出来。我忍不住自私地想，自己的努力都被冲到下水道去了。为了不让她脱水，我一整天都在劝她尽量多喝水，但她每小时都会奔向卫生间，把胃里的东西统统吐光。四点钟的时候，我发现她蜷在厕所里，用手抠着喉咙，好让自己不那么难受。我和爸爸把她架起来送回床上，责备她不努力让食物留在身体里，身体得不到营养，是不会好起来的。

晚上，我打电话到首尔咖啡馆，点了一份较为清淡的韩式牛肉年糕汤。我琢磨着，她吃不下我做的食物，但她喜欢的餐厅做的菜，或许能让她有点胃口。我把牛肉汤装进另一个特别大的碗里，端到她的床前，但她依然不想吃，只勉强吃了几口，后来又都吐掉了。

我们希望这些副作用都已达到巅峰，然而情况在第五天变得更糟。她虚弱极了，甚至都起不了床，去不了卫生间，我只好急匆匆地把自己小时候装洗澡玩具的粉色心形塑料桶递给她，再一次次把桶洗干净。到了第六天，她的状态已极不正常。她曾预约了那天下午去看肿瘤医生，但我们决定早点送她去医院。

也就是在那个时候，我们发现她已神志不清。她无法独自站立，也无法说话，只能低声呻吟，前后摇晃，仿佛正身处某种幻觉中。我和爸爸分别把她的一只胳膊架在自己的肩膀上，将她扶到车里。爸爸开车，我坐在后面，妈妈坐在副驾驶的位置，我注意到她的眼珠不时向后翻，似乎整个人都不在这里，而是进入了另一个世界。或许是要逃离她在那个世界遭受的巨大折磨，她突然开始疯狂地抓门，试图挣脱出去。爸爸咆哮着叫她停下来，一手握着方向盘，另一只手去拉我妈。

"快停车！"我喊叫起来，害怕妈妈会挣脱开，从车里摔出去。

爸爸把她扶到后座，我架着她的胳膊，把她拉进车里。她不断地呻吟和挣扎，想要逃出去，我紧紧搂着她，让她靠着我。我们好不容易来到肿瘤门诊处，医护人员只是看了一眼，就说我们应该直接送她去急诊科。

爸爸搂着妈妈的肩膀，把她放到河湾医院的轮椅上。前台两个穿着蓝色手术衣的男人让我们去等候室坐着，说现在已经没有床位了。他们冷漠地瞥了我和妈妈一眼，当时我正努力让她别从轮椅上摔下来。妈妈在轮椅上呻吟、摇晃，还挥舞着双臂，似乎正在和某种看不见的恶势力打斗。爸爸一掌拍向前台桌面，怒吼道："你们看看她！你们要是不管，她马上就会死在这里！"

爸爸的嘴角泛起白色的泡沫，看上去简直怒不可遏，我甚至怀疑他要翻进去打他们。

"那边！"我看着一个空房间说，"那个房间是空的，拜托了！"

他们妥协了，带我们去了那个房间。我们在那里等了好久，久得就像是过了一辈子，医生才终于来了。妈妈已经脱水了，我还记得她身体里的镁元素和钾元素都低得可怕。护士用一张移动病床把她推到楼上的一间病房，给她挂上吊瓶，让她的身体指标稳定下来。爸爸让我回家去，帮妈妈拿一些过夜用的东西。

我离开的时候，天已经黑了。我独自坐在车里，终于从震惊中缓过神来，流下了眼泪。我这辈子所做的事，实在是太自私、太无足轻重了。我恨自己没有在恩美小姨生病时每天给她写信，恨自己没有多打几个电话，恨自己不知道娜美姨妈究竟是怎么照顾恩美小姨的。我恨自己没有早点回尤金，恨自己没有早点陪妈妈去看医生，恨自己不知道哪些症状是需要特别当心的。或许是想推卸责任吧，我的恨意又转移到了爸爸身上，恨他没遵从医生的警告。要是那些症状刚出现时，我们就送妈妈去医院，她根本就不用受这些折磨。

我用袖子擦了擦脸，然后打开了车窗。那是六月的第一周，和煦的暖风轻拂着我的面庞。一弯新月盈盈地挂在空中，我妈妈总说，这是她最喜欢的月亮形状。她每次说的时候我都会嘲笑她，告诉她月亮无非就三种形状，用"最"字太夸张了。沿着5号州际公路，我经过了雷恩社区学院，来到威拉米特街，开始加快车速。我尽量让自己集中精神，专心开车，以免撞到弯道上的野鹿。

回到家，我在客厅里拿了条薄毯，把妈妈放在洗漱台上的洁面乳、爽肤水、精华露、润肤露和润唇膏都装起来，还在她衣柜里拿了件柔软的灰色羊毛开衫，以及出院时穿的干净衣服。最后，我装好自己过夜需要用的东西，回到了河湾医院，那时妈妈已经睡着了。爸爸让我跟他一块儿回去，但我无法让妈妈独自待在医院，担心她醒来时一头雾水，都不知道自己是怎么到医院来的。我让爸爸回去休息，明天早上再过来，我晚上就睡在窗边有软垫的长凳上。

那天夜里，我躺在妈妈身旁，想起自己小时候总喜欢把冰凉的脚放在妈妈的大腿中间，让脚暖和起来。她总是被我冰得瑟瑟发抖，还小声说，只要能让我好受些，她什么都愿意承受。那个时候，你会感知到深深的爱意。我又想起那双靴子，为了让我穿得舒服些，她自己忍受磨脚的痛苦。现在，我比以往任何时候都希望痛苦是可以转移的，希望可以让妈妈知道我有多爱她。我蜷在医院的病床上，和她紧紧地挨在一块儿，希望自己可以替她承受痛苦，似乎只有这样才是公平的，一个人才算真正地履行孝道。她怀胎十月，将身体变作我的堡垒，让自己的内脏器官挤成一团，为我的生存腾出空间，为她的独生女做出牺牲。然而，我只能躺在她身边，做好照顾她的准备，只能听着心电监护仪发出缓慢而平稳的声音，听着她轻柔的呼吸声。

过了好几天，妈妈才能开口说话。她在医院住了两周，爸爸白天在医院陪她，我则夜里跟她在一块儿。

对爸爸来说，这样的生活颇具挑战性。他可以陪我妈妈接受治疗，但他真的不太会照顾人。或许因为他小时候没得到过什么照顾，现在也不知道该如何照顾别人。

我爸爸从来没见过他爸爸——他曾是第二次世界大战时期的一名伞兵，据说有一次在关岛紧急迫降，他的降落伞挂在一棵树上，导致他被卡在空中好几天，亲眼看着自己部队的人都被屠杀了。后来他获救，却完全变了个人，不仅打自己的孩子，还让他们跪在草地上，甚至往他们的伤口撒盐。他强奸自己的妻子，让她又怀了孩子——就是我爸爸。在孩子出生前，她离开了他。

她一个人要照顾四个孩子，还要赚钱养家。作为四个孩子中最小的一个，爸爸实在得不到多少关注与照顾。他的大哥戴维比他大十一岁，二哥盖尔比他大十岁，在他可以上小学时，这两个哥哥都已离开了家。三哥罗恩比他大六岁，因受过父亲虐待，也变得非常暴力，曾在我爸爸还只有九岁的时候，就把他打得晕了过去，还给他吃迷幻药，只是想看看他吃了以后会有什么反应。

可以想见，在这样的环境下，爸爸度过了怎样一个问题重重的青春期，直到他被捕入狱，后来又去了戒毒所。二十来岁的时候，他从戒毒所出来，干着一份杀灭虫害的工作时，还曾复吸过几次。幸好他遇到一个出国工作的机会，并最终获得了救赎。若是给我爸爸的人生立传，那书名或许会定为《世界上最伟大的二手车推销员》①。三十多年后的今天，最令他感到兴奋的，莫过于谈论他在军事基地度过的峥嵘岁月，在三

---

① 《世界上最伟大的推销员》（*The Greatest Salesman in the World*）是美国作家奥格·曼狄诺写的一本闻名全世界的励志书籍。作者在此处借用了这本书的书名。——编者注

泽、海德堡和首尔步步高升的辉煌过往。对他这个原本一无所有的人来说，在国外销售二手车无疑是一份热血沸腾的大好事业。

那些年，爸爸在国外实现了他的"美国梦"。尽管他没受过多少教育，掌握的技能也很少，但他凭借百折不挠的适应力和意志力站稳了脚跟。最令他感到骄傲的，就是他无论付出什么样的代价，都将成为最后一个屹立不倒的人。

带着这一新特质，爸爸来到尤金，以热衷于解决问题和擅于分配任务而成为一名成功的经纪人。在经历了二十多年的失败后，他终于找到了自己擅长的领域，并竭尽全力为之奋斗。从某种程度上来说，这意味着他必须过着猎犬般的生活：凝视前方、追逐血腥、疯狂奔跑。

然而，妈妈的病不是一个他谈判或加班几小时就能解决的问题，于是他开始感到无助，开始想要逃避。

一天中午，在医院的长凳上睡了一夜后，我筋疲力尽、昏昏沉沉地回到家，看到爸爸坐在餐桌上，家里有股烧焦的味道。

"这不是我。"他喃喃自语地看着自己的汽车保险单，摇了摇头，然后把手机贴到耳朵旁，准备解决本周第二次车辆剐蹭事故——这两起事故他都是过错方。垃圾桶里有两片焦黑的吐司，而吐司机里的吐司又要烤焦了。

我把吐司拿出来，用黄油刀把烤焦的部分刮到洗碗池里，再把吐司放进碟子，递到他的身旁。

他怔怔地说："我不是这样的。"

那天晚上，在我去医院之前，他一直待在那里，穿着汗衫和白色短裤，时而念念有词，时而昏昏睡去。

当时才九点，他已经喝了两瓶葡萄酒，正吃着大麻软糖，那是他给我妈妈在药房配的药。

"她甚至不能看我一眼，"他哭着说，"我们一看到对方就会哭。"

他的身体上下起伏，嘴唇已被红酒染成黑紫色。看到爸爸哭，并不算什么稀罕事。他尽管一身是胆，却是个非常情绪化的人，不善于隐藏自己的想法。跟我妈妈不同，他不会保留百分之十。

他继续说："答应我，你会一直留在我身边。答应我，好吗？"

他伸手抓住我的手腕，半睁着眼睛看向我，希望得到我的承诺，另一只手里还拿着块吃了一半的亚尔斯堡奶酪，倾身向我时奶酪都折弯了。我得拼命克制，才能忍住把手挣脱开来的冲动。我知道，我应该同情他，对他的痛苦感同身受，可我的心里只有憎恨。

在这个赌注极高而胜率渺茫的游戏里，他绝不是一个好搭档。他是我的父亲，我希望他可以沉着应对，让我安心，而不是想办法鼓动我独自走上这条充满险阻的道路。我甚至不敢在他面前哭泣，怕他会把我的哭声压下去，让他的悲伤盖过我的悲伤，将之化作一场比赛，看谁爱得更深，看谁失去的更多。最令我震惊的，是他大声说出我根本不敢提及的事：我妈妈可能无法熬过去，可能会离我们而去。

两周之后，妈妈终于出院了。我把电暖器拿到浴室，准备给妈妈洗澡。我不断地调整水温，直到温度恰到好处。我扶着她，慢慢从床上走到浴缸前。她虚弱极了，就好像刚刚开始学走路。我帮她脱掉睡裤，再掀起她的睡衣往上脱，我小时候她就是这么给我脱衣服的。"万岁。①"我玩笑般地对她说。她以前帮我脱衣服时也会这么说，意思是让我把双臂举起来。

我用肩膀撑着她的身体，扶她走进了浴缸。我想起她在汗蒸房打赌赢了的事，那次爸爸和彼得赤身裸体地坐在一起，一定极不自在。我对她说，幸好我们已经习惯了赤裸相对，有的家庭肯定会觉得非常尴尬。我小心翼翼地帮她清洗黑色的头发，动作极其轻柔，生怕她掉发。

她看着自己浸在水里的肚子，说："你看我的血管，可怕

---

① 原文为韩语的英文发音：Man seh。

吧？都是黑色的。就算是怀孕的时候，我的身体也没有这么可怕，就像中毒一样。"

我纠正她说："那是药物，可以杀死一切不好的东西。"

我拔掉浴缸塞，扶着她走出浴缸，用一块黄色的长毛绒浴巾帮她擦干。怕她站不稳摔倒，我擦得很快。我让她靠着我，给她裹上了一件绒毛睡袍。

浴缸排水的时候，我注意到白色浴缸里，不断下降的水面上漂着块黑色的东西。再看向她时，我发现她头上像打了块补丁。一大团头发已经脱落，露出了浅色的头皮。我一方面要扶好她，另一方面又想赶紧把浴缸里的"证据"冲走，却没能防止她在全身镜里瞥见自己的样子。我感觉她身体一软，宛若流沙般从我的臂弯里滑了下去，跌坐到地毯上。

她坐在地板上，看着镜子里的自己，先伸手摸了摸头，又盯着头发掉落的地方。在我的小半生里，曾无数次目睹她在镜子前的模样。我看着她在这面镜子前保养紧致无瑕的肌肤，往脸上涂一层又一层的面霜；我看着她在这面镜子前一件又一件地试穿外套，身姿挺拔，一如 T 台上的模特；我看着她在这面镜子前手拿新皮夹或身穿新皮衣，自信满满地审视自己。她所有的骄傲，都曾在这面镜子里呈现。可是现在，镜子里出现的是一个她不认识的人，一个她无能为力的人，一个她无法接受的人。那一刻，她哭了起来。

我蹲下来，张开双臂抱住她颤抖的身体。我想跟她一起哭，为她不同于以往的模样而哭，为这肆无忌惮的邪恶入侵我们的生活而哭。但我没有，而是感到自己的身体正在变僵，心正在变硬，感觉正在冻结。一个声音在我的脑海里指挥着："不要崩溃。你要是哭了，就等于向危险认输；你要是哭了，她一定会哭得停不下来。"于是我忍住泪水，尽可能用平稳的声音对她说："只是头发啦，妈妈，一定会长回来的。"这不只是为了安慰她而说的善意谎言，也是我竭尽所能要让自己相信的事。

八

欧　尼

　　这三个星期，妈妈的身体日渐好转。六月底，她的体力恢复了一些，刚好也到了她再次去看医生的时候。

　　我们有一个"全员上阵"的计划，陆续请三位韩国女性来帮我们照顾妈妈。亲朋好友和医护人员都认为，我们给自己留点时间，才能把妈妈照顾得更好。有人轮换，我们也可以停下来休息一下，还有人帮忙关注她的饮食，做点能让她开胃的食物，比如一些在她反胃时也能吃得下去的韩国菜。

　　妈妈的朋友桂最先过来。三周之后，金娜会来替换她。按照计划，再三周后过来的是娜美姨妈，但她曾独自照顾恩美小姨整整两年，一直到恩美小姨去世，所以我们希望到时候能自己应对好一切，她也就不需要再过来帮忙，不需要再次照顾自己病重的妹妹。

　　桂来了以后，一切似乎都开始步入正轨。她平静而专注，如同兢兢业业的护士。她身材矮小，体形壮实，脸比较宽，比我妈妈大好几岁，我估计有六十四五岁。她将花白的长发绾成一个髻，显得非常干练。她微笑的时候，嘴唇会往外凸，嘴角却不会扬起，仿佛定格在将笑未笑之际。

我们三个围着桂坐在餐桌旁。桂带来了一些东西，有打印出来的资料、韩国面膜、指甲油和各种种子。我妈妈穿着睡衣，披着睡袍，头皮有一块没一块的，犹如一个无人青睐的洋娃娃。

桂说："明天早上，我们可以一起把这些种子种下去。"

她拿着三个薄薄的小袋子，一袋是红叶生菜种子，我们常用红叶生菜做包饭，另外两袋是圣女果种子和韩国青椒种子。我还记得我小时候，曾在首尔的一家烧烤店里吃生辣椒蘸包饭酱，让我妈妈惊诧不已。辣椒的苦与辣和咸鲜味浓的酱料契合得十分完美，而这种酱料本身也是由辣椒和大豆发酵制成的。这是诗一般的融合，是不可思议的相遇。"古早的味道。"妈妈曾点评说。

桂继续说道："每天早上，我们可以在屋子周围散个步，给我们种的菜浇点水，看着这些菜长起来。"

桂的想法与状态鼓舞着我，让我重新燃起了希望。在我爸爸不知所措的时候，她的到来令我松了一口气。她非常坚定地宣告："我在这里。"在桂的帮助下，我妈妈一定可以战胜病魔，康复起来。

"非常感谢你过来，桂'欧尼'。"妈妈对她说。

妈妈伸手越过餐桌，把手放在桂的手上。韩国人称姐姐或大一些的女性朋友为"欧尼"。妈妈在尤金并没有多少"欧尼"，我只在外婆家的公寓里，听她这么喊娜美姨妈。她这样喊的时候，显得很像个孩子，我不禁有些好奇，以桂的年龄、资历，是否可以使用一些较为强硬的策略。对妈妈来说，依靠一个年长的人，一个跟自己有共同文化背景的人，而不是她一直保护的女儿，应该会更容易。同样，妈妈应该也会更容易听从"欧尼"说的话。

第二天早上，我们种下桂带来的种子，又一起绕着屋子散了会儿步。然后我爸爸去办公室工作，桂劝我也去做点自己的事，坚持说她可以照顾好我妈妈。我决定第一次给自己放个假，到城里去一趟。

多年以来，我始终固执地将任何形式的体育锻炼都视为对时间的浪费，然而这次，我竟开车前往爸妈常去的健身房。妈妈生病以前，经常跟我分享"成功人士多久运动一次"之类的文章。我不禁开始想，如果每天跑五英里，我的身体一定会越来越好，我也会变得越来越善于照顾人，还能以极佳的精神状态带动别人，给别人鼓劲。一直以来，妈妈都希望我成为那样的人。

我在跑步机上跑了一小时，边跑边在头脑里玩数字游戏。如果我以八公里每小时的速度再跑一分钟，化疗就会发挥效用。如果我在半小时内跑完五英里，妈妈的病就会好。

念完六年级，我就再也没有认真跑过步。上中学的第一天，体育老师让我们在操场上进行一英里计时跑。我觉得自己胜券在握。去年我是我们年级跑得最快的，这次肯定能崭露头角，以极快的速度让同学们赞叹不已。然而，现实是残酷的，短短数秒，同学们就纷纷超过了我，我如同一只跑进羚羊群里的狐獴。

有个关于青春期和性受虐的调侃曾广为流传：初中是人生最困惑也最敏感的阶段，一些女孩的乳房已经发育到了 D 罩杯，坐在旁边的女孩却还穿着盖璞牌运动鞋，喜欢动画片里的人物。在这个阶段，我们的任何一点独特之处，哪怕只是些许偏离当下盛行的审美潮流，都会化作一个个让人痛苦的痘痕，让我们否定自我，否定唯一的补救措施。

体育课后，我还没有从"大显身手"的失落中缓过来，我们班的一个女孩又在洗手间里问了我一些问题，一些我后来常常听到的问题。

"你是中国人吗？"

"不是。"

"你是日本人？"

我摇了摇头。

"那你是什么人？"

我想告诉她，亚洲不只有两个国家，但她的问题让我困惑，让我说不出话来。我困惑的是，人们可以从我的面孔看出，我不是这里的，而他们看我的样子，就像看来自异域的水果。"那你是什么人？"这是我十二岁时最不愿听到的问题，因为这个问题让我显得与众不同，让我显得不合时宜，让我显得格格不入。在那之前，我一直为自己是半个韩国人而骄傲，而在那之后，我害怕人们看出我的异国特质，总是千方百计地将之抹除。

我让妈妈别再给我准备午餐，这样我就可以跟着那些受欢迎的同学到校外去吃东西。有一次，我跟一个女孩去咖啡馆，但我很怕她评价我点的东西，就点了跟她完全一样的食物，原味贝果夹奶油奶酪和一杯味道寡淡的半糖热巧克力——我自己绝对不可能这么搭配。照相的时候，我从不比"剪刀手"，以免有人以为我是亚洲游客。同学们开始约会时，我开始固执地认为，如果有人喜欢我，必定只是因为他们有"黄种人情结"。而不喜欢我呢，肯定是因为我们班男孩经常开粗俗的玩笑。

最糟的是，我总是假装自己没有中间名，实际上也就是我妈妈的名字——崇美。去掉中间的名字，我就叫米歇尔·佐纳，这听起来非常普通、非常简洁、非常时尚。仿佛扔掉退化的肢体，仿佛只是怕别人不小心念作"乔美"，自己又得费心纠正。实际上，我只是想避免作为一名韩国人的尴尬。

"你不知道，作为学校里唯一的韩国女孩，究竟会经历些什么！"我有些激动地对妈妈说，她却一脸茫然地看着我。

"但你不是韩国人呀！"她说，"你是美国人。"

从健身房回到家，桂和我妈妈正在餐桌前吃东西。桂把她昨天晚上泡的大豆煮好，凉凉后再和芝麻、水一起打成奶白色的汤汁，再打开水龙头把煮好的面浸凉，然后装进碗里，放上黄瓜丝，淋上奶白色的冷汤。

"这是什么？"我问。

桂对我说："这是豆浆面，你想试试看吗？"

我点点头，在妈妈身旁坐下来，我通常都坐那个位置。我一向认为，自己对韩国美食非常了解，这时却开始怀疑自己到底了解多少。我从未听说过豆浆面，妈妈没有做过，我也没在餐厅里看到过。桂给我端来一碗，又坐回我妈妈旁边。我吃了一口，味道清新爽口，带点坚果的余味。面条很有嚼劲，汤汁十分清淡，还能吃到一些未完全打碎的豆粒。这是一道非常适合夏天的美食，也非常适合我的妈妈。当时她胃口极差，很多治疗前喜欢的味道与气味都会令她反胃。

妈妈用的是那个蓝色的大瓷碗，她慢慢吃完了碗里的细面。她的头很光洁，头发都已经剃掉了。

"你剃头了。"我说。

妈妈说："是的，桂帮我剃的，这样看起来是不是好多了？"

"看起来好多了。"

没有早点让妈妈把头发剃掉，我感到很内疚，但她们没有让我参与这件事，又让我觉得有些失落。

"喝点汤吧。"桂用韩语劝我妈妈。

妈妈顺从地端起碗，把碗里的汤都喝了。自从她开始化疗，我还是第一次看到她完完整整地吃完一整份食物。

晚上，桂用电饭煲做了药饭。她把糯米饭和当地蜂蜜、酱油、芝麻油一起拌匀，又放上松子、无核红枣、葡萄干和栗子，然后把搅拌好的药饭放到切菜板上，整形成平整的糕饼，再切成小块。刚从电饭煲里倒出来，黏糊糊的药饭还冒着热气，金黄的色泽宛若绚烂的秋季，焦糖色的米饭裹着深红色的红枣和浅栗色的栗子。她又泡了杯大麦茶，一同送到我妈妈床前。

夜里，桂拿出她放在冰箱里的韩国面膜，又摆出一个托盘，里面放了松子、薄脆饼干、奶酪和水果。我们三个把冰凉的白色面膜敷在脸上，让面膜里的精华液渗入肌肤。我们轮流抽我爸爸在大麻药房买的电子烟，怡然自得地吐着烟圈，仿佛拿的是霍莉·戈莱特丽①那精美绝伦的香烟滤管。

桂在我妈妈的羽绒被上摊开一本杂志，又拿出她从家里带来的各种指甲油，让我妈妈给脚指甲挑选颜色。我恨自己没有早点想到这些事，不过看着妈妈依然享受打扮自己的小乐趣，尤其是在她掉了头发以后，我感到非常安慰。我很庆幸桂在这里，很庆幸有这么一个成熟的人来指引我们。

第二天早上，桂在厨房里煮了松仁粥。我以前生病的时候，妈妈常给我煮松仁粥。我还记得妈妈跟我说，我们给生病的家人煮松仁粥，不仅因为松仁粥营养丰富，易于消化，还因为松仁是比较昂贵的食材，平时并不常吃。看着锅里浓稠的粥，我回想着松仁粥绵密的口感和清新的松香。桂拿着一把木勺，缓缓搅着锅里的粥。

我对她说："你能教我做这个吗？妈妈说你可以教我做一些她吃的食物，我也希望能帮得上忙，这样你也能有点休息的时间。"

"不用担心这些，就让我来做吧！你可以帮我给你和你爸

---

① 霍莉·戈莱特丽（Holly Golightly）：美国作家杜鲁门·卡波特于 1958 年出版的小说《蒂凡尼的早餐》中的主要人物。1961 年，根据该小说改编的同名电影上映，奥黛丽·赫本饰演该角色。

爸做菜。"桂对我说道。

我思量着，自己是不是该跟她解释一下，这对我有多么重要。为妈妈做吃的，意味着我和妈妈的身份可以完全转换，意味着我可以担起我想要担负的责任。食物是我们之间无声的语言，它可以表达我们对彼此的接纳，承载我们的感情，还潜藏着我们共同的文化背景。不过，我很感激桂过来帮我们，不想再给她添麻烦。那些想法都只是我作为一个独生女不切实际的自我要求，既然桂不愿意教我，那我就去做点别的，承担起别的责任。

于是，我成了一名专属记录员，记录妈妈吃的药和她吃药的时间，还会记下她抱怨的症状，再研究如何用医生给我们开的其他药来缓解这些症状。我会观察她大便的质地和硬度，并根据医生的建议，让她在必要时服用泻药。我在厨房座机旁放了一个绿色的线圈笔记本，狂热地在本子上记录她吃的所有东西，研究每一种食材的营养价值，计算每一顿饭的卡路里，并在每天晚上算出妈妈摄入的总热量，看看离正常饮食应当摄入的两千卡路里还差多少。

两个番茄，四十卡路里；一大勺蜂蜜，六十卡路里。我猜，妈妈每天早上喝的番茄汁，能让她摄入一百卡路里。

妈妈不喜欢"安素"之类的营养保健品，因为这些营养品喝起来就像是添加了粉尘的奶昔。不过，肿瘤科护士给我们推荐的一种叫"安素·畅轻"的饮品还不错，味道跟果汁差不多。妈妈觉得这种饮品还算能接受，这可是非常不容易的。爸爸在开市客超市买了好多箱，各种口味都有，堆放在我们家的车库里，以前妈妈总把她的白葡萄酒藏在那儿。我们尽量让她每天喝两三瓶，不停地把饮料倒进她过去喝霞多丽白葡萄酒的杯子里。喝完这些，她摄入的热量就有六七百卡路里了。

杂粮代餐粉也是一大主食。这是一种很细腻的浅棕色粉末，味道清甜，甜得有点像夏天吃的红豆沙冰。每天或每隔一天，我就会用水冲一些，再放点蜂蜜，两大匙就能让她摄入的总热量达到一千卡路里。

至于正餐，桂会煮一些稀饭，或是做点锅巴粥。把刚煮好的米饭薄薄地铺在锅底，慢慢烤到酥脆，再淋上热水，吃起来有点像清淡可口的燕麦粥。

甜点的话，哈根达斯草莓味冰激凌的作用不容小觑，半杯就有二百四十卡路里。自从妈妈的嘴唇和舌头越来越疼以后，吃东西就变得艰难无比。任何有味道的东西，都会刺痛她的嘴唇和舌头，所以她只能吃微温或无味的食物，但吃得最多的还是流质食物，这让两千卡路里的目标变得无比艰巨。痛得最厉害的时候，她甚至无法咽下止痛药，我只好用勺子把维柯丁止痛药压碎，再像撒迷幻药粉一样，把这些淡蓝色粉末撒到冰激凌球上。我们原本很特别、很好看的餐桌，已经变成了消灭蛋白粉和燕麦粥的"战场"。吃饭的时候，得不时计算卡路里，喋喋不休地让她把东西吃下去。

如此执着地关注妈妈摄入的热量，让我也没了胃口。回到尤金以后，我已经瘦了十磅。妈妈以前很喜欢捏我肚子上的赘肉，现在赘肉都已消失。洗澡的时候，我也开始大把大把地掉头发。不过，瘦了一些，让我变得更像妈妈，对此我还是很高兴的。我渴望在身体上获得跟妈妈一样的警示——如果她开始消失，那我也即将消失。

我们播的种子已经从土里冒了出来，开始发芽生长，胃口大开地吸收着七月的阳光。妈妈去医院做了第二次化疗。在第一次化疗导致灾难性的反应后，肿瘤医生将她的药量减少到开始时的一半，但接下来的一周依旧非常难熬。

桂来了两周，我爸妈已经开始越来越依赖她了。我不免有些担心，一旦她不在这里，我们还能不能把妈妈照顾好。爸爸离家进城的时间越来越多，妈妈也很容易向桂寻求帮助。我猜想，依赖我会让妈妈觉得有失尊严。即便是在痛苦的化疗阶段，她也常常问我好不好，或是我和爸爸吃饭了没有。

无论我们怎么劝，桂都拒绝休息。她整天都跟我妈妈待在一块儿，帮我妈妈按摩脚，宠溺地满足我妈妈的每一个需求，一直陪伴在我妈妈左右，即便我拐弯抹角地暗示她，我想跟妈妈单独待一会儿。哪怕只是到健身房去跑一小时的步，我也会觉得很内疚。她们俩就像分不开似的，虽然我很感激桂过来帮我们，却还是有种被排挤的感觉。尽管我竭尽所能地将恐惧埋藏到内心深处，尽可能积极乐观地正面思考，但我还是很清楚，这或许就是我跟妈妈度过的最后一段时光，我想趁自己还能够珍惜的时候，好好享受跟她在一起的日子。

那一天，妈妈得按预约去输液，调节体内的电解质。我自告奋勇开车送她去，桂不愿意留下，但我坚持独自送她去。

"也给你自己留点时间吧，桂，你应该休息一下。"

上一次载妈妈，还是在我十五岁学车的时候。当时她非常紧张，一直说我压到她那边的线了。我们两个在车里大吼大叫，为一些微不足道的琐事争吵，像是转向灯应该打多久，走哪条路可以穿城而过，但谁也说服不了谁。

现在，我们牵着手，静静地坐在车里。终于可以单独跟妈妈待在一起了，那种感觉真的很好。没有桂的帮助，我也能做好这件事。我一个人就可以做到。

来到输液处，护士把我们带到一个灯光昏暗的单人病房，房间里很安静。那是位于俄勒冈大学校园里的一栋建筑，对面有一家三明治餐厅，我夏天常在那儿买软冰激凌，然后从餐厅附近的铁丝网栅栏上的一个洞钻过去，那里可以通往威拉米特河，河岸有一片岩石高地。我和朋友经常从湿滑嶙峋的岩石上跳下去，让激流冲着我们漂上整整一英里，再奋力游向岸边，然后又跳回河里，再次感受水流的冲击。

我回想起那些年无忧无虑的夏日时光。我的手总是被软冰激凌上的糖果弄得黏糊糊的，而在给笨重的施文牌自行车开锁的时候，阳光照到我的脖子上，让我很想赶紧跳进冰凉的河里。那个时候，我还不知道河对面的这栋建筑是什么。那个时候，我还不懂得医院究竟意味着什么。哪怕我对医院非常了解，也无法想象医院里的人。我无法想象医院里的病人和深爱着那些病人的人们，不知道他们到底要承受什么，不明白他们究竟会付出什么。医院里有很多人比我们更不幸，有的没有家人帮忙，有的没有医疗保险，有的没有时间来治疗。而我们有三个人，仍然觉得艰辛无比。

开车回家的路上，我决定不提及自己对桂的看法。我翻了翻妈妈放在光盘播放器里的碟片，第一格是我们乐队的第一张专辑，第二格是妈妈新近喜欢的歌手布鲁诺·马尔斯①的专辑，第三格是芭芭拉·史翠珊②的专辑《更高的地方》（*Higher*

---

① 布鲁诺·马尔斯（Bruno Mars，1985— ），美国歌手、词曲作者、音乐制作人。代表作有《皆应是你》（*Just the Way You Are*）、《当我还是你的男人》（*When I Was Your Man*）等歌曲。——编者注

② 芭芭拉·史翠珊（Barbra Streisand，1942— ），美国殿堂级歌手、演员、导演、制片人。出道六十年来获得了两项奥斯卡金像奖、十项格莱美音乐奖、五项艾美奖和九项金球奖。2015 年荣获奥巴马总统颁发的美国最高平民荣誉——总统自由勋章。——编者注

Ground）。妈妈听的音乐不多，但很喜欢芭芭拉·史翠珊。芭芭拉主演的《往日情怀》（*The Way We Were*）和《燕特尔》（*Yentl*）是她最喜欢的两部电影。我浏览着第四格的碟片，这张碟上有《告诉他》（*Tell Him*），我不禁想起以前和妈妈一起唱这首歌的情景。

"还记得这首歌吗？"

我笑着把音量调大。这是一首由芭芭拉和席琳·迪翁① 共同演绎的二重唱歌曲，两位实力卓绝的歌手将这首歌唱得荡气回肠。在歌里，席琳的角色是一位年轻女性，不敢向深爱的人吐露自己的感情，而芭芭拉是她的知己，鼓励她冒险一试。

"我害怕，害怕表现得太在意……他会认为我很脆弱吗？如果我开口时声音颤抖。"席琳唱了起来。

那时我还是个孩子。我们在客厅里唱这首歌，我唱芭芭拉的部分，妈妈唱席琳的部分。唱到"颤抖"这个词的时候，她常常会颤动下唇，让歌声更具感染力。为了将这首歌的意境呈现出来，我们还会加入一些诠释性的舞蹈动作和充满渴望的面部表情。

"我在这里，将我的心捧在我手里……"我也唱了起来，

_____

①席琳·迪翁（Celine Dion, 1968—　）：加拿大歌手，曾获一项奥斯卡金像奖、五项格莱美音乐奖。代表作有《我心永恒》（*My Heart Will Go On*）、《爱的力量》（*The Power of Love*）等歌曲。——编者注

"但你应当明了，你不该让吐露真情的机会白白流逝！"

然后，我们充满激情地合唱："告诉他，告诉他太阳和月亮已在他眼里升起，告诉他一切触手可及！"我们在地毯上相拥着跳起了交谊舞，一边唱一边凝视着对方的眼睛。

妈妈坐在副驾驶的位置上，轻声笑了起来，然后我们一路唱着歌回家。太阳正在落山，我们经过一片空地，看到云层已被夕阳染成深深的橙红色，如同喷涌而出的火山岩浆。

我们一回到家，桂立刻很激动地从我爸妈房间跑出来。桂剃了头，剃得和我妈妈一样。她在门厅摆着姿势，一侧臀部微微翘起，双臂张开，眼珠懒懒地转着。

"你觉得怎么样？"

桂眨了眨眼，让我妈妈看她刚剃好的头。妈妈伸出手，摸了摸她头上的发楂儿。我想，妈妈一定会责备她。要是我这么做，妈妈肯定会斥责我。三年前，恩美小姨患病时，我曾提过这个想法，但她当时没能接受。然而这次，她非常感动。

"噢，'欧尼'。"妈妈眼里噙着泪水，与桂拥抱在一起，之后桂就扶着她回房了。

桂已经来了三周，她坚持还要多待一些日子，何必再让别人来呢？她比较了解情况，也愿意待在这儿。妈妈松了口气，内心满是感激，我和爸爸却开始为她的存在而感到心烦。

跟我和爸爸的性情截然不同，桂很少说话，做起事来总是一丝不苟。她在蔚山长大，那是韩国南部的一个沿海城市。从日本的军事基地离开后，她和丈夫伍迪在佐治亚州生活了二十年。她来自韩国南部，又在美国南部居住，我觉得她的性情应该很开朗。然而，她是一个很难琢磨的人，跟我成长过程中见过的大部分韩国女性都不一样。她们非常热情，充满母性，人们往往以孩子的名字称呼她们。桂没有自己的孩子，跟我和爸爸总是很疏远，那种冷冰冰的态度让我们如坠冰窖。

桂习惯把农产品都放在厨房的灶台上，腐烂了也不管，让厨房里出现了很多果蝇。妈妈的免疫系统不大好，我和爸爸越来越担心她会用腐败的食材给妈妈做吃的。有一次爸爸在厨房里跟她说，那堆柿子引来了很多蚊蚋，她却气急败坏地嘲讽我爸爸，说他实在太过小心。

有一天吃晚餐的时候，我把餐具放在妈妈旁边，桂却把我的银制餐具推到餐桌另一边，自己坐在了那个位置。我们吃完以后，她递给我妈妈一封很长的信，让我妈妈看，而我和爸爸就静静地在旁边坐着。那封信是用韩语写的，有三页纸，读到一半的时候，妈妈流着眼泪握住了她的手。

"谢谢你，'欧尼'。"妈妈对她说，她庄严地朝我妈妈笑了一下。

"信上写了什么？"爸爸问。

妈妈没有回答，继续读信。如果没有药物的影响，她肯定能察觉到我们的不快，但她现在的状态，是无法感知我们的情绪的。

"这只是给我们的。"桂说。

这个女人为什么待在这里？她不思念自己的丈夫吗？她六十多岁了，不问酬劳地从佐治亚州来到这里，已经跟我们住了一个多月，这难道不奇怪吗？我不知道自己在怀疑什么，是不是想得太多了，抑或只是嫉妒她比我更懂得照顾我妈妈。我是有多自私，才会憎恨一个如此无私地照顾着我妈妈的人？

不断服药让妈妈越来越昏昏欲睡、面无血色，我们也越来越难跟她交流了。她开始说回自己的母语，这让爸爸极度不适。她已经流利地说了近三十年英语，现在突然不说也不翻译了，这让我们十分震惊，似乎我们已被她排斥在外。有时候，桂似乎会故意利用这一点，不顾我爸爸说英语的请求，直接用韩语回答。

我们去看疼痛科医生的时候，我试图让医生减少点剂量，要是医生给她增加剂量，那她就更不会回应我们了。你确定突破性疼痛值是六而不是四点几？我的线圈笔记本放在上衣口袋里，我有点想隐藏记下的一些数据，比如除了每天二十五微克的芬太尼贴剂外，她额外服用氢可酮口服液的次数。情况应该没有看起来那么糟，我坚持自己的想法。我不愿让妈妈承受痛苦，但也不想彻底失去她。

医生察觉到我的焦躁，给我开了一小份阿德拉，这种药有助于缓解止痛药带来的副作用。妈妈第一次吃的时候，立刻变得精力旺盛，我们得一直拦着，不然她就要打扫房间了。在那段短暂的时间里，我觉得妈妈的状态又回来了。她第二次吃的时候，我们俩单独在一起，我抓住机会跟她说了我对桂的感觉。

妈妈声音颤抖地说："她为我做了那么多。从来没有人像她那样，为我做过那么多事。噢，米歇尔，她甚至帮我擦屁股。"

我想帮你擦屁股。但我知道这么说很荒谬，就没有说出口。

妈妈又说："桂这一生过得很不容易。她爸爸是个花花公子，为了一个情妇离开了她妈妈，又让那个情妇养育她。等他遇到下一个女人，又把她们都遗弃了。那个情妇把她带大，却从来没有跟她说过自己不是她的亲生母亲。但桂是知道的，她从小到大听了很多流言蜚语。后来，桂的养母得了癌症，桂一直照顾养母，直到养母咽气。即便是临死之前，养母也没有跟桂说，自己不是她的亲生母亲，而桂也没提过自己知道这件事。"

妈妈继续说道："你也知道，桂是伍迪的第二任妻子，伍迪的儿女都不接受她，因为她之前是第三者。虽然他们结婚已经二十多年，但那些儿女依旧对她很差，还在恨她当年伤害了他们的母亲。她曾跟我说，有一次，他们把她气得无法承受，只能去看精神科医生。"

第二天早上，桂煮了溏心蛋。她将蛋壳顶部敲开，让我妈妈拿一个小勺子吃里面的蛋。柔滑透明的薄膜下面，浮着黄澄澄的蛋黄，看起来根本就是生的。

"你确定这样吃真的好吗？"我开口问道。

我很喜欢吃流质的蛋黄，但妈妈的病让我变得十分谨慎。我们无法承受食物中毒的代价，那不是我们赌得起的游戏。桂专注地敲着自己的蛋，仿佛根本没听到我说话。

"我担心她的免疫系统太弱。"我补充说，"我不想让她生病。"

她眯着眼睛看了看我，嗤之以鼻地说："我们在韩国就是这么吃的。"妈妈仿佛乖巧的宠物，静静地坐在她身旁。我等着妈妈为我说话，但她一言不发地坐在那里，双手捧着蛋。

多么残酷的命运反转啊，我想。我拼命忍着眼泪，脸涨得通红。整个青春期，我一直在想方设法地融入我美国小城的同学们，后来我终于明白，我的归属是需要证明的，是掌握在别人手里的。我根本决定不了，自己到底属于哪一边，到底可以跟哪些人结为同盟。我永远也无法真正地走进这两个世界，永远都显得不伦不类，永远在等着更有资格的人将我驱逐，只因他们是完整的、纯粹的。很长时间以来，我都希望自己成为一个真正的美国人，这是我最大的渴望，比任何事都要渴望。但在这一刻，我多么希望自己可以作为一个韩国人，被两个拒绝认可我的人接纳。桂仿佛在说：你不是我们中的一员。无论你有多努力，也永远无法真正明白她的需求。

九

我们要去哪儿

"你要去旅行了，而你有五只动物。"恩美小姨说。

"一头狮子。

"一匹马。

"一头奶牛。

"一只猴子。

"还有一只小羊。"

我们坐在露天咖啡吧，恩美小姨在教我玩一个她从同事那儿学来的游戏。在这段旅程中，共有四个站点，每次到站都必须丢下一只动物，最后你只能留下一只动物。

这是外婆去世以后，我第一次来到首尔。那年我十九岁，正在布林莫尔学院上学，即将从大一升入大二。我在延世大学报读了一门暑期语言课，可以跟恩美小姨一起住六个星期。

我以前都是跟妈妈一起来韩国，这是我第一次单独和恩美小姨住在她们的公寓里。公寓里还有一只白色的玩具贵宾犬，这只很爱吠叫的狗是我小姨领养的，名叫里昂。加上姓氏"李"后，"李里昂"在韩语里念起来就像说"快过来"。

我睡娜美姨妈的房间，她那时已嫁给金姨爹，搬去了几条街外的另一套公寓。成永表哥去了旧金山，在那里做着一份平面设计的工作。外婆的房间仍跟过去一样，房门一直关着。原本热闹的公寓开始变得冷冷清清，不过在那六周的时间里，这里又成了一个其乐融融的"单身公寓"。晚上，恩美小姨会打电话点一些韩式炸鸡，还会点一桶凯狮生啤。我们咔嚓咔嚓地咬开炸鸡，复炸过的脆皮立即迸出热腾腾的油汁，脆皮下的鸡肉也很入味，再嘎吱嘎吱地嚼上一块每次都随餐赠送的腌白萝卜丁，口感冰凉，开胃解腻。

吃过晚餐，我们会坐在客厅里，把腿塞进茶几下面，这时恩美小姨会教我做韩语作业。周末的时候，我们会去新沙洞林荫道的咖啡吧或别致的面包房坐坐，看街上来来往往的人。年轻女性都披着一头时尚的秀发，拿着名牌手袋，挽着同样打扮入时的男士，这些男士几乎都留着一样的发型。

"你会先丢下什么？"恩美小姨问我。

我回答道："肯定是狮子，狮子会把其他动物吃掉。"

恩美小姨认同地点了点头。她长着一张娃娃脸，脸型比她的两个姐姐都要圆润些。她穿得很素雅，一件薄薄的针织衫和一条卡其色七分裤。

当时正值七月，为消暑解热，我们点了一份红豆冰沙分着吃。这份冰沙可比我小时候自己在家做的精致多了，底部是雪一般的绵软冰沙，冰沙上厚厚地铺着一层香甜的红豆，上面还装点着新鲜的草莓丁、杧果丁以及彩色的米糕丁。炼乳从四周流泻下来，顶上还有个香草冰激凌。

"接下来，你会丢下什么？"恩美小姨一边问，一边用勺子刮着冰沙以及冰沙上的红豆。每次舀起来的时候，总会带起一丝炼乳。

我开始思考这个问题，想到自己在旅程中肯定会搭乘各种各样的交通工具。体形较大的动物，肯定很难控制。我想象自己带着那些动物乘坐蒸汽船、摆渡船和火车，感觉非常费劲。我觉得最好先抛下大一些的动物。

于是我说："我觉得是奶牛，再然后是马。"

在小羊和猴子间做抉择，实在是太难了。这两种动物都比较小，也很容易控制。小羊可以让人得到安慰。我想象自己独自坐在快速行进的火车上，当火车驶入无边的夜色时，我可以依偎在暖融融的羊毛上。但猴子是最像人的，能够成为最懂我的同伴。

"我会留下……猴子。"我终于说道。

"有意思。每种动物都象征着一件事物，放弃顺序则代表了这件事在你人生中的重要程度。最先抛下的，就是你认为最不重要的，而最后留下来的，就是对你来说最重要的。狮子代表自尊，也就是你最先放弃的。"

我对恩美小姨说："这还挺准的。我是担心狮子会吃掉别的动物，就像自尊会侵蚀其他事物的重要性。比方说，如果你把自尊看得太重，就无法真正去爱别人。又或者，如果你觉得一切都配不上你，那你也不可能为了一份工作劳心尽力。"

"奶牛代表财富，因为你可以给奶牛挤奶。马代表事业，因为你可以骑着马纵横驰骋。小羊代表爱情，猴子代表子女。"

"你留下了什么？"我问。

"我留下了马。"

恩美是她们三姊妹里唯一上过大学的人，曾以名列前茅的成绩毕业于英语系。毕业后，她成为荷兰皇家航空公司的一名口译员，在荷兰和韩国两地轮岗。自然，我和爸爸也都是请她帮我们翻译韩语。有一段时间，我总是陷入痛苦的妄想，害怕父母会发生意外，自己会变成孤儿，还曾乞求爸爸在遗嘱里把恩美小姨列为我的法定监护人。她既是我志同道合的伙伴，又像是我的第二个母亲。

"你跟我妈妈说过这个游戏吗？她选的是什么？"我问小姨，希望妈妈跟我选一样的动物。那也就意味着，她选的是我。

"你妈妈当然选的是猴子。"

两年半之后，妈妈在电话里告诉我，恩美小姨得了四期结肠癌。她卖掉了外婆的公寓，把自己的东西放在一间商住两用的小公寓里，然后搬去跟娜美姨妈和金姨爹一起住，这样他们可以在她化疗期间帮忙照顾她。

我根本想不通，恩美小姨怎么可能得癌症。她是一个拘谨而守旧的人，才四十八岁。她这辈子从来没有抽过一支烟。她锻炼身体，去教堂祷告，也很少喝酒，只偶尔在我们吃炸鸡的"单身公寓"，才会喝一点。她还从来没有接过吻。像她这样的人，是不该患癌的。

我在谷歌里搜索"腺瘤性息肉"，这是一种蘑菇状的小肿瘤，而那些"毒蘑菇"已经在我小姨粉褐色的结肠组织上开出大朵的"毒花"。我现在知道，当时癌细胞已侵入她周边的器官，扩散至三个局部淋巴结。但在那个时候，我并不了解这种疾病。我没有像跟进我妈妈的病情一样，知悉数据的变化和医生对疾病发展情况的预测。我只知道，小姨得了结肠癌，正在做化疗，竭尽全力地战胜病魔。这足以让我相信，她一定可以做到。

做了二十四次化疗后，恩美小姨病逝于一个情人节。对一个从来没有体会过浪漫爱情的女人来说，这是多么残酷的命运啊！她临终前的最后一句话是："我们要去哪儿？"

我从费城飞到首尔，跟我爸妈会合，一同参加葬礼。葬礼持续了三天，在一个有着宣纸推拉门的老式木屋里举行。过道两边立着写有挽联的大花圈，屋内有一个木质画架，画架上放着一个相框，相框里是一张恩美小姨抱着小狗里昂的照片。娜美姨妈和我妈妈穿着黑色的韩服，为不断到来的客人服务，在他们致哀时送上点心，斟满饮料。在我看来这很不近人情，明明她俩才是最伤心的人，却要在一旁候着。

　　"娜美做这些事可比我强多了。"看着姐姐跟一群刚到的人说着客套话，妈妈对我坦言道。我一直认为，妈妈向来是个镇定自若、庄重威严的人。听她承受自己的笨拙与尴尬，反而让我感觉跟她很亲近，还让我捕捉到一个我始终觉得很难相信的事实。那就是，她也不总是那么优雅，也有叛逆的一面，也有不耐烦的时候。她经常责备我的那些问题，其实她自己也有。而她离开首尔的这些年，加深了她与某些传统的隔阂，那是一些我闻所未闻的传统。

　　最后一天，我穿着黑色的韩服，戴着白色的棉手套，领着人群前往火葬场。那是天寒地冻的一天，冷空气像针一样扎进我脸上的每一个毛孔，阵阵狂风让我的眼里噙满泪水。走进火葬场大厅，我们挤挤挨挨地来到一扇玻璃窗旁。一个穿着手术服、戴着医用口罩的男人站在柜台前，旁边的传送带上放着灰白色的骨灰，那并不是粉末状的，而是更像一小堆碎石瓦砾，我看到里面还有些碎骨头。那是小姨的骨头，我突然感觉自己失去了平衡，往后倒的时候爸爸扶住了我。那个戴口罩的男人用一张似乎是包熟食的纸将她的骨灰包起来，熟练而冷漠地把边角折好，仿佛是在包一个三明治，然后把包好的骨灰塞进了骨灰瓮。

葬礼过后，娜美姨妈和我妈妈带我去小姨放东西的商住两用公寓。冰箱上贴着成永表哥和我的照片。她没有自己的孩子，就把她的东西都给了我们两个。我和妈妈看了她的首饰盒，我注意到一条普普通通的项链，上面有个很简约的银色心形吊坠，就问妈妈我能不能保留。妈妈说："这条项链其实是恩美过生日的时候，我送给她的。不如我把项链带回家，再给你买条一模一样的，这样我们可以一起戴，一起怀念她。"

我和爸爸搭公交车去仁川机场，妈妈则留下来处理恩美小姨留下的遗产。乘车离开首尔市区时，我突然觉得这座城市变得陌生了很多，不再是我孩童时代的那个理想家园了。随着外婆和恩美小姨的离开，这座城市带给我的归属感，似乎也没有那么多了。

恩美小姨去世以后，我妈妈变了很多。她本有十分狂热的收集癖，但她慢慢摒除了收藏的冲动，开始培养一些新爱好，认识一些新朋友。她跟几个韩国朋友一同参加了一个小班授课的绘画培训班，每周都会把画作拍下来，用"卡考"通信软件发给我。刚开始的时候，那些画的确惨不忍睹，其中一张是金毛犬茱莉娅的素描像，而在妈妈的笔下，那就像是一根长了四肢的大香肠，看起来滑稽透了。但几周之后，她开始越画越好。我非常兴奋，因为妈妈终于找到了一种表达自我的方式。她描绘着流苏、茶壶等生活中的小物件和家里的小摆设，全神贯注地描摹那些简简单单的物品。那些物品看似简单，但哪怕只是一个鸡蛋，其明暗色调也并不容易呈现。圣诞节的时候，她给了我一张她自己画的贺卡，上面画着浅黄色和淡紫色的花朵，花茎是海绿色的。"这张贺卡很特别，因为这是我亲手为你做的第一张贺卡。"她在卡片上写道。

恩美小姨其中的一个遗愿，是希望我妈妈开始上教堂，但她没去。我妈妈是她们家唯一不信仰基督教的人。她相信更神圣的力量，而不愿信奉这种有组织的宗教，哪怕这一教派紧密联系着尤金的大部分韩国人。她曾说："如果这样的事都会发生，你还怎么相信上帝？"

对于我小姨的亡故，她得到的最大感悟是，一个人可以历经二十四次化疗，却仍然逃不过辞世的厄运。这样的磨炼，是她无力承受的。她第一次拿到诊断报告时，曾决定接受两次化疗。她对我们说，如果这两次化疗效果不佳，那她就不愿再继续了。如果不是为了我和爸爸，我不知道她会不会连一次化疗都不愿意做。

七月底，妈妈的第二次化疗快结束了。药物的副作用开始减少，接下来的两周，肿瘤专家会评估治疗效果，看肿瘤有没有变小。

那个时候，也到了我前往东海岸的时间。我们乐队打算在八月初的头十天进行一轮巡演，那也是我们计划的最后一次巡演。之后，我会收拾好自己留在费城的物品，永远搬回俄勒冈。

妈妈一再让我放心离去，然而，当爸爸和我准备开车去机场，她和桂站在家门口的走廊向我们挥手道别时，我看到她哭了。我很希望自己可以像爱情电影里演的那样，从车里冲出去，疯狂地奔向她。可我知道，这样解决不了任何问题。我们现在只能抱着希望等待。而我能做的，就是发自内心地明白，当时我回到她身边，曾令她非常开心。

费城十分闷热。空气湿答答的，走起路来就像在游泳。在林间小屋住了三个月，突然又回到这个人很多的地方，我有点不适应。感觉得出来，我的朋友都不知道该跟我说什么。他们看起来似乎都思考过怎么说，却又都没有说出他们原本想好的那些话。事实上，我们那群人并不是这样相处的。我们都喜欢让大家说出自己的心事，这能让我们更加亲密。然而这件事，已经超出了我们的分享范围。

彼得将在几周后开始一份新工作，在城郊一所规模不大的学院担任临时讲师，负责教授哲学。这个工作是我妈妈生病以前，我鼓励他申请的。他当时有点犹豫，因为如果接受这份工作的话，我们就得再异地一个学期。但我觉得这是他职业生涯中很重要的一个机会，他不应该错过。我建议他至少试着做一个学期，到寒假的时候我们再商量。最后，我们计划等我妈妈康复后，一起搬去波特兰，在那里找新工作，这样我周末也能回家看望妈妈。

彼得向他打工的餐厅请了假，跟伊恩、凯文和我一同完成那十天的巡演。他将在乐队里担任贝斯手，因为原来的贝斯手德文加入了另一个乐队，"就要大红大紫了"。我们的第一场演出，是在费城一个名叫"火"的小酒吧进行的。这个名字取得很贴切，因为这家酒吧就在一个消防站旁。接下来我们会经过里士满和亚特兰大，然后一路南下至佛罗里达州，在那里进行几场演出，再蜿蜒向西，前往伯明翰和纳什维尔。无论到哪儿都热得要命。我们住的地方几乎都是临时搭建的简易建筑，屋里没有窗子，也没有空调。每天晚上，我们四个都热得汗流浃背，而且那些房间实在太脏了，感觉尽量避免冲澡，才是更卫生的选择。面包车里的味道非常刺鼻，混合着体臭味和变味的啤酒味。我们穿过一条条畅通无阻的公路，我曾在这样的路上获得过无穷的力量和无限的希望，见到过无数才华横溢、慷慨大方的陌生人，发现了生活的乐趣与真谛……但在那个时候，怀揣着生与死的考验，我发现原本绚烂的一切，都开始变得黯淡无光。

爸妈让我放心，说家里一切如常。妈妈的状态正在恢复，现在就只能等着结果出来。我仍然感到非常内疚。我应该跟他们一起待在俄勒冈，而不是坐在这辆十五座的福特车后座，在劳德代尔堡附近吃着从加油站买来的墨西哥牛肉卷饼。我凝望着长长的 95 号州际公路，知道这是自己在很长一段时间内的最后一次巡演。

结束纳什维尔的演出后，我们驱车十三小时，直接返回费城。第二天，彼得到餐厅去上班，他得把请假欠下的工时补上。我正在收拾打算带走的东西，电话突然响了。

"你先找个地方坐好。"爸爸在电话里说。

我顺着身体两侧的纸箱滑坐到卧室的地板上，屏住了呼吸。

"没有效果。"他低声说道。我能听到他在电话那头低声啜泣和抽噎的声音。

"没有缩小？一点都没有吗？"

仿佛他用胳膊扼住了我的喉咙，将我的心脏紧紧攥在他的拳头中。这么长时间以来，我一直忍着眼泪，压抑着痛苦，以尽可能积极乐观的态度让自己相信，我们一定会创造奇迹。可是，怎么能完全没效果呢？黑色的血管、脱落的头发、医院里的长夜、妈妈忍受的痛苦，这一切又都是为了什么？

"医生说的时候……我们只能坐在车里，看着对方。我们只能够说，我猜就是这样。"

我能感觉到，爸爸并不准备让妈妈放弃治疗。我也能感觉到，他在等我反对，等我跟他一起劝妈妈继续治疗。可是，我已经眼睁睁地看着化疗偷走了妈妈最后的尊严，又如何能让化疗继续带走她剩下的一切？自她确诊以来，始终信任着我们，让我们帮她做决定，维护她的权益，为她恳求医生，替她质疑药效。还有恩美小姨的事让我知道，如果两次化疗对癌症毫无效果，那么她的意愿就是不继续治疗。这是一个我不得不尊重的决定。

妈妈从爸爸那儿接过电话，她的声音轻柔而坚决，说她希望我们可以一起去韩国旅行。她的情况很稳定，虽然医生建议她别去，但也是时候在生死之间做个抉择，好好把握剩下的时光了。她想好好跟她的祖国道别，跟她的姐姐道别。

她对我说："首尔有一些小市场，你还从没去过。我还没有带你去过广藏市场，那儿有很多大妈，年复一年地售卖绿豆煎饼等各种各样的小吃。"

我闭上眼睛，让眼泪流淌。我试着想象我们一起去首尔的情景，想象绿豆面糊在热油里煎得嗞嗞作响，想象肉饼与浸在蛋液里的生蚝，想象妈妈还没来得及让我知道我应该知道的一切，有时间带我去每一个我们总以为还有很多时间去的地方。

"一周之后，娜美姨妈会帮我们在济州岛订一个很漂亮的酒店。九月的天气非常舒适，比较暖和，但又不会太潮湿。我们可以一起悠闲地坐在海滩上，你还可以去逛海鲜市场，那儿的海鲜品种可多了。"

济州岛的海女非常有名。海女指的是不戴呼吸装置下水的女性，她们在海里捡拾鲍鱼、海参等美味的海产品。

"也许我可以用相机把一切都拍下来，再做成纪录片之类的，记录我们在那里的时光。"我脱口而出。这是我首先想到的，那些珍贵的、个人的、充满悲剧的片段都是极具创意的艺术。我一说出口，就立刻感到自己很不堪。爆发的羞耻将我从她编织的梦里推出来，推进令人厌恶的现实中。

"我只是，阿妈，我只是不能相信……"

我屈起腿，让膝盖靠向胸膛，大声地哭了起来。我急剧地抽噎着，脸涨得通红。我坐在卧室的木地板上摇晃着，感觉自己已不复存在。破天荒地，她并没有责备我。或许是因为她已无法像过去那样斥责我，或许是因为那些斥责已经化作我一直强忍的泪水。

"没事的，没事的。[①]"她说道。那是我非常熟悉的韩语，我从小听到大的温柔呢喃，安慰我一切痛苦都会过去。哪怕她已经到了生命垂危的时候，依旧不忘让我得到安慰。她可以娴熟地藏好自己的恐惧，可以不假思索地安抚我的情绪。她是这个世界上唯一一个告诉我，无论如何所有事情都会得到解决的人，如同站在风暴之眼，平静地看着周围的一切分崩离析。

---

① 原文为韩语的英文发音：Gwaenchanh-a, gwaenchanh-a。

十

生死抉择

爸爸帮我订了从费城飞往首尔的机票。我会在那里与爸妈相聚，在韩国待两周，再一起飞回俄勒冈。那天早上，彼得开车送我去机场。那时候还很早，太阳刚刚升起，脏乱的街道铺着一层浪漫的柔光，空空的牛奶盒被扫进一堆堆落叶里，高高的铁丝网后是"小联盟"棒球场。

"或许我们可以结婚，"我不假思索地说，"让我妈妈也参加婚礼。"

彼得眯着眼睛，清晨橙黄的柔光在他的眼里飞驰。疲累的他很专注地开着车，什么也没说，只是伸手紧握着我的手，这让我有些不快。跟其他人一样，他从来不知道自己应该说什么。他的安慰方式是静静地跟我躺在一起，等我的情绪慢慢平复下来。而在那些时候，那样的安慰也正是我需要的。

在飞机上的十八小时，我基本都在睡觉。抵达后，我从仁川机场乘大巴到首尔，再打车前往娜美姨妈的公寓。我九点多到的，天已经黑了。清凉的微风柔柔地吹着，让树叶发出窸窸窣窣的声音。我穿过小区，快步走进公寓楼，乘坐电梯来到娜美姨妈家。在门厅换鞋时，小狗里昂在屋里冲我狂吠。

娜美姨妈拥抱了我，又帮我把行李拿进客房。她穿着睡袍，忧心忡忡地领我进了她的卧室。我妈妈躺在娜美姨妈的床上，发着高烧，身体不由自主地发着抖。我爸爸在她旁边，抱着她躺在被子上。他承认，出发前她就开始发烧了，但他们不想取消这次行程。他紧贴着她的身体，希望她不再发烧，希望自己的体温可以让她好起来。

我站在床边，看到她的牙齿正在打战，身体正在发抖。金姨爹穿着宽松的睡衣，蹲在我妈妈旁边，将针灸针插入她腿部的穴位。

"我们得送她去医院。"我说。

娜美姨妈眉头紧蹙地站在门口，双臂交叠在胸前。成永表哥站在她身后，他的个子比她高出了一英尺还多。一个如此娇小的女人，却有一个这么高大的儿子，这真的很不寻常。妈妈常说，这得归功于美国食物。娜美姨妈用韩语说了几句话，成永表哥帮她翻译。

"我妈妈认为……如果我们送她去医院的话，或许，她就出不了院了。"

我说："上次我们迟迟没去医院，差点就让她送了命。我觉得我们得去医院。"

大家都没说话，房间里静了一会儿，直到我妈妈发出一声呻吟。娜美姨妈重重地叹了口气，然后就离开房间去收拾要带的东西。我们六个分别乘了两辆车前往汉江对岸的一家医院。我当时坚信，她需要的只是静脉注射，只是让身体情况稳定下来。我当时以为，我们可以一直这样治疗她，让她的生命延续好几年。

我们希望我妈妈的身体恢复，希望我们这周就能飞去济州岛。娜美姨妈已经帮我们订了机票和酒店。然而，妈妈的病情一直在恶化。一周过去了，她依然卧床不起、高烧不退，饱受病痛的折磨，身体整晚整晚地颤抖。我们取消了济州岛之行，再一周之后，又不得不退掉了回尤金的机票。

我再次在医院里彻夜陪护妈妈。我晚上六点左右到医院，晚上和第二天上午在医院里陪着妈妈，一直到爸爸中午过来，我再睡眼惺忪地打车穿过汉南大桥，回到娜美姨妈家，一头倒在客房的床上，补缺了一整夜的觉。

在医院里，我从来不睡，一直照料和陪伴妈妈。如果她痛苦地呻吟，我就会按铃求助。如果护士来得不够快，我就会跑到亮着白炽灯的走廊上焦急地大喊，心急如焚地用拙劣的韩语恳求医生和护士。我换掉了那个屡屡找不到静脉的护士，她在我妈妈的胳膊上白白扎了好几针。在昏暗的病房里，我蜷缩在她的病床上，陪她等待止痛药的药效发挥作用，我搂着她轻声说："马上就好了，马上就好了，只要再过一分钟，这些痛苦就会消失。没事的，阿妈，没事的。①"

她的病情犹如一部灾难片，各种症状轮番猛攻。我们好不容易勉强控制住一种，另一种更为致命的病症就会立即出现。虽然她没吃什么东西，肚子却无比肿胀，腿脚也异常浮肿。她的嘴唇和脸颊内侧长满了疱疹，舌头上全是白色的水疱。医生给了我们两种不同的草药漱口水和一种浓稠的绿色油膏，可以涂抹在嘴唇上，缓解疱疹带来的疼痛。我们十分严格地按照要求涂抹药膏，希望这些药物至少能减缓她的痛苦。每两个小时，我都会拿一个杯子，给她倒一些漱口水和清水，让她漱漱口，然后用纸巾擦干她的嘴唇，再给她涂上深绿色的油膏。她会问我，嘴上的疱疹有没有好一些，还会张开嘴让我帮她看看口腔内部。她的舌头看起来仿佛正在腐烂，宛如一袋放了很久的肉，又像是蜘蛛在上面织了层厚厚的网。

我会告诉她："当然，已经比昨天好多了。"

她基本吃不了东西，只能通过静脉注射营养液来获取身体

---

① 原文为韩语的英文发音：Gwaenchanh-a, Umma, gwaenchanh-a。

所需的营养。在有人扶着的情况下，她也无力起床上厕所后，护士便给她插了导尿管，让尿液流到一个尿盆里，我会随时帮她把尿盆倒干净。若她无法排便，护士会给她灌肠。她需要穿大大的尿片，排便时会喷出泥沙般的液体。这里没有尴尬，只有生存，只有作用力与反作用力。

清晨时分，如果妈妈还没醒，我会穿着医院的拖鞋乘电梯下楼，在附近的街上逛一会儿，看看有没有什么可以带给她的东西，可以提醒她我们现在身在何处的东西。

附近有家巴黎贝甜面包店，这是一家韩国连锁店，销售带有韩国风味的法式面包。我会带回各种精致的甜点和色彩艳丽的奶昔，希望能唤起妈妈的食欲。有酥皮面包，这是一种软软的小面包，上面覆着酥脆的花生碎，我们以前来首尔时曾一起吃过。我还带回过油炸红豆包和红薯芝士蛋糕，以及从街边大妈那里买来的蒸玉米，装在一个纸盒里。我和妈妈一颗颗地剥着硬硬的玉米粒，想起了做事细致的恩美小姨，她以前剥玉米的时候，总会在玉米芯上留下一排排干净、整齐、透明的薄膜。我在一家中韩融合餐厅买了炸酱面，用洗手池的自来水冲洗配送的泡菜，以免泡菜里的辣味刺激她的舌头。

看着洗得白白的泡菜，她感叹道："我这个样子，还有什么好指望的？米歇尔，我连泡菜都吃不了。"

"你的头发一定会长回来的。"我试着转换话题，同时把手放在她的头上，温柔地抚摩她头上稀疏的白色发楂儿。"作为一个病人，你看起来真的很年轻、很漂亮。"

"真的吗？"她做出不信的样子。

"真的，看起来就像是……你化妆了吗？"

我以前还从未注意到，妈妈曾文过眉。她的眉毛看上去很自然，一点也不像文过的。我想起她一个叫荣顺的朋友，眉毛就文得不太好，右边的眉毛挑得太高了。

"我很久以前去文的。"她一边漫不经心地说，一边在床上挪动着半坐起来，背靠在枕头上，继续说，"其实你爸爸才是真应该在这儿的人。"

"我喜欢在这里。"

"是的，但他是我的丈夫。就算他在这里，也根本不知道怎么照顾我。我叫他拿漱口水给我，他就把漱口水的瓶子递给我，连杯子都不知道帮我拿。"

我靠坐在长椅上，盯着自己的脚，慢慢用左脚凉鞋来回拍打脚后跟。几年前我们在橄榄园餐厅吃饭的时候，她曾提及自己跟我爸爸吵了一架，但她不能告诉我吵架的原因，否则会破坏父亲在我心里的形象，那就像摔碎的盘子，纵然用胶水粘好，裂痕也永远都在。

"你觉得他会再婚吗？"

妈妈说："我觉得他会，应该会。"她看上去毫不在意，似乎他们早就聊过这个问题，甚至说："他可能还会娶一个亚洲女性。"我感到很不舒服，尤其是想到那将是一个亚洲女性。这么猜测另一个人的想法是很伤人的，想象他会用一个新人取代妈妈，想象他有"黄种人情结"。这贬损了他们的关系，这伤害了我们。

"我觉得我无法承受，也无法接受。这太恶心了。"我说。

未来潜伏着一个不言而喻的问题。那就是，没有妈妈将我们联结在一起，我和爸爸会日渐疏远。对他来说，我并不是那么重要，至少不像我对妈妈这么重要。可以想见，我们以后的相处会很成问题。我们可能会渐行渐远，这个家也会彻底瓦解。我想，妈妈一定会责备我，说他是我的爸爸，说他与我血脉相连，说我这么想一个为我们提供衣食的人实在太自私，完全是被宠坏了。然而，她只是把手搭在我的背上，默默接受了这个她无能为力的现实，对我说："你会做你该做的事。"

在我们灾难般的假期持续两周半后的一天，我来到医院，看到爸爸正在走廊里冲成永表哥和一个护士大吼，整个大厅里的人都在看这个高大的美国人发着他大大的美国脾气。

他大声嚷着："那是我妻子！说英语！"

我过去问道："发生什么事了？"

爸爸说，成永在翻译时试图向他隐瞒一些不好的消息。成永表哥静静地点了点头。他把手背在身后，弓着身子听着，似乎要鞠躬一般，任凭我爸爸发泄着怒火。护士显得很紧张，一直在往后退。妈妈在病房里已经失去了意识，她的嘴上戴着氧气面罩，看上去就像是高科技吸尘器。娜美姨妈站在她床边，紧张地把拳头举到唇边。她肯定早就知道，我们一定会陷入这样的境地。

成永表哥和我爸爸走了进来，年轻漂亮的医生跟在他们身后。在韩国，医生跟我们在一起的时间多得令我震惊。在俄勒冈，每个医生总是待不到一分钟，就会急匆匆地把剩下的事交代给护士。而在这里，医生似乎真的很想帮我们。我们刚到的时候，医生甚至握住了我妈妈的手。她跟着成永表哥和我爸爸走进来，然后对我们说，我妈妈已经出现了败血性休克，血压也低得可怕，可能需要戴呼吸机才能活下去。

我原以为，生死之间的界限是非常明晰的。我和妈妈都认为，如果只能像植物人那样活着，我们情愿结束自己的生命。可是现在，我们必须在生死间挣扎，一天天地失去身体的自主能力。生与死的区别，也变得越来越模糊。她无法下床，无法走路，就连肠道也无法蠕动。她需要注射一袋袋营养液才能获取养分，而现在，她还得靠机器才能呼吸。每一天，活着都在变得更难，而这到底还算不算活着，也让人越来越难以确定。

我和爸爸乘电梯下楼。我看着电梯灯直接从 5 跳到 3，避开了一个根本不存在的第 4 层。因为在韩语里，4 的发音容易让人想到汉字里的"死"字，所以这个数字带着不祥的意味。我和爸爸一言不发地站在电梯里，打算出去呼吸点新鲜空气，再想想如果到了必须使用呼吸机的时候，我们要让她插管多长时间。天已经全黑了，沿街亮着一盏盏昏黄的路灯，夏末的一群群小飞虫在路灯下飞舞。为躲避飞虫，我们伏低身子走进一家最近的酒吧，点了两品脱克洛德啤酒，然后上楼来到酒吧露台。露台上没什么人，我们在一张野餐桌旁坐下，爸爸把他那覆满老茧的大手从桌上伸过来，握住了我的手。

"真的到这一步了。"他说。

他斜睨着桌面，另一只手的食指摸着木桌上的一个凸起，又大声吸了吸鼻子，同时用手掌擦起了桌子，似乎要擦去桌面上的灰尘。接着他喝了口啤酒，向身后的城市望去，仿佛在向这座城市探寻意见。

"哇！"他感叹着，松开了我的手。

一阵凉风吹来，我感觉有点冷。来这儿以后，我几乎每天都穿着同样的棉质连衣裙和医院的拖鞋。下边的街上传来摩托车引擎发动的声音，我不禁想起自己五岁左右的时候，爸爸经常骑着摩托车带我出去。他会让我坐在他两腿之间的位置，我抓着油箱盖保持平衡。路远的时候，震动的引擎和发热的油箱会让我沉沉睡去，有时我一睁眼，就已经回到了我们家的车道上。我真希望自己可以回到那个时候，一切坏消息都不曾到来的时候。

我们不顾医生的劝阻，冒着风险来到韩国。我们努力计划着那些值得"背水一战"的事，可每天的情况都比前一天更糟。我们想在生死之间做抉择，却发现已铸成大错。我和爸爸又喝了一杯，希望这酒能让我们忘掉一切。

我们最多出去了两个多小时，而当我们回来的时候，妈妈已经坐了起来。她警觉地把眼睛睁得大大的，仿佛一个手足无措的孩子突然闯进房间，打扰了谈正事的大人。

她问："你们俩有没有什么东西可吃？"

我们将之视为一个信号。爸爸开始打电话帮她安排转回俄勒冈医院，我们将在一个执业护士的陪同下飞往尤金，抵达后再立刻将她送往河湾医院。我走出房间，给彼得打了个电话，希望能带着些期盼回去。

我穿过大厅，走向那一层的太平梯，一个围着褐色金属栏杆的水泥平台。我在平台上坐下，脚放在下一级台阶上。彼得跟他家人去了马撒葡萄园岛共度周末，他们那里现在还是清晨。

"我们必须结婚。"我说。

说实在的，其实我很少想到结婚。我十几岁的时候，自是很期盼约会，期盼恋爱，但我想得更多的，还是将来组摇滚乐队的事，这个令我痴迷了整整十年的梦想。我不知道各种婚纱领口或款式的名称，不清楚鲜花的种类，更不了解钻石的切割工艺。结婚时我想要怎样的发型，床上用品我喜欢什么样的颜色，诸如此类的事我压根儿想都没想过。但我可以确定的是，妈妈可以为我们的婚礼提供足够多的意见。事实上，我只知道，唯有妈妈才能确保我的婚礼完美举行。如果她不出席我的婚礼，那我肯定会在婚礼上一直想着，她究竟会怎么想。桌上的摆设是不是很廉价，装饰的鲜花是不是太寻常，我的妆会不会太浓艳，我的裙子会不会很难看。得不到她的肯定，一切都将黯然失色。我知道，如果她不出席我的婚礼，我注定将成为不快乐的新娘。

"如果你预计我们会在五年内结婚，却不愿意现在就结的话，我想我是不会原谅你的。"我说。

电话那头是不置可否的沉默。我突然意识到，我都不知道马撒葡萄园岛到底在哪儿。那个时候，我还以为他和家人真去了一个尘土飞扬的葡萄酒庄园。那个时候，美国东海岸人与西海岸人的种种差异往往会令我觉得新奇无比，比如在提到"海岸"的时候，彼得会说"海滨"，又或是见到萤火虫的时候，彼得根本不以为意，因为他早已司空见惯。

"好。"

"好？"我重复道。

"好，好的！"他说，"我们结婚吧。"

我蹦蹦跳跳地穿过明亮的无菌走廊，穿过一间间用帘子隔开的黑暗病房，看着病人心电监护仪上一条条绿色的心电图，我的心也怦怦跳个不停。回到妈妈的病床前，我对她说，你一定要好起来，一定要回到我们尤金的家里，看着你唯一的女儿出嫁。

第二天，我在网上查了一些婚礼策划师的介绍和联系方式。在妈妈的病房里，我来来回回地踱着步，在电话里跟他们说明我的情况，并找到了一个愿意帮我在三周之内举办婚礼的策划师。挂电话后不到一小时，策划师就用电子邮件给我发来了一份清单。

成永表哥带我去试婚纱。我用"卡考"通信软件给妈妈发了不同款式的婚纱照，最后我们选定了一条长及脚踝的无肩带婚纱。这条婚纱式样简单，售价四百美元。裁缝帮我量好尺寸，两天后把婚纱快递到病房，然后我在病房里试穿给妈妈看。

我知道，娜美姨妈和成永表哥肯定觉得我疯了。要是妈妈在婚礼前去世了怎么办？要是她病得起不来了怎么办？我知道，在这么混乱的情况下，不该再冒险承担更大的压力，可我又觉得，这是最能照亮黑暗现状的一束光。不再琢磨抗血凝剂和芬太尼止痛剂，我们可以讨论基亚瓦里椅、马卡龙和礼服鞋。不再想着褥疮和导尿管，我们可以研究婚礼现场的配色方案、搭配礼服的发髻和开胃菜鸡尾酒虾。我们有了值得奋斗的目标，有了可以期盼的盛典。

六天后，妈妈终于可以离院了。我们推着她走向电梯时，她的医生在走廊里拦住我们，送了她一件临别礼物。医生握着我妈妈的手说：“我一看到这个，就想到了你们。”那是一个小小的木雕，雕的是父亲、母亲和女儿，一家三口手拉着手。这三个无脸的小人紧紧地相依相连，似乎是用同一块木头雕的。

十一

你并无多少惊世狂才

遇到彼得的时候，我二十三岁。二月的一天晚上，我们乐队排练结束后，德文邀请我们一起去酒吧。他的一个发小儿研究生毕业，从纽约搬回这个小地方，准备在费城南边一家名为"下十二级台阶"的酒吧庆祝自己的二十五岁生日。这是一家可吸烟酒吧，走进酒吧的确要下十二级台阶。那个时候，我们这帮人都喜欢抽烟。隆冬时节，可以在室内抽烟，对我们来说是一件很有吸引力的事。我们总是连啤酒都还没来得及点，就开始吞云吐雾。

那天晚上是"卡拉OK之夜"，我们一行人进去的时候，彼得正要开始唱歌。他点了比利·乔尔[①]的一首歌，歌名叫

[①] 比利·乔尔（Billy Joel，1949—　）：美国歌手、钢琴演奏家，曾荣获五项格莱美音乐奖。代表作有《钢琴师》（*Piano Man*）、《我的生活》（*My Life*）等歌曲。——编者注

《意大利餐厅里的过往》（*Scenes from an Italian Restaurant*）。我以前没听过这首歌，但当时彼得给我留下了很深的印象。因为在我们这群痴迷威瑟乐队和眨眼 182 乐队的乐迷面前，这家伙竟然选了首有四十八小节纯器乐间奏的摇滚乐曲。他那晚戴着细金属边框的飞行员墨镜，大大的镜片几乎占了他半张脸，还很滑稽地穿了件白色深 V 领 T 恤，领口露出一大丛卷曲的棕色胸毛。他像拿高脚杯一样拿着话筒，只用指尖轻轻捏着，还跟随歌曲节奏怪异地扭动身体，歪着头上下摆动，仿佛被人削掉了一截，又被拴在铰链上不停地晃，一只脚也像米克·贾格尔① 跳方块舞一样踏在每一个四分音符上。

他那首歌唱了六分半钟，足以让整个酒吧一半点了歌的人都怒火中烧。唱完以后，彼得拥抱了德文，因为德文在他唱歌时打趣了几句。我没听清德文说了什么，只听到彼得尖细高亢的笑声，那声音既像《芝麻街》里的布偶发出来的，又有点像一个五岁小女孩的声音。就在那一刻，我爱上了他。

彼得却花了很长时间，才对我产生同样的感觉。准确地说，是我给他灌输了那些感觉。我配不上他，他显然比我更有魅力。在我们那个邋遢落伍的圈子，大家都爱拿他的帅气开玩笑。他不仅吉他弹得好，还对一些更加复杂和困难的事感兴

---

① 米克·贾格尔（Mick Jagger，1943— ）：英国摇滚乐手、词曲作者、演员，滚石乐队（The Rolling Stones）创始成员之一。——编者注

趣，比如汇编修订版诗歌或是翻译中篇小说。他拥有硕士学位，法语流利，已经读完了整整七卷的《追忆似水年华》。

尽管如此，我还是决定花六个月的时间追求他，坚持不懈地在一切可以见到他的聚会上出现，甚至得到了每周都能见到他的机会——我帮他在我打工的墨西哥餐厅找了个兼职。在一同为顾客提供餐饮服务的近三个月里，我们一起擦玻璃，一起叠桌布，一起愉快地在备餐台玩字谜游戏，一起冲出收银台为大家提供打烊前的最后一轮服务……我们建立了深厚的情谊，却依然未能超越朋友间的关系。

每年十月，我们都要为"美食周"做准备，那是一年中最忙的时节。每到秋季，很多住在郊区的家庭都会拥入我们这种"高档"墨西哥餐厅，享用三十三美元三道菜的特价套餐。厨师们总是挥汗如雨、骂声不断地忙碌着，随心所欲地烹制出一盘盘青柠汁腌鱼、玉米粉蒸肉和一杯杯三奶蛋糕，像填充食槽一般没完没了地打发着一拨拨精打细算的食客。而在那一年，"美食周"简直成了"美食好几周"，对渴盼日进斗金的餐馆老板来说，这生意兴隆的景象他们有多喜闻乐见，我们这些分身乏术、疲于奔命的员工就有多懊恼烦躁，不仅要一个人干三个人的活儿，还得一天都不休息地连轴转。

"美食周"开启的那天，彼得和我都要上夜班。下午三点半，我来到餐厅，为晚上的服务做准备，却惊讶地看到我们脾

/ 163

气暴躁的经理亚当正呆坐在餐厅里，直愣愣地盯着他的手机。他经常为我们不小心摔坏餐具之类的事大动肝火，威胁要罚我们的款。

"彼得出事了。"他说。

"出事"是很古怪的说法，然而在接下来的几个月，我自己在提到这件事时也总这么说，似乎潜意识里我们都不想提及，彼得遭到了袭击。亚当站起来，给我看了照片。彼得坐在医院的病床上，穿着一件开襟式手术衣，胸前贴了很多圆形贴纸。他的脸变形得很严重，左边脸的上半部肿得发紫，简直都看不出来是他了。

前一天晚上，彼得和他的朋友肖恩参加完派对，一起走路回家。他们转进那条通往彼得住的公寓的巷子，走到大门口时，有人在后面问他们能不能给根烟。他们转身准备给对方烟的时候，却被那人的同伙用一块砖头砸得晕了过去。他们醒过来时，袭击者已经逃走了。肖恩在黑暗的巷子里到处找自己被打掉的牙齿，彼得的眼眶骨也被打碎了，但他们并没有遗失什么东西。他们走进楼道，彼得的室友发现他们正在流血，就把他们送去了医院。哈内曼医院的医生连续数日为彼得监测颅内出血情况。

那天晚上，我独自在两层楼的餐厅里跑上跑下，忙得不可开交，仍然不忘想着彼得。要是那块砖砸得再重那么一丁点，要是眼眶骨深陷到他的脑部……我想得越多，就越发现自己早已对他一往情深。第二天，我从书架上挑出自己最喜欢的书，把背包塞得满满的，又买了一束向日葵和两只小南瓜，然后就骑着自行车去了医院。

彼得的爸妈也在医院，我以前只在餐厅里见过他们一次。彼得看起来比照片上的情况还要糟，虚弱无力地吃了好多药。不过，当护士找出一个引流瓶来插我带来的花时，我看到他很想笑的样子，顿时感觉放心了一些。

出院以后，彼得回费城附近的巴克斯县——他父母家住了几周，让身体完全康复。而当他终于来上班时，我觉得他肯定会有所改变，变得容易担惊受怕，不敢在夜里独自回家，我甚至无法想象他晚上下班后还敢跟我们一起去酒吧。然而，他唯一改变的，似乎只有对我的感觉。从那以后，大家都开玩笑说，那两个人是我花钱雇来让他开窍的。

我们对婚礼的企盼发挥了魔力。除了跟美国运输安全管理局的工作人员因电热毯发生了一点小摩擦，我妈妈的紧急送医服务进行得很顺利。保险公司为我们支付了商务舱机票的费用，护送我们的执业护士也睁一只眼闭一只眼，让我妈妈喝了几口香槟酒庆祝。在河湾医院恢复了一周后，妈妈竟然可以出院回家了。

仿佛我们终于拉开窗帘，让久违的光亮照进了房间。妈妈有了渴望为之努力的目标，于是我们像撬动杠杆一样利用她的愿望，让她活动和进食。她甚至戴上老花镜，在手机上搜索自己在开市客超市看到过的一枚订婚戒指。找到以后，她给我看屏幕上的照片，那是一枚造型简单的银戒，上面镶了些碎钻，然后对我说："让彼得送你这一个。"

　　我把链接发给彼得。我们在电话里根据他的工作时间商定了行程。他周末先飞来求婚，然后去婚礼策划师建议我们租婚礼用品的地方看看。等到两周后举办婚礼时，他再带着父母一起来。

　　我在电话里对他说："无论什么时候，无论我们之间出了什么问题，都可以离婚，那我们就是年轻时髦的离异人士。"

　　"我们不会离婚的。"彼得说。

　　"我知道。如果我们离婚的话，你不觉得'第一任丈夫'这样的说辞能让我显得非常成熟、非常神秘吗？"

　　彼得来的时候，我到波特兰机场去接他。我们分开快一个月了。虽说是我要他求的婚，连求婚戒指也是我挑的，但当时跟他在一起，我仍然感觉十分激动，那是一种很新奇的感觉。我们开车进了城，在一个地方停好车。走路去餐馆的时候，在珍珠区的一条街上，他单膝跪了下来。

第二天，我们俩驾车前往租婚礼用品的地方，在那里拍了一些椅子和桌布的照片，发给我妈妈看。我们认为最简单舒适也最经济便利的选择是在我爸妈的后院举办一个小型婚礼，那里可以容纳一百来人。要是妈妈不舒服的话，她可以随时回卧室休息。

回到东海岸后，彼得写了一些婚礼邀请函并寄了出去。他根据名单为所有客人制作了座位卡，还在卡上绘制纹章，编写格言，让卡片更具特色。他在一张卡上写着"孔思特、马赫特、孔思特"和"艺术、权力、艺术"，在另一张卡上写着"瑟维斯、侬、赛尔武斯"和"牡鹿未被奴役"。他还在纹章下写了我们俩名字的首字母，写得非常像一个盾形纹章。

我在一家杂货店订了蛋糕，订购前带了些样品给妈妈品尝。我找了朋友的三和乐队①，问他们愿不愿意在婚礼上帮忙伴奏，以及能不能帮我找一个调酒师、摄影师以及主婚人。我和妈妈躺在床上讨论客人名单，排列客人的座位。我想，我们一定可以在策划师的帮助下把婚礼办得很成功，只要妈妈神志清醒，只要我们能赢得时间，只要她不需要活在奥施康定和芬太尼等止痛药隔绝出来的世界里。

---

① 三和乐队（And And And）：一支来自美国俄勒冈州波特兰市的摇滚乐队，已于 2018 年解散。——编者注

也有一些不那么愉快的事要去做。爸爸约见了临终关怀医院的人。在俄勒冈，安乐死是一项合法选择。临终关怀医院的医生很坚决地说，他的工作就是确保我妈妈不会感到疼痛。

彼得刚刚离开，桂就从佐治亚州回来了，还游说了一大群信教的韩国女性，一同围在我妈妈床前，引领她正式皈依基督教。我在卧室门外偷偷看了一会儿，她们用韩语唱着圣歌，扇动手里的《圣经》，我妈妈似醒非醒、茫然被动地参与着。

我知道，妈妈很感激桂的慷慨，为了让桂高兴，她假装听从了桂的意见。然而一直以来，我都为妈妈拒绝在精神上妥协而骄傲，所以不愿看到她就这么让步。妈妈从未信仰过任何宗教，在这个韩国人本就不多的小城，即便这会让她与自己的同胞疏远，即便她的妹妹在临终前要她信教，她都未曾依从。我欣赏她对上帝的无惧无畏，也欣赏她对轮回转世的深信不疑，相信自己在经历了这一切后，还能以崭新的面貌再活一世。我曾问过她，转世后想成为什么，她总是说，自己要做一棵树。这是一个很奇怪的回答，却让我深感慰藉。相较于成为非比寻常的大人物或万众瞩目的英雄，妈妈更愿意谦卑平静地度过来生。

"你心里真的接受耶稣了吗？"我问妈妈。

"嗯，我想是的。"她回答道。

我穿过房间，走到妈妈床前，正要在她身边躺下，妈妈却让我去把她的首饰箱拿来。箱子是用樱桃木做的，下面有两个抽屉，上面是一个带镜子的隔层，可以从顶部拉开。箱子内部铺着深蓝色的丝绒垫，每个抽屉都被分成了九格。妈妈没继承什么珠宝，箱子里自然也没有特别有年头的首饰。这些首饰都是她自己添置的，其中大部分是她送自己的礼物。她很珍视这些珠宝，也只是因为她有能力将之好好珍藏。

"我这周准备拿一些首饰送人，但我想让你先挑。"她说。

这比任何事都更能表达妈妈的精神追求，在她看来，没有什么比一个女人的首饰更加神圣。我伸手抚摩着她的项链和耳环，十分自私地想把一切都据为己有，哪怕我知道自己大部分都不会戴。

我对珠宝一无所知。我不知道是什么让一件饰品比另一件更为贵重，也分不清银和钢、钻石和玻璃，更无法看出一颗珍珠究竟是不是仿制的。对我来说，首饰的珍贵之处并不在于其价值。首饰之所以珍贵，是因为它们可以唤起一些特定的回忆。首饰是独一无二的象征，而非价值连城的宝石。那个火柴人造型的小吊坠，小人肚子上镶着我的诞生石，胳膊和腿连着假的金链子。那条廉价的玻璃珠手链，是妈妈在墨西哥度假时跟海滩上的一个小贩买的。那枚别在她领口的苏格兰犬胸针，会让我想起我们在沙发上等着爸爸从洗手间出来，开车带我们去三伯罗恩家过感恩节。那枚俗艳的蝴蝶戒指，我曾在一次节日晚宴上取笑过妈妈。而最为珍贵的，是恩美小姨的那条项链，可以跟妈妈送我的那条相匹配。

筹备婚礼的日子里，每天清晨，我和妈妈都会在家附近走走。她打算在婚礼上跟女婿跳舞，想逐步提升自己的耐力。当时是九月底，松针已开始发黄凋落，早上也变得越来越凉。我们手挽着手从客厅的推拉门走出来，走下木质平台的三级台阶，慢慢穿过草坪，踩着护根覆盖物经过妈妈多年前种下的杜鹃花。茱莉娅会紧紧跟在我们身后，渴望得到我妈妈的关注与爱抚，但我们都会很紧张地不让她那么做，怕她被细菌感染。有时候，在我们返回水泥车道前，她会停下来拔一根野草，带着战利品凯旋。

婚礼前一周，妈妈的朋友金娜搭乘飞机来到这里。她剪着利落的短发，指甲上装饰着很多炫目的小水晶。她和我妈妈在卧室里聊着近况，桂就像个事事反对的修女一般主持着她们的会谈。桂有多疏离冷漠，金娜就有多热情开朗。我一直很喜欢金娜，也很期盼有一个人能站在我这边，一个可以提出自己的观点、跟桂据理力争的人。而且金娜的厨艺很好，我妈妈也经常称赞她。

第二天，金娜很早就起来，也像桂那样给我妈妈做了锅巴粥。她把米放进锅里，慢慢煎成金黄色，再加热水煮成粥。她悄悄放了点煮过的鸡肉，想让我妈妈补充些蛋白质。

"噢，这味道太重了。"我妈妈说。

"你为什么要这么做？"桂厉声道。金娜翻了个白眼，把碗端走了。

做饭不成，金娜又把精力挥洒到别的地方。她检查了厨房柜子里的东西，把我妈妈存放在食品柜里的过期罐头都扔了，装满了好几个垃圾袋，还自告奋勇要在婚礼上做我喜欢的韩国节庆美食——韩式牛小排。

我还在上大学时，有一次妈妈在手机里教我做菜。她顺序凌乱地说出各种食材的名称，语速飞快地告诉我玉米糖浆或麦芽糖浆的牌子，又仔细描述我们家用的芝麻油罐长什么样，我在韩亚龙超市根据她的指示，费了九牛二虎之力才勉强找到那些东西。回到住处，我再次给她打电话，要她告诉我烹饪过程，却懊恼地发现，她的指导实在太难理解了，哪怕只是煮个饭。

"什么叫把我的手放到米上，再加水到没过手的位置？"

"把水倒进去，让水没过你的手！"

"没过我的手？到我手的什么位置？"

"就到刚好没过你手的位置！"

我用肩膀夹着手机，将左手浸入水中，平平地放在白色的米上。

"那是多少杯水？"

"亲爱的，我不知道，妈妈是不用量杯的！"

我看着金娜专心致志地按她自己的配方烹制韩式牛小排。她没有把配料剁碎，而是把亚洲梨、大蒜和洋葱都放进搅拌机，打成浓稠的腌汁，再将小排放进去腌。她的配方利用了水果天然的甜味，而我妈妈通常会放玉米糖浆和一罐七喜汽水。我把腌汁拿去给妈妈尝，她把食指伸进去蘸了蘸，然后舔了一下说："我觉得还得再放点芝麻油。"

在婚礼举办的两天前，彼得带着他的母亲弗兰、父亲乔以及弟弟史蒂文一起来了。我很担心他们会怪我强迫他们的儿子，让他如此草率地举行婚礼，当他们刚刚走进我们家，我的担忧立刻就烟消云散。

弗兰是那种温柔呵护型妈妈，会在彼得摔跤时立刻把他抱起来，或是在圣诞节收到"废物"时惊呼"好漂亮"。她照顾两个儿子长大的那些年，还在外经营了一家日托中心。她会打扮成小丑，为孩子庆祝生日。她会做什锦干果和巧克力脆脆酥，会自己炖高汤，还会用改造过的农家干酪包装盒让你打包些剩菜带回家。她散发着慈爱的气息，让你感觉自己一点也没有给她添麻烦。

"你还好吗，亲爱的？"弗兰给了我一个大大的拥抱。在这个拥抱里，我甚至可以感觉到，我的忧虑就是她的忧虑、我的痛苦就是她的痛苦。

"见到你太开心了，普兰。"我妈妈说，韩式英语会将 F 的音发成 P。

"终于见到你了，我真的好高兴，你们家可真漂亮！"弗兰说。看着她们俩拥抱在一起，就像看到我和彼得的世界发生了碰撞。我们真的要结婚了。

第二天，鲜花送来了。对妈妈来说，这是最不可或缺的饰物。桃红色玫瑰和白色绣球花装饰餐桌，含苞待放的百合装点新人入场需要穿过的木头拱门。洁白的百合带点淡淡的黄绿色，好看极了。男士戴的胸花放在一个过去装牛奶瓶的老式木箱里，那是用一朵玫瑰和鼠尾草般的叶子做的。还有我和伴娘拿的花束，上面扎着浅灰色的缎带。

傍晚，一辆大卡车驶入我们家车道，一群人从车上下来，在后院的草坪上搭了顶大大的白色帐篷，并把我们选的桌椅放到帐篷下。我看到爸妈在帐篷边散步，他们并肩站了一会儿，遥望着前方陡峭的山丘。太阳正在落山，天空已被染成橘粉色。

他们欣赏着自己的家园，回想起一个个辛苦耕耘的盛夏，审视着他们辛劳一生积攒的一切，他们本该在这些年真正坐下来享受的一切。看着他们的背影，我忽然想起我小的时候，有一次去波特兰，曾坐在汽车后座看着他们俩拉着彼此的手。整整两小时，他们拉着的手落在汽车中控台上方，但他们始终没说什么话。我当时认为，婚姻就应该是这样的。

爸爸并不掩饰，他跟妈妈很少有亲密行为这件事。尽管我知道一些秘密，但我依然相信，爸爸是真心爱妈妈的。只是生活，有时候就是这样。

那天晚上，爸爸回屋的时候，兴奋得像个少年。

"你们在聊什么？"我问。

他笑着说："你妈妈捏了捏我的阴茎，说这东西还在呢。"

举行婚礼的那天早上，我有些心绪不宁。中午，我的朋友们到了，在楼上帮我做准备。泰勒帮我把头发编成"花环"，再松松地绾起来。卡莉帮我化妆。伴娘是我最好的朋友科里和妮可，她们帮我拉上婚纱的拉链。

"我不敢相信，你真的要结婚了！"科里泪眼模糊，难以置信地看着我，似乎前几天我们才十二岁，还在给我们的网球想名字呢！

而在楼下，桂和金娜在我爸妈的洗手间里帮我妈妈做准备。分开让我感到很不安，脱离了妈妈的监督，我总觉得哪里不对劲。所以我一准备好，就立刻下楼，急切地想得到她的认可。

妈妈坐在床脚旁的一张藤编沙发上，穿着颜色鲜艳的韩服，那是娜美姨妈上周寄来的。丝绸上衣是鲜红色的，领口衬着深蓝色和金色的边，还有一条天蓝色飘带，桂帮她系得很好。袖口是白色的，上面绣着红色的花。长裙是宛若蜂蜜一般的黄色。她戴着一顶深棕色假发，前面是齐刘海儿，后面简简单单地扎着个低马尾。她看起来仿佛根本没生病，那种感觉真的很好，哪怕就只是在那一刻，假装她没有生病，假装什么问题都没有，有的只是美好的一天和温馨的婚礼。

我站在她面前，紧张地问："你觉得怎么样？"

她静静地看了我一会儿。

"太美了！"她终于露出了微笑，泪水在眼眶里打转儿。我跪在她身旁，把手臂放在她的裙子上。

"但我的头发呢？"我问道。她没有提出什么意见，我有些担忧。

"看起来非常好。"

"那我的妆呢？你不觉得太浓了吗？特别是眉毛，是不是画得太粗了？"

"不，我不觉得浓，这样比较上相。"

在这个世界上，没人能像妈妈那样挑我的毛病，让我觉得自己丑陋不堪。可是也没有人，包括彼得，能像她那样让我觉得自己非常美丽。在内心深处，我一直都很相信她的评价。我的头发是不是很乱，我的妆是不是太浓？只有她才会告诉我真相。我等着她说出我自己看不出来的问题，但她却说什么问题都没有，只是微笑地看着我。或许是药物让她有些迷糊，让她无力挑剔细节。又或者，她知道怎么说才是最好的，知道那些问题都无伤大雅，不值一提。

我们的婚礼有一百来人。爸爸的同事坐一桌，妈妈的韩国朋友坐一桌，其他几桌坐的是我们从费城来的朋友。离我们临时搭建的圣坛最近的一桌，坐着我们的爸妈，还有桂和金娜，以及我爸爸的姐姐盖尔和姐夫迪克，他们是从佛罗里达州飞来的。对面坐着伴娘科里和妮可，以及她俩各自的男朋友，还有彼得的弟弟和他最好的朋友肖恩。海蒂是从亚利桑那州飞来的，她是我妈妈在德国的那些孤独日子里唯一的朋友。还有我妈妈前几年在绘画培训班认识的两个韩国女人，她们带着家人一起来到这里，满心欢喜地与几个月没见的朋友相聚。妈妈没有公开她生病的事，所以这场婚礼也是她人生的一场庆祝会，但又不像直接说出来那么有压力。一切都跟计划中的一样，她人生不同阶段的朋友都来到了这里，与她相聚在一起。

彼得准备的誓词仿佛有十页纸那么长。"我承诺，我将全心全意地爱你，这也就意味着……"彼得说了起来。他像我见到他的那天晚上一样，优雅地用三根手指捏着麦克风。他大声说出的誓言晦涩难懂，我从听到的内容里，大概知道他说了十个承诺，然而有很多词我从来没听过。他在快要结束时说道"你并无多少惊世狂才"，我忍不住笑出了声，客人们也借着这个机会笑了起来。他说完后，我读了自己写的誓词。

"我没有想过自己会结婚，然而在过去的六个月里，我见证了承诺的分量，明白了'无论健康还是疾病，我都将不离不弃'这句话的意思，于是我带着自己的领悟，站在了这里。"

我说爱是行动，是本能，是体会不经意的瞬间，是感知不起眼的付出，是愿意为对方克服困难、忍受不便。最触动我的，就是在我得知妈妈生病以后，他凌晨三点下班以后还一路开车到纽约，只是为了在布鲁克林的一个小仓库里抱着我。在过去的几个月里，只要我需要他，他就会为我飞越三千英里。自六月以来，他耐心地接听我一天五次的来电。虽然我希望我们可以在更为理想的时候再步入婚姻，但这些微不足道的小事让我确信，在我走向前方、拥抱未来时，他就是我所需要的一切。在场的人眼睛都湿润了。

我们吃韩式牛小排包饭、腌肉、软干酪、脆皮面包、肥美的鲜虾、酸酸的泡菜和柔滑绵密的魔鬼蛋。我们喝玛格丽特鸡尾酒、尼格罗尼鸡尾酒、香槟、红葡萄酒和瓶装啤酒，还喝了几杯火山口湖杜松子酒，这是我们本地产的酒，爸爸每喝一口都会感觉自豪无比。我和彼得跳了第一支舞，配乐是卡朋特乐队①的《雨天和星期一》（*Rainy Days and Mondays*），这首歌我们俩曾在坐车前往纳什维尔的路上听过。我们跳舞时，我爸爸非常紧张，他提前十五秒就切掉了我们的歌曲。彼得搂着我妈妈的腰，支撑着她的身体，与我妈妈跳起了舞。他穿着新西服，看起来非常英俊。我妈妈把左手搭在他的右肩上，另一只手拉着他的手，他们看起来就像一对情侣。我意识到，彼得是我妈妈认可的最后一个人。

跳过舞后，妈妈回房休息。她跟着桂和我爸爸一同离开时，我看到她哭了。我不知道她是喜极而泣，还是为自己无法坚持到这个美妙的夜晚彻底结束而感到难过。我仰头喝了一杯香槟，感觉如释重负，为婚礼能够顺利举行，为妈妈的身体没有垮掉，为我们不需要取消这一切而松了口气。我脱掉鞋子，光脚踩在草地上，裙子下摆都沾满了泥。我用手喂茱莉娅吃了几块蛋糕，跟我的朋友们一同唱卡拉 OK，还伸手挂在大帐篷的横杆上吊了一会儿，尽情陶醉在这没人能把我从我自己的婚礼上赶走的喜悦里。那天晚上，本来有一辆豪华轿车要接我们

---

① 卡朋特乐队（Carpenters）：美国流行乐演唱组合，由理查德·卡朋特和卡伦·卡朋特兄妹组成。代表作有《昨日重现》（*Yesterday Once More*）、《靠近你》（*Close to You*）等歌曲。——编者注

去酒店，但那辆车在转弯时卡在了砾石道上，所以我们婚礼上的一行十人都跟着三和乐队的小号手一同挤进面包车，搭乘他们乐队的车进了城。然而，我们到酒店才十五分钟，就有客人打电话叫来了警察，我们只好换地方，浩浩荡荡地拥向市中心的酒吧。一半人没能进去；我们进去的另一半呢，在里面大吃特吃玉米热狗，任凭芥末酱滴到西服和裙子上。酒吧打烊以后，我和彼得回到酒店，因喝得太醉而无心触碰对方，只是作为夫妻并肩躺在一起，沉沉睡去。

十二

法律与秩序

接下来的几天非常平静。在此之前，仿佛婚礼已奇迹般地治好了妈妈的病。又或者，她只会像气球一样，彻底消失在空中。然而婚礼过后，一切又都复旧如初：同样的疾病，同样的症状，同样的药物，同样安静的房间。

爸爸开始计划，我们一起去纳帕品酒，这显然是为了让妈妈保持状态的小计谋。如果我们一直有期盼的事，也许就能骗过疾病。现在不行啊，癌症，我们要举办婚礼了！然后要去纳帕品酒，接着是结婚纪念日和生日。等我们没那么忙的时候再来吧。

这样的花招不再奏效。大部分时候，我都静静地躺在妈妈身旁，握着她的手，和她一起看电视。我们也不再出门散步。她的精力越来越差，能做的事越来越少。她睡得越来越频繁，说的话也越来越少。临终关怀医院送来了一张病床，放在我爸妈的房间里，但我们从来没有让她睡过。那样太让人难过了。

婚礼后的一周，桂终于休了个假。她借了我妈妈的车，去赌场赌博。爸爸在厨房里玩电脑，我和妈妈在床上看《演员工作室》，出席节目的是演过《法律与秩序》[①] 的玛莉丝卡·哈吉塔。当詹姆斯·里普顿问到她妈妈英年早逝的事时，我们看到这个美丽、克制、成熟的女人立刻哭了起来。这件事已经过去了四十年，而只是提到她妈妈，她的反应仍然如此强烈。我想象自己在很多年以后，也会跟她有一样的感受。在我的余生里，永远都会有一块尖利的碎片，不断地刺痛我，从我妈妈离去的那一刻，直到随我一同埋入土中。眼泪顺着我的面颊流淌，而当我扭头时，发现妈妈也在哭。我们抱着对方啜泣，一滴滴泪水打湿了对方的 T 恤。我们都没有看过《法律与秩序》，甚至根本不知道这个演员是谁，但我们仿佛在观看我的未来，观看我这一生都无法磨灭的伤痛。

"你小时候，总喜欢黏着我，无论我们去哪儿。现在你长大了，还是这么黏着我。"妈妈轻声说道，她吐字很费劲。

我们彻底地哭了一场，又像过去二十五年一样紧紧地依偎在一起，任凭眼泪将对方的衣服弄湿。电视声音停顿的时候，

---

① 《法律与秩序》（*Law & Order*）是一部反映美国法律制度的美剧，第一季开播于 1990 年。2010 年，在播完第二十季后停播。阔别十余年后，该剧于 2022 年 2 月回归。——编者注

我听到轮胎轧过砾石路面的声音，紧接着是驶入车库和停车的声音。桂走进屋子，把车钥匙扔到柜子上。

桂喜气洋洋地走进卧室，我和妈妈分了开来，各自擦着眼泪。爸爸跟着桂走到门口，在门框下方停住了脚步。

"我赢了一台电视！"桂重重地在我妈妈身旁坐下来。她喝酒了。

爸爸说："桂，也许你该到床上去休息一下，你肯定累了。"

桂没有理会，而是握着我妈妈的手，靠在我妈妈的枕头上。桂黑白夹杂的头发已经有一英寸①长了，而我妈妈侧着头，光秃秃的脑袋挡住了我的视线，让我无法看到她们的面孔。妈妈用韩语低声对桂说了什么。

"她说了什么？"爸爸问道。

桂看向我的妈妈。我挺直身子，看到了她们的脸。桂的表情似乎冻住了，似笑非笑地僵在那里。她盯着我妈妈，而我妈妈微笑地看着她。

"她说了什么？"他再次问道。

桂闭上眼睛，愤怒地皱起了眉。

"你们两个太自私了！"她怒吼道，气冲冲地走出房间。爸爸跟着她走到厨房。我在妈妈身旁，看到她依然微笑着，然

---

① 英制长度单位，1 英寸约为 2.54 厘米。

后平静地闭上了眼睛。

"别这么做，她随时都有可能离世，你知道的。"爸爸的声音传来。

我听到他们踏着重重的步子上楼，进了桂的房间。桂打算离开，我爸爸在劝她留下来。我静静听着楼上传来的声音，爸爸重重地踱着步，焦躁地走来走去。他说话的声音很低沉，隔着天花板根本听不清，而桂的声音非常尖厉，也非常坚定。然后爸爸一步两级台阶地下了楼。

爸爸气喘吁吁地回到卧室，神情黯然而慌乱，仿佛他刚才犯了大错。他让我上楼去跟桂谈谈。我不情不愿地上了楼，感觉心跳得很快。我最不愿意做的事，就是请求桂留下来。我希望她离开。

我来到客房，看到桂的行李箱摊在床上，她正飞快而狂躁地收拾着东西。

"桂，你为什么要这么做呢？"

"我是时候离开了。"她的声音听起来并不是很气愤，但是很坚决、很倔强。她拉上行李箱的拉链，拿着床上的箱子下了楼。

我跟在她身后说："请不要这么做，至少不要在气愤中离开。明天再走吧，我爸爸会送你去机场。"

"抱歉，亲爱的，但我必须现在就走。"

她拿着行李，坐在门外的长椅上，大概是在等出租车。外面已经很冷了，我可以听到我结婚时走过的拱门上挂着的风铃被风吹动的声音。那个时候我思索着有哪些关于我妈妈的事是桂了解而我不知道的，司机又会把桂送到哪里。当时已经过了午夜，她得等到第二天一早才能乘机去佐治亚州。

我回到爸妈的房间，爸爸又出去劝桂。

"妈妈，桂要走了。"我在妈妈的床边说道。我很担心她根本不知道发生了什么，会气我们惹怒了桂，会让我们去把她追回来，劝她留下。然而，她只是抬头看着我，露出一个大大的、恬静的微笑。

"我觉得她很开心。"她说。

十三

沉甸甸的手

桂离开两天后,我妈妈突然直挺挺地坐了起来,一种可怕的病痛开始出现。她已经好几天没有坐起来了,可现在让她突破这一障碍的,是一种完全不一样的剧痛。在她肿胀的肚子里,一些东西正在生长、转移,压迫着她的器官,如子弹般冲破了麻醉药的屏障,让她感受到剧烈的疼痛。她的眼睛因恐惧而睁得大大的,焦点却在很远的地方,仿佛她根本看不见我们。她抱着肚子喊道:"痛!痛! [①]"

痛。

我和爸爸手忙脚乱地把氢可酮口服液倒进她嘴里。我们扶着她坐了几分钟,一遍遍地安慰她疼痛会过去。几分钟就像有几小时那么久,最后她终于陷入了沉睡,像三明治一样躺在

[①] 原文为韩语的英文发音:AH PEO! AH PEO!

我们中间。我的心里充斥着无法宣泄的伤悲。那个医生欺骗了我们，他说她不会感觉到任何疼痛，说他的工作就是确保这件事。他看着她的眼睛做出了承诺，现在却他妈的违背了诺言。妈妈说的临终遗言是"痛"。

我们都很怕这样的事再次发生，于是决定让她无法感知疼痛。大约每隔一小时，我们就会用塑料滴管挤一些阿片类止痛药到她嘴里，剂量大得似乎可以麻醉一匹马。临终关怀医院的护士每天来两次，并根据情况发放更多的药给我们。他们说我们做得对，还给我们留了一些小册子，上面列了"到时候"可以拨打的电话，以及接下来的安排。我们要做的事并不多，只需要不时地帮她翻身，每小时用枕头垫高她的身体来预防褥疮，以及用海绵轻轻拍她的嘴唇来防止开裂。我们能做的，就只有这些了。

日子一天天过去，妈妈一直躺在床上。她失去了对身体的控制，只能不断地尿床。我和爸爸每天会帮她换两次床上用品，换掉她的睡衣和内裤。我们想过把她抱到医院送来的那张床上，却无法真的那样做。

妈妈失去活动能力后，我和爸爸突然发现，我们开始清理起房间来。我们拉开自己从未开过的抽屉，疯狂地把抽屉里的东西统统扔进黑色垃圾袋，仿佛我们正在努力赶超无法改变的未来，仿佛我们知道，一旦她真正离世，这个过程就会变得无比艰难。

房间里非常静，只能听到她的呼吸声，那是一种很难听的吸吮声，有点像咖啡壶最后发出的断续声。有时候，声音会完全停下来，我和爸爸会静默四五秒，不知道是不是"发生"了，然后我们又听到她喘气的声音。临终关怀医院留给我们的手册上说，这种间隔的时间会越来越长，直到她的呼吸最终完全停止。

我们在等着她离世。最后的日子漫长得令人痛苦。一直以来，我都很怕死亡来得太突然，可是现在，我为妈妈的心脏还在跳动而感到惊讶。她已经几天没有进食，也没有喝水了。想到她可能会饿死，我就感觉心如刀绞。

我和爸爸大部分时间都静静地躺在她的身体两侧，看着她起伏的胸口，听着她重重的呼吸声，数着她呼吸间隔的秒数。

"有时候，我想捏住她的鼻子。"爸爸说。

他抽泣着，把脸伏在她的胸口。这句话听起来应该非常可怕，但我不觉得可怕，也不怪他。我们都很害怕错过，已经好多天没有出过家门了。我甚至不知道爸爸晚上怎么能睡着。

"我知道，你希望这个人是我。我也希望是我。"

我把手放到他的背上。"不是的。"我轻声说道，虽然我醒醒酲的内心就是这么想的。

先走的人应该是他。我们从来没有想过，她会比他先走。

我和妈妈甚至讨论过，她要不要搬回韩国，要不要再婚，我们要不要住在一起。但我从来没有跟爸爸说过，如果妈妈先走的话，我们要怎么办，因为这根本就不可能。他吸过毒，曾在艾滋病大肆蔓延的暴发期，在纽霍普与人共用针头。他从九岁起就每天抽一包烟，从事杀虫工作的那几年接触了大量禁用杀虫剂。他每天晚上喝两瓶葡萄酒，还酒后驾车，胆固醇也很高。不该是我妈妈，她能劈叉，买酒时仍需要出示证件①。

妈妈肯定知道该怎么做，而在一切都结束以后，我们会比以往更加亲密。爸爸却不加掩饰地让我看到他的恐惧与慌乱，看到我宁愿他瞒着我的那一面。他不顾一切地想要逃离这难以忍受的痛苦，随时都可能将我抛下。

爸爸开始出门筹备葬礼，我却足不出户地待在家里。我希望她会说一些临终遗言，临终关怀医院的人说这是可能的，将死之人或许会听到我们的声音。她可能会在最后一刻回光返照，看着我的眼睛，说一些总结性的临别赠言。为了这一刻，我需要一直陪在她身旁。

"阿妈，你在吗？你能听到我说话吗？"我轻声问道。

眼泪滑过我的面颊，落到她的睡衣上。

---

① 在美国，二十一岁以上才可买酒。这里是为了说明妈妈长得年轻。

"阿妈，快醒来吧！"我喊了起来，仿佛是在努力唤醒她，"我还没有准备好，求你了，阿妈，我还没有准备好。阿妈，阿妈！"

我用她的母语大声喊着，也是我的"母语"，我学会的第一个词。希望她能听到她"小小的女儿"的喊声，像一个不可思议的母亲那样突然拥有超越尘世的力量，为了救被撞的孩子可以抬起一辆车，她也将为我醒来，哪怕只能醒来一小会儿。我希望她睁开眼睛，向我道别。希望她说点什么，说什么都可以，让我可以往前走，让我知道一切问题都能解决。无论如何，我就是不希望她的临终遗言是"痛"。什么都可以，只要不是这个字。

阿妈！阿妈！

我妈妈在她妈妈去世时，不断重复的也是"阿妈"这个词。那是韩国人的哭腔，带点喉音，深沉而原始。我在韩国电影和肥皂剧里听过这种哭腔，也在我妈妈为她的妈妈和妹妹哭的时候听到过。一声痛苦的颤音分隔成无数个四分音符般短促的断音，音高如下楼梯般逐级递减。

然而她的眼睛没有睁开，身体也没有动。她只是持续地呼吸着，只是这呼吸每个小时都在变得更慢，吸气的声音也在逐渐地飘远。

那一周的晚些时候，彼得过来了。我到机场去接他，然后带他到一家小小的寿司店吃饭。我们俩点了一瓶清酒，两个人分着喝。吃饭的时候，我又崩溃了，一点也吃不下。晚上九点，我们回到家，站在我爸妈房间的门口，爸爸正在房里，躺在妈妈身旁。

"妈妈，彼得过来了，"我不知怎的说道，"我准备上楼睡了。我爱你。"

我们在我的儿童床上睡着了。自结婚以来，我们还没有亲热过。入睡以前，我思索着自己是如何做到的。我无法再感知喜悦或满足，无法再心无旁骛。或许因为这是不对的，就像是一场背叛。如果我真的爱她，就没有权利再产生那些感觉。

听到爸爸在楼下叫我的声音，我醒了过来。

"米歇尔，时间到了，"他呜咽着说，"她走了。"

我跑到楼下，走进爸妈的房间，心跳得很快。她看起来仍跟过去几天一样，一动不动地仰卧在床上。爸爸躺在她身旁，背对着门，脸朝着她。我走过去，在她的另一边躺下。当时是凌晨五点，我听到树林里的鸟儿已开始唧唧啾啾地鸣叫起来，眼看天就要亮了。

"我们先在这儿待半小时，再开始打电话吧。"爸爸说。

妈妈的身体已经变得冰凉而僵硬，我不知道在爸爸发现时，她这样已有多久？爸爸完全睡着了吗，当时有没有声音呢？他此刻正伏在她柔软的灰色衣服上哭，床垫也随之抖动。我发现彼得在过道里徘徊，不知道该做些什么。

"你进来吧。"我说。

彼得来到我身旁，跟我们一同静静地躺着。我为他感到抱歉。我以前从未见过尸体，不知道这是不是也是他的第一次。我想，这是一个怎样的循环啊？一边是我的丈夫，一边是我故去的妈妈。我想象着从空中俯瞰我们四个的身体。右边，一对新婚夫妇即将开启他们的序章；左边，一个鳏夫和一具尸体就要合上这本记述了他们三十年婚姻的大书。仿佛我正站在一个很有利的位置观察这一切，而我自己并未置身其中。我不知道在这里躺多久才合适，不知道这段时间我应当领悟些什么。她离开身体已经有一会儿了，而把她搬出屋子的念头依然叫人心惊。

"好吧。"我终于说道，仿佛是说给自己听。我们三个慢慢地坐起来，彼得离开了房间。

"等等。"爸爸对我说。我站在他身旁，看到他握着妈妈的左手，慢慢褪下婚戒并对我说："给你。"

他用颤抖的手把戒指戴在我右手的无名指上。我根本都忘了这件事。感觉把戒指从她手上取下来是不对的，虽然让戒指随她一同下葬也不合逻辑。我抬起手，仔细地看着戒指。镶有碎钻的银色指环，一圈宝石衬着中间的主钻。这是她在他们结婚十五年时自己挑的，换掉了那枚失去光泽且只有一粒小钻石的金戒指，那是他在我们这么大的时候送给她的。

我一直在慢慢习惯左手戴着的婚戒，倒不是对其象征意义的适应，而是习惯这枚戒指的物理存在，习惯对这枚戒指的感知。戒指圈着我的手指，像一个需要调节的护具或是我还不太了解的精密物件。而将妈妈的戒指戴到右手上，我感觉自己就像一个把化妆品涂满脸的五岁孩子。我来来回回地转动戒指，想让自己感觉自在些。在拂晓的晨曦里，钻石闪着熠熠流光。戒指太大了，与我的手指极不相称。戒指也很重，这是象征着失去的重量，是我一抬手就能感知的重量。

不想看到她在被带离这栋房子时仍穿着睡衣，爸爸让我帮她选一套火化时穿的衣服。我独自在她小小的步入式衣橱里与"衣架大军"奋战，衣橱两边挂满了她的羊毛开衫、背心、休闲裤、风衣、夹克和呢大衣。我选了一件带有蕾丝的黑色及膝半身裙，以及一条黑色打底裤，帮她遮住瘦骨嶙峋的双腿。我知道，她一定希望有人能帮她遮住。然后又挑了一件宽松的短上衣、一件黑色修身款西服和一顶柔软的灰色无檐毛线帽。

尸僵让我很难帮她把衣服穿好。她的胳膊变得非常僵硬，我帮她穿衣服袖子时，生怕把她的胳膊折断。她的身体变得很沉。我放下她的上半身时，她的头重重地落到枕头上，眼睛一下子弹开了。我发出一声痛苦的尖叫，但彼得和我爸爸都没敢进来。我继续帮她穿衣服，推拉着她僵硬的肢体。每隔一会儿，我自己的身体就会瘫倒在她身旁，痛苦地哭泣着，或是把脸埋进床垫里大叫。难受的感觉压迫着我，我不得不停下来缓一缓。我没有准备好做这件事，也没有人让我为这件事做过准备。我为什么要感受这一切？我为什么一定要有这样的记忆？他们只是要把她装进包里，像收垃圾一样收走。他们只是要把她送去火化。

帮她穿好衣服后，我们三个坐在餐桌旁等。来了三个男人，穿着从头裹到脚的一次性防护服。他们用轮床把她从房间里推出来的时候，我尽量不去看，却还是瞟了一眼，看到他们正在拉运尸袋的拉链。这一幕直到现在还不时浮现在我眼前。

"你们俩要不出去走一走吧？"爸爸提议道。

在你见证过死亡以后，还可以去哪儿呢？彼得把我妈妈的车从车库里倒出来，我无意识地指引他把车开到了狄特林果园，一个位于城市另一端的果园——那里有各种不同的水果林，我小时候，每年十月爸爸都会带我去的地方。我们会在那里摘一天的苹果，然后拿到集市上去称重，再到田里去摘三个南瓜带回家。大概在我七岁那年，爸爸朝我扔了一个烂番茄。

从那以后，我们每年都会玩"番茄大战"。

那一天是十月十八日，那一天我想要去那里。回首往事，我不知道自己被牵引着去到那里，是不是因为那是一个妈妈不曾与我们同去的地方。那是极少数只属于我和爸爸的地方，只有当果园里仅有的几棵梨树结果时，我们才会在回去前给她摘一个亚洲梨。又或者，我想去那个地方，是因为我可以在那里假装妈妈还活着，还在家里等我回去。

把车开进停车场，我们发现那里热闹极了。家长们拉着红色的小拖车，孩子们坐在拖车里吸着本地风味的蜂蜜，或是喝着杯装苹果汁。那是秋高气爽、风和日丽的一天，冷空气尚未到来。那一点也不像是会有人去世的一天。

阳光照在我的脸上，我眯起了双眼。我感觉自己好像吸了毒。根本不会有人知道刚才发生了什么，但我还是怀疑人们会从我的脸上看出来。当确信没人能看出来后，我还是觉得不对劲。知道她已经去世了，这让我感觉跟任何人说话都是不对的，微笑是不对的，笑出声音是不对的，吃东西也是不对的。

我们从两边堆着一捆捆干草垛的路上穿出来。大门附近有块可供拍照的万圣节主题镂空装饰板，还有一片摆放了各种游戏装置的草坪。往里走可以看到一个羊圈，那儿有一个小小的食槽，付二十五美分就能让山羊在你的手掌上吃东西。我付了钱，用手接过一小堆颗粒状饲料。彼得跟着我走到栅栏边，将手搭在我的肩膀上。我把手从栅栏上伸进去，两只山羊立即冲了过来。我感觉着它们轻轻啃食饲料的嘴唇，和一次次舔过我妈妈婚戒的湿答答的舌头，还有它们大大的眼睛，正向着周围凝望。

十四

可爱的

大部分与葬礼有关的事都是爸爸安排的，但他把挑选墓地、墓碑和撰写墓志铭留给了我。妈妈曾很明确地表示她要火葬，除此之外，她没有再对自己的身后事提过别的要求，我们自然也不敢问。我不相信有来生，但还是忍不住想按她的意愿去完成这一切。在我想着该为她穿上怎样的衣服、为她挑选哪一块墓碑时，她的灵魂就会出现在我面前，向我提出意见。我选了一块我觉得最为高雅的青铜墓碑，墓碑边缘刻有常春藤图案的浮雕。我们打算在碑上刻她的名字、生日、祭日和"可爱的妈妈、妻子以及最好的朋友"。

"可爱的"是我妈妈很喜欢的形容词。她曾跟我说，如果只能用一个词来形容我，那她会选"可爱的"。她觉得这个词蕴含了超越期待的美与热情。所以，这是一个非常适合写进墓志铭的词。"慈爱的母亲"，称颂的是伟大的付出；而"可爱的母亲",赞扬的才是你本人的魅力。

我选的墓地位于我们家和城区之间一座小山的山腰上,墓园围着长砖墙,可从一扇铁门进出。爸爸说,他有点害怕埋葬,因为他以前做杀虫工作时杀死过很多虫子,很担心因果报应。可是对我来说,将妈妈的骨灰埋入地下是一件非常重要的事。我希望可以带着鲜花来看她,希望那些花能有地方放,希望我站不稳的时候可以跌坐在土地上,希望我可以在不同季节的杂草和泥土上哭泣,而不是直挺挺地站在一排排展示架前,仿佛我去的是银行或图书馆。

爸爸买了两块紧挨着的墓地。他还跟牧师商议在葬礼上举行基督教追悼仪式,虽然我觉得这么做很虚伪,却也懒得提出异议。我知道,这件事非常简单,又能让大家高兴,妈妈应该也愿意这么做。

我的卧室里有一张蓝色的书桌,我曾在书桌前完成了我高中时的所有论文,两周前还曾在书桌上写出了结婚誓词,此刻又在这张书桌上冥思苦想给妈妈的悼文,在一页纸里写出最能描摹她的字词。

写一个我自认为十分了解的人,其实是非常难的,一不小心就会写得矫揉造作、言过其实。我很想写出她的独特之处,写出只有我才能揭示的闪光点,让大家知道她绝不只是一个家庭主妇,也不只是一个母亲,而是独一无二的个体。或许我仍自以为是地低估了她最为骄傲的两个身份，无法接受追求爱与养育，跟追求名望与创造一样，都能达成同样程度的完满。她创造的艺术品，是将爱传递给她所爱的人，她对世界的贡献，跟创作一首歌或一本书一样伟大。没有人能不依靠他人而单独存在。也许我只是害怕，自己大概是最让她不得不放下部分自我的那个人。

葬礼前一天，我爸爸去机场接回了娜美姨妈和成永表哥。他们进屋的时候，娜美姨妈如同一只狂风中的小鸟，跌跌撞撞地走了进来。她发出一声带有喉音的痛哭，那是我非常熟悉的声音。

娜美姨妈是一个特别沉静的人，我从没见她这样过。我们家里到处都是我妈妈的痕迹，而她人已经不在了，这让娜美姨妈的情绪彻底失控。我试着想象她的感受：作为家里的长女，却在几年间看着两个妹妹相继离开人世。就好像这个世界上的人被分成了两种，一种人尚未经历沧桑，另一种人却已饱尝伤痛。我的姨妈跟我们是一种人，她已经尝尽了这样的痛。

成永表哥如同一根柱子，支撑着娜美姨妈。他到美国来学英语时曾在我们家住过一年，但他是一个非常内敛的人。他或许也伤心难过，但此刻都忍住了。因为一个人崩溃的时候，另一个人会本能地将其扶住。

我穿了一条黑色连衣裙去参加葬礼，这条裙子是妈妈在我们俩的一次帮我提升形象的购物之旅中给我买的。我还搭了件黑色小礼服，这样可以遮住她讨厌的文身。我戴上恩美小姨去世后妈妈送我的项链，然后拿着恩美小姨的那条来到楼下。

"这个……恩美的……妈妈给我……"我竭尽所能地用韩语解释着。

绝望之际，我看了一眼成永表哥，向他求助。

"恩美小姨去世后，妈妈给我买了条一样的项链。现在她去世了，我希望您留着这一条。"

听了成永表哥的翻译，娜美姨妈接过项链，把它握在手中，然后垂下眼睑，将握着项链的手放到胸口。

"噢，米歇尔啊，谢谢你。"她戴上项链，说道。

葬礼举行得非常怪异，主要是因为我已经十多年没去过教堂了，不知道在一个无神论者的眼里，宗教仪式会显得多么匪夷所思。一个穿着精致长袍的老太太在牧师举行仪式的时候，拿着根上面有个大十字架的长棍在牧师周围移来晃去。念感恩词的腔调也很怪，跟动画片《史努比》里查理·布朗的声音差不多，一点也不像是在葬礼上发言。

我看了看娜美姨妈，她双手紧握，泪流满面，时不时地点一点头，听着她根本听不懂的语言，每一次却都能很准时地跟着念"阿门"。基督教是一门她能听懂的语言。宗教的确能抚慰人心，在这一刻，我很庆幸葬礼上有这样的仪式，可以让娜美姨妈得到安慰。

接着由我诵读悼词。彼得怕我崩溃，站在我身旁。我很紧张，声音也是颤抖的，但读完了全篇。我一直很担心，自己会不会崩溃大哭，以至于无法读完。不过在葬礼上，我哭得并不多。

然后是一个小型的招待活动，给大家分发杯装的椒盐脆饼和什锦干果。我非常后悔自己没有参与葬礼的策划。跟妈妈在恩美小姨的葬礼上一样，我也有些茫然无措。招待大家带给我的挑战，就如同忍住喷嚏一样困难。

活动结束后，我把所有花束都收集起来，一朵花也不想漏掉。我有一个非常虚荣的愿望，就是希望妈妈的墓前堆满鲜花，多到路上的人都能看到。我希望大家知道，妈妈被深深地爱着。我希望每个过路人都忍不住问问自己，是否也能拥有这样的真情。

我们带着她的骨灰前往墓园。同去的人不多，只有两辆车，载着我们一家人。她的墓坐落在陡峭山坡上的一棵树下。我望向墓碑。

"爸爸，碑上刻着'慈爱的……'"我低声说。

"太扯了。"爸爸说道。

葬礼结束后，我邀请科里、妮可和我的家人到一家我爸爸抱怨特别贵的法国餐厅吃饭。我点了菜单上最贵的菜。一小块鲜美细嫩的牛腰肉，配有浇了诱人酱汁的烤骨髓，还点缀着一小团洋姜泥。我切下一块又一块美味的肉，舀起一勺又一勺可口的黄油土豆泥，狼吞虎咽地吃了起来，就像我好多年没吃过东西似的。

爸爸去结账的时候，酒足饭饱的我静静坐着，终于任情绪将我淹没。我已经压抑了太久，也饿了太久，这种饿不仅是生理上的，也是心理上的。我拼命克制，不让自己在家人面前流泪，而在那一刻，我一次次忍住的泪水，全都流了出来。我可以感觉到，当我抽泣、颤动的时候，整个餐厅里的人都在看着我，可我一点也不在意，哭出来的感觉实在是太好了。

我们站起来，朝着车子走去。这时我感觉自己的腿一点劲都没有，我的两个朋友赶紧过来扶我，架着我上了车。我一路哭着回家，流下了大滴大滴的眼泪。回到房间，哭得面红耳赤的我仍继续啜泣着，直到沉沉睡去。

第二天，我醒得特别早，感觉自己的脸仿佛吸了半个游泳池的水，眼睛又肿又胀。我感到很疲惫，同时也很不安。我想到了睡在两间客房里的娜美姨妈和成永表哥。我嫉妒他们紧密相依的关系，我和爸爸却很难与对方建立联结。我想为他们做一些事，像妈妈一样让他们感觉温馨惬意。

我绞尽脑汁，想着可以给他们做点什么早餐，最后决定做大酱汤，一道最能抚慰心灵的韩国美食。妈妈做韩国菜的时候，通常都会搭配一碗大酱汤。这是一种用各种蔬菜和豆腐炖出来的汤，味道非常浓郁。我没有做过大酱汤，但大概知道要放哪些配料，也知道汤的味道是怎样的。我在床上翻了个身，在谷歌上搜索韩国大酱汤的做法。

我点开的第一个链接，是一个叫"曼琪"的女士的主页，页面上方是她做菜的 YouTube 视频，下方是那道菜的食谱。这个视频有些模糊，镜头也有点晃。光线昏暗的厨房里，一个跟我妈妈年纪差不多的韩国女士站在洗碗池前方，她穿着一件领口绣有亮片的绿色无袖衫，用橙黄色头巾扎了个松松的马尾，还戴着长长的耳环。"这是一道韩国家常美食，我们会搭配小菜和米饭一起吃。"她对着镜头解说道。她的口音非常好听，说的话也让我感到安心，让我确信自己没选错。

我浏览了需要的食材。一个中等大小的土豆、一杯切块的西葫芦、五瓣大蒜、一个青椒、七条去掉头部和内脏的鳀鱼干、两杯半清水、一根葱、豆腐、五大勺黄豆酱和四只大虾。这没什么难的。

洗漱过后，我来到洗衣间，打开妈妈放泡菜的冰箱。这是一种专门存放泡菜的冰箱，可以让发酵食品存放在适宜的温度里。据说，这个冰箱模拟了韩国冬天的土壤环境，以前人们会把放泡菜的陶罐埋到土里，这样泡菜可以一直储存到春天。冰箱里已经有一大盒黄豆酱了，其他食材可以到"日出市场"去买。

我穿上妈妈的凉鞋和一件夹克，开车往城里去。我到的时候，那家店刚好开门。我买了需要的蔬菜和一块老豆腐，并决定将配方里的海味改成腌过的排骨。我记得妈妈以前放的是牛肉。

回到家，我用妈妈的福库牌电饭煲煮了饭，然后给土豆削皮，将西葫芦、洋葱一起切成小块，把蒜切成蒜末，再把腌排骨切成小块，又在妈妈放东西的柜子里找到了砂锅。

打开中火，我直接把砂锅放到炉子上，加了点油，然后把蔬菜和肉放入锅中，又放了一勺大酱和一勺苦椒酱，再将水倒进去。每隔几分钟，我就会看一看汤，加点酱和芝麻油，直到我觉得味道跟妈妈炖的差不多。我觉得很满意以后，就把豆腐块放进去煮了一分钟，最后再撒上葱花。我在泡菜冰箱里找了一些韩国小菜，并把这些小菜放到一个个小瓷碟里。有辣白菜、甜酱焖黑豆，以及用芝麻油和葱蒜拌的豆芽，这豆芽吃起来非常爽脆。我模仿着妈妈的样子，在餐桌上摆好勺子和筷子，又开了一小袋海苔，想起自己以前在厨房里穿进穿出，看妈妈准备各种我喜欢的菜。

十点，娜美姨妈和成永表哥起来了。他们走下楼，我刚好添了两碗松软的白米饭。我领着他们来到餐桌前，把大酱汤端过来，放在他们面前的电磁炉上。

"这是你做的？"娜美姨妈不相信地问。

"我不确定味道好不好。"我说。

我在他们身旁坐下，看着他们把汤浇到饭上，看着他们用勺子把豆腐切碎，看着缕缕热气从他们的嘴里冒出来。那个时候，我觉得自己是有用的。他们俩照顾了我这么多年，我很高兴自己可以为他们做这么一件小小的事。

那天晚上，爸爸送娜美姨妈和成永表哥去机场。我一个人在厨房里，突然听到有人敲门。我打开门以后，却没有看到人，只有一个小小的购物纸袋放在门口的垫子上。纸袋里有一只用纸巾包着的翡翠色陶瓷茶壶，上面绘着一只展翅飞翔的鹤。我依稀认出，这是别人送给妈妈的礼物，以前一直放在我们家的玻璃柜里，并未拿出来用过。纸袋里还有一封信，是用英语写的，打印了两页纸。我把茶壶放回袋里，拿着袋子回到厨房，坐下来开始读信。

我可爱的朋友和学生崇美：

　　我在工作室画画的时候，你的笑声仍时时在我耳畔回响。我还记得你到我的工作室来上第一节绘画课的时候，穿着时髦的裙子，戴着时尚的太阳镜。我不禁想，噢，这个阔太太最多在我的班里待两个月。然而，一年以来，你从未缺过课，这让我非常惊讶。我看得出来，你不仅课上得认真，还十分享受绘画的时光。

　　开班以后，我跟你和另外两位女士，共度了一段无比美好的时光。我们这个班与其说是美术班，不如说是中年俱乐部。我们年龄相仿，志趣相投，总是喝着你带来的咖啡，吃着你带来的甜面包，说着各种让大家忍俊不禁的趣事。

　　这样的快乐持续了一年，直到你打电话来说，自己不能来上课，因为消化系统出了点毛病，但不是什么大问题。我当时对你说："好好养病，好姐妹。"

　　我仍然无法相信，你从此再也没有拿起过画笔。我一直在为你祈祷，保存着你上一次课带来临摹用的韩国茶壶。

　　我开始相信奇迹。我可以把你停课后留下的茶壶带来还你，但我觉得，如果我保留着这只茶壶，或许你就会好起来，就会像从前一样快乐。

然而，终于到了我不该再留着这只茶壶的时候了。我知道，你已经不再被疼痛折磨，你已经在天堂里过着平静安宁的生活。在我的脑海里，依然能听到你走进我的工作室时快乐而爽朗的笑声。可我再也不能看到你坐在自己喜欢的位置上挥舞画笔的模样了。

崇美，你是一位美丽、善良、可爱的女士，我非常爱你。

你的朋友 尤妮

2014 年 11 月

她为什么不等我来开门呢？显然，她知道我妈妈已经过世了，却仍旧送来了这封信。而且，如果这封信是写给妈妈的，那她为什么不用韩语写呢？她是专门为我翻译成英语的吗？妈妈去世以后，我总觉得，或者希望自己有一部分已经成了妈妈，希望妈妈就在我的身体里。我甚至猜想妈妈的美术老师也感知到了这一点，知道我是最能明白她这份心情的人。

我翻了翻妈妈放画材画具的帆布挎包，包上印着一个个小小的埃菲尔铁塔，带子是黑色的。包里放着她的绘画本，一个比较小的本子是她刚开始学的时候画的。第二页是茱莉娅的素描，看起来活像一根长了四肢的大香肠。我记得她给我发过这张画的照片，当时我非常自豪，虽然画得不怎么样，但她终于开始尝试新事物了。

我一页页地翻看着，她的画也一点点地进步着。这个小一点的本子里面画的基本都是家里各种物品和摆件的素描像。有野外摘的松果，有恩美小姨在荷兰皇家航空公司工作时寄来的工艺品——一只迷你小木屐，还有印有雏菊图案的矮脚杯，她喜欢用这款杯子喝白葡萄酒。一个陶瓷材质的芭蕾舞女，但没将我不小心弄坏的两个地方画出来。一只绘有玛丽·恩格布莱特画作的茶壶，虽然这只是一幅没有上色的素描作品，我仍能从熟悉的图案看出，这是她收藏的一整套茶壶中黄色壶身的那一只，壶盖印着紫色的佩斯利旋涡纹。最后一页是三个明暗色调勾勒得几近完美的鸡蛋。我们曾在电话里讨论过这幅画，那时，可怕的噩梦尚未出现，她最大的烦恼只是如何把曲线画好。

还有一个大一点的绘画本，里面的作品生动得多，因为她开始画水彩画了。她用色很有活力，也很有美感。她总是很擅长让东西变得更美。她绘画的对象从家里的物件过渡至鲜花、水果等更为常见的题材，还开始在作品上签名，试验一个个不同的"笔名"，而每个签有笔名的作品，似乎都自有其风格。二〇一三年五月至六月的一系列"面包与苹果"主题的炭笔画上，她签的是自己的本名"崇美"。而在二〇一三年八月的一幅画上，她将签名缩短为"崇"。这幅作品画了一个插着珊瑚菊的花瓶，旁边随意地放着三个绿色的梨子。二〇一四年二月的一幅素描画，画的是一袋香蕉，这幅画的名字是用韩语签的，但在名字后面又加了一个字母"Z"。二〇一四年三月，也就是在她得知自己患癌前的两个月，她画了一张水彩画，上面是一个完整的绿色灯笼椒和半个橙色灯笼椒，这幅画用蓝色圆珠笔签着"崇 Z"。

虽然我知道妈妈过去一年一直在上美术课，也看过她拍照发给我的一些画作，但她的大部分作品，我都没有看过。这一个个不同的签名，展现了她在不同风格间的粗浅尝试。现在她已经离开了，我才开始如陌生人一般试着了解她，探寻她那个不为我所知的世界，渴望以所有我能做到的方式让她"重生"。在无尽的伤痛里，我孜孜不倦地解读着这微乎其微的小事。

拿着妈妈的作品，想到她在遭受病痛折磨前，曾愉快地拿着画笔，与知交好友聚在一起，这让我备感安慰。我想知道，艺术是否疗愈了她，指引她走出因恩美小姨去世而产生的死亡恐惧；我想知道，这迟来的兴趣是否勾起了她的艺术热情与创作冲动；我想知道，我的创造力会不会是她遗传给我的；我想知道，如果有来生，如果有不一样的环境，她会不会也是一个艺术家。

"我们现在真的很喜欢跟对方聊天，这感觉真好啊！"我在一次从大学放假回家的路上对她说。那个时候，我在青春期酿成的伤害已逐渐消散。

而她对我说："是啊，你知道我意识到什么了吗？我从来没有遇到过像你这样的人。"

我从来没有遇到过像你这样的人。就好像我是一个住在别的地方的陌生人，或是朋友请吃饭时来的一个看起来很怪的客人。从生我养我的母亲嘴里听到这句话，那种感觉是很奇怪的。在我无比艰难地试着理解妈妈的时候，她也在费尽心力地理解着我。就好像我们被扔到一条断裂带的两边，代际隔阂、文化冲突和语言障碍将我们分隔开来，让我们迷失在迥然不同的世界里，谁也无法理解彼此，谁也满足不了对方的期望。直到过去几年，我们才渐渐从迷雾里走出来，雕琢出足以容纳对方的心灵空间，开始学着欣赏彼此的不同，开始发现我们潜藏的共性。然而，就在我们终于可以结出相互理解的硕果时，却又被无情地分割开来，只剩下我一个人，孤独地解答着一道道再也无法验证答案的谜题。

十五

我心永恒

葬礼过后，我们家的房子好像变了，变得处处与我们为敌。原本舒适的所在，妈妈精心打造的空间，却成了我们一家失败的象征。每一件家具、每一个装饰品，似乎都在嘲笑我们，让我们想起那些曾让全家人备受激励的事迹——一个个癌症患者排除万难、战胜病魔的故事。某人的邻居是如何通过冥想与正面思考，撤销了自己的死刑。某某人的癌细胞已扩散至多个淋巴结，但他想象自己有一个全新的、完好无损的膀胱，从而创造了奇迹，身体竟开始康复。只要有一个乐观的态度，就没有什么是不可能的。或许我们还不够努力，信念还不够坚定，没有强迫她吃下足够多的蓝绿藻①。或许上帝讨厌我们。别的家庭跟疾病作战，他们就取得了胜利，而我们跟疾病作战，

---

① 蓝绿藻（blue-green algae）：一种保健品，有报道称它可杀死癌细胞，但这些报道的严谨性有待查证，目前只是作为抗疲劳的天然蛋白质、维生素补剂。

却输得一败涂地。我们知道自己会悲痛欲绝、肝肠寸断，却没想到会感觉如此难堪。

我把妈妈的衣服收进垃圾袋，把她没用完的面霜清理掉，还捐赠了临终关怀医院的仪器和剩下的蛋白粉。爸爸坐在厨房的玻璃桌上，拿着一个大大的塑料杯，杯里装着红酒，一家家地给信用卡公司打电话，注销妈妈钱包里的信用卡。他一遍又一遍地跟每个客服代表说，他的妻子刚刚过世，已经不需要这些服务了。

那个时候，到一个遥远的地方去旅行，似乎是很不错的主意。离开这个让我们备感窒息的屋子，到外面去散散心，让精神振奋起来。于是，有天吃早餐的时候，爸爸喝着咖啡，开始在网上搜索一些想去的地方。他提议说，要不就选个海岛，我们可以轻松自在地躺在海滩上。然而，想到要连续数日呆呆地盯着一望无际的海水，我就感觉难以忍受。那就等于换了个"牢笼"，依旧有大把的时间，沉浸在无尽的思绪里。欧洲又会让爸爸回忆起他和我妈妈一起去度假的时光。最后，我们把目的地定在东南亚，这个素来令我们着迷的地方，并最终选定了越南。一方面，我们俩都没去过越南；另一方面，得益于美元坚挺的购买力，越南的物价也比较低。我们想，如果我们忙着游览那些没去过的地方，也许就能试着遗忘，我们的生活到底崩塌到了什么程度，哪怕只是短暂的一刻。

在葬礼结束的两周之后，我们订好了机票。爸爸很明智地选了两个完全独立的房间，让我们享有互不干扰的私人空间。我们待在装有雨淋式头顶花洒的高级酒店里，享用精致丰盛的自助早餐，有一盘盘异国水果和进口芝士，有按个人口味定制的煎蛋卷，还有用类似饼干切模的模具制作的越南当地点心。在河内，我们静静地坐在下龙湾的游船上，从一座座突兀于水面的石灰岩岛旁经过，各自默默地流着泪，谁也不曾宽慰对方几句。我们连夜北上前往沙坝，去一个叫番西邦峰的地方，但下错了站。我在附近的小吃车给我和爸爸买越南法棍三明治时，爸爸在旁边狂躁地问着当地人："'花裤子'^①在哪儿？"火车在不到两英尺宽的轨道上摇摇摆摆地行驶着，我们在卧铺上吃完三明治，又吃了爸爸的每粒含量半毫克的阿普唑仑镇静药，再靠着满满一塑料袋333牌瓶装啤酒，才能让自己在漫漫长夜中昏睡过去。来到沙坝，我们租了摩托车，骑车穿过一条条雾气弥漫、曲折蜿蜒的路，极目远眺一片片无边无际的梯田。然而，每见到一处令人叹为观止的美景，我们心里都会隐隐有种被击中的感觉，这感觉无休止地提醒着我们为何来到这里。

　　每当前台服务员问我爸爸，要不要也给他的"朋友"一张

---

① "花裤子"（fancy pants）的英文发音像"番西邦"（Fansipan）。

房卡时，爸爸都会脸红地说："不不不，这是我的女儿。""这是我爸爸！"一位赫蒙族向导带我们去她寄宿的地方吃炸幼虫时，我尖叫着朝她喊道。我嚼着酥脆的小吃，她又问："那妈妈在哪里呢？""她在家里。"爸爸回答道。泪水在他的眼眶里打转，他紧闭着双唇，不知该如何说下去。那个时候，似乎还是撒个谎，让对方不要继续问下去比较好，因为我们都还没有准备好把一切都大声地说出来。于是我补充道："这只是一次父女间的出游。"

大多数时候，我们早早地吃过晚餐，就会直接返回酒店房间。我总是倒在床上，连睡十四五个小时。与抑郁症一样，悲伤也会让人难以完成哪怕最简单的一件事。感觉这个国家的一切，对我们而言都是一种浪费。我们麻木地走马观花，无法被任何东西触动，只能感觉到满心的伤悲，却根本不知道该如何排解，更别提宽慰对方了。我们到顺化的时候，原定两周的行程才完成了一半，但心里都开始觉得，我们的计划太过宏大，甚至是令人痛苦地漫长。我只想要赶快回家，窝在我的卧室里，玩 PS 游戏机里舒缓解压的模拟农场游戏，而不是清晨六点就起来，搭乘客车参观佛塔与市集，等爸爸花半小时时间把美元换成越南盾。

然而，在顺化的那一天，情况开始有了起色。这里的天气比沙坝好，氛围比河内宁静，也很少听到我们已逐渐习惯的越南第二语言——小型摩托车的鸣笛声。这是一个节奏缓慢的地方。

我们共进午餐，品尝猪肉虾饼——一种炸至酥脆的薄煎饼，饼里卷着虾和豆芽等食材，还喝了顺化啤酒。我们住特别大、特别美的酒店，还在楼下特别大、特别美的游泳池里游泳。我们乘着船在香水河上漫游，船夫的妻子向我们兜售她试穿在身上的旅行纪念衫，以及飘雪水晶球和木质开瓶器等小物件，我们一遍遍地摇头，满怀歉意地重复着"不用了，谢谢"。

晚上，我们打车去了五敛子花园，这是一家口碑极佳的法式越南菜餐厅，位于升龙皇城附近。这家店看起来就像是新奥尔良法国区的一座大庄园。外墙涂着鲜黄色的漆，二楼有三个大拱门，拱门后是一条位于这栋建筑物正面的阳台式长廊，长廊上雅致地摆放着桌椅。

我们喝着鸡尾酒，又点了一瓶波尔多葡萄酒佐餐。我们点了好多菜，南瓜汤、蕉叶牛肉、炸春卷、香酥鱿鱼，还点了一碗顺化牛肉粉和一份服务员推荐的杧果海鲜沙拉。在点餐的时候，我和爸爸向来有这样的共识，我们喜欢共享所点的酒和菜，这样可以多品尝些不同的食物。

"你知道吗？"爸爸朝我坐的方向指了好几下，就像要对服务员透露一个大秘密似的。他说："她以前做过……你所做的！"

"您的意思是？"

这位服务员是一个漂亮的越南女孩，看起来跟我差不多大。她有一头长长的黑发，穿着宽松的黑裤子和一条红色奥黛——一种长至脚踝的裙装，两侧开着极高的衩。她讲英语只带一点不易察觉的口音，手里不拿东西的时候，她会把双手交叠着握在一起，看起来就像一尊安详的佛像。

"我的女儿，她以前做过服务员，很多年！"爸爸说道。

多年来爸爸在跟妈妈的家人交流的过程中，形成了一种与非英语母语者交流的方式，那就是尽可能地减省字词，再加上各种夸张的手势，仿佛在跟三岁小孩说话。

"还有我，"他指指自己说，"很久以前……"他把两臂摊得宽宽的，"餐馆杂工！"然后他将自己的大手用力地在桌上一拍，震得桌上的杯碗匙碟叮当乱响，然后大声笑了起来。

"噢！"服务员附和道。一个美国人差点儿把桌子掀翻了，她竟奇迹般地安之若素。

"我和我女儿都很喜欢美食，我们就是你们说的'吃货'。"

我不知道是因为乘了船，还是爸爸用了"吃货"这个词，而且他说得一本正经、发音清晰，我突然觉得有点想吐，杧果海鲜沙拉也变得不好吃了。在这个世界上，比一个成年人自称"吃货"更让我讨厌的事并不多，而被自己的父亲安上这一头衔，比这更让人厌恶的事，想必也屈指可数。毕竟不久前，他还问我有没有听说过青柠汁腌鱼。

"噢，真的吗？"服务员热情地问，就像她真感兴趣似的。她绝对是一个非常杰出的服务员。如果我是她的话，三十分钟前就会装作忙着擦汤匙去了。

我对自己从事的服务员工作，倒也谈不上骄傲，但这份工作的确给我带来了一种荣誉感。我喜欢与同事建立的"革命情谊"，喜欢跟他们分享对顾客的鄙视：用团购券啦，吃得挑三拣四啦，点全熟的牛排啦，或是问我们鱼有没有鱼腥味。我也喜欢工作之余的小乐趣，在酒吧打烊前把用时间换来的钱挥霍一空，在服务了别人一整天后，享受点几杯酒的荣耀。不过，这一经历的负面影响就是让我成了一个神经型食客。在餐厅里吃完东西后，我会把碗碟都整整齐齐地码放起来。无论服务有多么糟糕，我都会付百分之二十五的小费。除非菜做得根本入不了口，否则我绝不会因为那道菜不合我个人的口味就要求退掉。所以，在爸爸问我为什么不吃沙拉时，我宁愿把沙拉都包进纸巾里，也不想大动干戈。

"我可能有点晕船，这不是什么大事。"

"打扰一下！"爸爸把餐厅那一头的女服务员叫了过来，"她不喜欢。"他指了指杧果海鲜沙拉，然后捏着鼻子，另一只手在空中扇了扇，仿佛在用默剧表现海港的刺鼻气味，然后继续说道，"这个太腥了。"

"不不不，这没问题，一点问题也没有。天哪，爸爸，我告诉过你这道菜没问题。"

"米歇尔，如果你有什么不喜欢的，就应该直接说出来。"

这盘沙拉的确有腥味。毕竟，这是一盘浸在鱼露里的海鲜沙拉；毕竟，这是一个以鱼露为特产的国家。事实是，我吃不下这盘沙拉，并不是这个服务员的错。最糟糕的是，我爸爸还骂了些可怕的脏话，又像个什么都懂的美食评论家一样，颐指气使地贬低当地食物。

"我要退菜的话，自己会退。我是个成年人，他妈的不需要别人来教我怎么说。"我坐在椅子上，烦躁地调整着重心。

"你用不着这样说话！"他说，又望向服务员，"你说话小声点。"

"你想让我把这道菜收走吗？"服务员问道。

"是的，请你拿走。"服务员并未显出很为难的样子，但我忍不住想象着，她不得不去跟经理解释，说这不是她的错，只是两个美国"吃货"惊奇地发现，他们点的海鲜沙拉吃起来的确有鱼的味道，边说还边模仿我爸爸的手势。我想知道，"愚蠢的游客"这个词用越南语怎么说。

"天哪，我简直不敢相信！现在她肯定感觉糟透了，要是她不得不用自己的小费来赔怎么办？"

"我不喜欢在陌生人面前，被自己的女儿指责，"他用拳头握着高脚杯柄，盯着酒杯，调整着状态，慢吞吞地说，"没人能像你这样跟我说话。"

"整个行程，你都在跟别人吵。出租车司机、向导……现在你又想免费吃东西了。太让人尴尬了！"

"你妈警告过我，别让你占我的便宜。"

终于，他说出了不该说的话。他借一个已故之人的口，说出了伤害我的话。我感觉血都涌到了脸上。

"噢，是的，妈妈也说过很多关于你的事，相信我，我现在有很多话可以说，但我选择不说。"

她并不喜欢你，我想说，她把你比作一只破碎的碟子。我妈妈是什么时候跟他说的这句话，这句话又跟什么事有关？这些话在我的脑子里打转。是的，我曾把他们的养育之恩看得太过理所当然，曾对最爱我的人吼出伤害他们的话，曾让自己沉浸在郁郁寡欢的情绪里，但我可能根本没资格那么痛苦。我以前的确很差劲，可是现在呢？在过去的六个月里，我无比努力地让自己成为完美的女儿，尽我所能地弥补青春期酿成的伤害。而他说得就好像，那是妈妈在离开尘世前，留给他的最后一句箴言：小心那个孩子，她要占你便宜的。难道她不知道，那个连续三周睡在医院长凳上的人是我，而他一直睡在公寓的床上吗？难道她不知道，她的便盆是我倒的，因为他感觉很恶心吗？难道她不知道，我强忍着所有的情绪，而他却不加掩饰地哭闹吗？

"天哪，你太让人烦了！我们经常谈论，你怎么会对我们这么残忍。"他说。

"我真希望我根本没有到这儿来！"我说。再没什么可说的了，于是我推开椅子，在他拦住我前跑了出去。

我冲出去的时候，听到爸爸在我身后狂躁地大喊，但他不得不停下来，匆匆忙忙地为我们没吃的食物买单。我独自拐了个弯，健步如飞地冲进黑暗的夜色里。这个地方离升龙皇城很近，我可以比较容易地判断方位。我记得我们来的方向，只要沿着香水河，就能返回酒店。不过，距离还是有点远的，我不确定自己带的现金够不够付出租车费。

我觉得自己最好还是走回去，然后想办法独自回河内。我可以坐火车，再找个便宜的地方住，接下来的一周就不用像原计划那样，跟他一起飞去胡志明市。可是，在回美国的航班上，我还是会见到他。我又开始想，如果我早点回费城，机票大概要多少钱，如果我再也不跟他讲话，还需要多少钱。

当我终于找着路回到酒店门口时，发现爸爸已经在通往酒店大堂的宽宽的楼梯上等着了。我以为他看起来会很生气——来来回回地踱步，等着痛斥我一走了之的行径。然而我惊讶地看到，他的样子非常沮丧。他用手托着下巴，手肘放在大理石栏杆上，凝望着迷蒙的夜色，脸上的表情就像在思考，我是怎么来到这儿的呢？

　　我躲在一栋楼后面，不让他看到我。看着他向后抚着稀疏的黑发，我已经没了生气的感觉，也不曾感到胜利，而是发自内心地难过。爸爸是他们兄弟当中最后一个没谢顶的人。现在，他的头发只有妈妈生病前的三分之一了。这仿佛是他被不公的命运夺走的又一件东西。我想，他这一生都在被剥夺，那是我从未经历过的痛，甚至永远也无法感同身受的痛。他的童年被夺走了，他的父亲被夺走了，如今，他爱的女人也被夺走了，在他们即将进入人生终章的时候。

　　可是，我仍然没有准备好原谅他。这一切压得我茫然无措，只想找个地方喝点酒。我想，或许我可以在钱花完后，找到几个来度假的澳大利亚人，让他们请我喝一杯。但这附近并没有景区，走远一点呢，我又担心自己喝多了会迷路。于是我原路折返，去了沿街一家名叫"拉米咖啡屋"的酒吧。

　　我在露台上坐下来，点了一瓶啤酒。喝到一半的时候，一个瘦瘦高高的服务员告诉我，音乐时间就要开始了，问我想不想坐到里面去。酒吧很暗，只有一盏紫色的灯，和一个转得很慢的迪斯科球灯。酒吧里摆着小小的圆形咖啡桌，桌上放着塑料花，座位几乎都是空的。没有外国人，只在最里面坐了一小群当地人，隔几桌的位置上还坐着一对情侣。

　　舞台上放了一个卡西欧键盘和一把原声吉他，角落里有一台小小的笔记本电脑，还连着一台电视监视器。一位女主持拿起话筒，说了几句开场白。两个男生走上舞台，戴眼镜的站到键盘后，另一个拿起吉他弹了起来。女主持唱了一首越南语歌曲。我一开始有点拿不准，他们是真的在演奏，还是在播放电脑或键盘里预先准备好的伴奏。那位主持人唱得出人意料地好，歌声扣人心弦，我希望自己以后可以搜到这首动听的民谣。

我又点了一瓶啤酒，突然，一个越南女孩在我旁边坐了下来。

"你好，打扰了，你在这里做什么呢？"她用口音很重的英语问道，我觉得很难听懂，尤其还伴着音乐声。她又笑着说："抱歉，我每天都来，但从来没有在这里见过游客。"

女主持唱完，坐在酒吧最里面的一位男士走上舞台，拿起麦克风，并向自己的朋友望去，希望能从他们那里得到一些鼓励。一位服务员走到我们的桌前，把一只陶瓷茶壶和一只茶杯放在我的新同伴面前。

"我的名字叫昆。"她给自己倒了杯茶，又用两手捧着杯子，然后把手肘撑在桌子上，把身体靠向我，让我可以清楚地听到她说话。她说："就是花的意思。"

"米歇尔，"我说，"我是来度假的，住在旁边的酒店。"

她重复道："米歇尔，是什么意思呢？"

"嗯，并没有什么意思。"我说。舞台上的男士唱了起来，我再次大受震撼，他的声音太好听了。我不禁想，越南人是不是天生都有一副好嗓子。

"我到这儿来，是因为很难过。我很喜欢唱歌，所以天天都来。"她说。

"我也很难过。"第二瓶啤酒正在瓦解我的意志，我问道，"你为什么难过？"

她说："我想去当歌手！可我爸妈认为我必须去上学。你为什么难过呢？"

我抿了一口啤酒。"我妈妈去世了。"我终于说道。我发现，这也许是我第一次让这句话从我的嘴里说出来。

昆放下茶杯，把手搭到我肩上说："你应该唱点什么。"

她亲密地倚向我，凝视着我的眼睛，仿佛她很确定，唱歌可以解决我所有的问题。在这一切尚未发生之前，音乐带给我的感受也是这样的，我如孩子一般单纯地相信，歌声可以治愈一切。我也曾有无比坚定的信念与极其强烈的渴望，可面对如此巨大的损失，我的激情都消磨了，我的野心显得虚浮而自私。我又咽下一大口啤酒，站起来向舞台走去。

"请问你们有《雨天和星期一》吗？"我向那位女主持问道。她把歌名输入搜索引擎，点击了一下标有乐器数字接口的卡拉 OK 视频，然后把麦克风递给我。昆站在离舞台很近的位置，为我欢呼打气。音乐响起来的时候，她闭上眼睛，面带微笑地左摇右摆。

"喃喃自语，感觉自己已然老去……我有时想放弃，似乎什么都不……"我唱了起来，发现麦克风传出来的声音具有极强的混响效果。我唱得好极了。用这套设备，谁也不可能唱不好。我闭上眼睛，沉浸其中，模仿着我最爱的卡伦·卡朋特，回忆起那个形销骨立、令人悲叹的身影。为了让自己在镜头前看起来更完美，她承受着不堪重负的压力，逐渐走向崩溃，穿着黄色的连衣裙，在电视直播里慢慢饿死了自己。

酒吧里的人都鼓起了掌。昆拿起桌上的塑料玫瑰花，郑重其事地献给了我。到她的时候，她选的是《我心永恒》，这首歌自发行之日起，就从未间断地在亚洲火了差不多二十年。我回想起妈妈唱席琳·迪翁的歌，想起她颤抖的嘴唇。昆引吭高歌，麦克风让她的声音在酒吧里回荡。"近，或远，无论你在哪儿！"我从附近几张桌子上拿了更多的玫瑰花，并将花扔上舞台，让花散落在她脚下。

"昆，唱得太棒了！"

其他人上台唱歌的时候，我们就继续收集着桌上的玫瑰，把花都扔上舞台。每一首歌，我们都跟着跳舞，用最大的声音为歌手欢呼。她向我推荐了一些著名的越南歌手，我们又分享了彼此的梦想。喝完最后一瓶啤酒，我们拥抱着道别，又记下对方的电子邮箱，答应一定会保持联系。但我们并没有联系。

　　第二天早上，我和爸爸在酒店的自助餐厅吃早餐时见到了对方。我们没有提及昨晚的争吵，如同什么事都没有发生过一样，继续接下来的行程。我们搭乘前往会安的火车，在那里住了两天。我们逛了历史悠久的会安古城，沿着河岸拍了些照片。街边有很多小摊贩，卖色彩鲜艳的灯笼和立体卡片。站在那座著名的日本廊桥①上，我们看着当地人把一种点着蜡烛的纸船推进水里，一点也不知道"会安"这个词在越南语里的意思是"安静相会的地方"。

---

① 此处应指来远桥，该桥是日本侨民投资建造的石基带顶风雨桥，故又被称为日本廊桥。来远桥是会安市的标志性建筑。——编者注

十六

松仁粥

我们前往越南，是想疗愈内心的伤痛，希望共同的伤悲能让我们之间的关系变得更加亲近。可是，在我们回去的时候，心里却满满都是伤痛，而我们之间的关系，比以往任何时候都要疏远。二十小时的航行后，我们八点回到家，旅行的疲惫和时差让我倒头就睡。午夜时分，爸爸打来的电话惊醒了我。

"我出车祸了，"他的声音听起来很平静，"我在离家大约半英里的地方，需要你来接我。米歇尔，带上漱口水。"

我十分慌乱，不停地打断他，问他一些问题，但他都只是语气坚决地重复我的名字和这个要求，然后就挂断了。我直接将外套穿在睡衣外，又飞快地找出妈妈的车钥匙，再从浴室的柜子里拿了瓶李施德林漱口水，然后就开车出去了。

我到那儿的时候，救护车已经到了。从现场情形来看，我觉得爸爸肯定已经死了。他的车翻转着倒在两根电线杆中间，窗玻璃全碎了。

我把妈妈的车停在后面，朝事故现场跑去，却发现爸爸坐在救护车的车厢边缘，正在按急救人员的指示吸气和呼气。他的衬衣破了，锁骨处有一大块瘀伤。胸口和双臂上还有很多小伤口，就像被人用奶酪刨丝器划了好多刀。警察围在我们身边，每个人都跟我一样吃惊，不知道他是如何从这样一场车祸里活下来的。这个时候，想要偷偷把漱口水递过去，根本是不可能的。

"我准备到公司去看看，但我肯定在车上睡着了。"他说。

爸爸的公司就在他喜欢的高地酒吧旁。他又说道："他们想让我去医院，但我觉得不需要去。"

"你需要去。"我说。

"米歇尔，我真的没事。"

我指着他的车说："看看你的车都撞成什么鬼样子了？我停车的时候，还以为自己变成孤儿了！我们要去医院。"

我跟着救护车来到河湾医院，就是妈妈因第一次化疗不省人事时住的那家医院，就是我们从韩国回来时紧急转入的那家医院，这些回忆让我想起了影片《闪灵》。穿过医院正门，可以看到一条木质门廊，大厅里还有个石头壁炉，给人一种乡间鬼宅的感觉。晚上，这栋宽宽的大楼亮着黄色的灯光——这是我很难再面对的景象。我停好车，来到病房时，看到两个警察正在盘问我爸爸。

"你说话为什么含糊不清？"

"我没有糊糊不……"爸爸顿了一下，又笑着说，"好吧，我现在是有点，因为我正想着这事。"我感觉外衣口袋里的漱口水正在发烫。

"拜托了，我妈妈刚去世。"我说。

我不知道自己为什么害怕得大哭起来，是怕爸爸被判酒后驾驶，是怕我会困在尤金做他的私人司机，抑或是害怕命运正在将我们摧毁？

"我正准备汇报，你是在车上睡着了。"一个警察说，但他仍狐疑地看着我爸爸。爸爸把手放到我背上，为这一切增添些感染力。

几小时后，我们获准离院。我开车载爸爸一起回家，但我拒绝跟他说话。现在我知道他没事了，也就没那么担心他的安危了，只感觉内心的怒火越烧越旺。

"我跟你说过，我只是睡着了。"他重复道。

他没有骨折，这简直是个奇迹。但他也受了很多伤，不得不承受种种疼痛。医生给他开了些处方药，很多药都跟我妈妈当初吃的特别像，这让他更抑郁了。他大部分时间都在睡觉，接连三天几乎没出过卧室。我有时候想，他会不会是故意冲出路面的，这猜测让我更加生气。我没有强迫自己去关心他。我只想自私一些，再也不想去照顾任何人了。

　　不过，我开始做菜了。大部分都是那种吃完就想爬上床好好睡一觉的菜，那种死囚喜欢点的菜。我做鸡肉馅儿饼，连面饼都自己做，然后在饼上涂抹黄油，往饼底倒满浓稠的鸡汤和烤鸡、豌豆、胡萝卜，再盖上脆脆的酥皮面饼。我烤牛排，搭配细腻绵密的土豆泥或奶油焗土豆，又或是加了很多黄油和好几勺酸奶油的烤土豆。我还烤超大份的千层面，在面上盖满自制的意式肉酱，撒上大把大把的马苏里拉奶酪条。

　　感恩节之前，我花了好几周在网上研究和收集食谱。节日那天，我在开市客超市买了只十磅重的火鸡，然后塞上馅儿料一起烤。我做了"蔓越莓雪暴"——一种用冰奶油和蔓越莓果酱制作的冰激凌，玛戈阿姨曾教我妈妈做过。又做了棉花糖烤红薯，还自己炖了肉汤。

　　有天晚上，我去买龙虾，在超市的水池边花了好长的时间观察，挑出最鲜活的龙虾，又让卖鱼的工作人员用塑料耙将这些龙虾捞出来，按照爸爸教我的方法挠它们的虾尾，选出挣扎得最厉害的虾。我用一个大锅煮龙虾，又像妈妈一样把融化的黄油放进小碗里。煮好以后，爸爸在每只龙虾的钳子上划了两刀，又在虾背上开了一刀。

　　以前吃龙虾的时候，妈妈总是给我们一人煮一只，她自己却满足于只吃点配菜，一碟玉米或一个烤土豆，又或是一小碗白粥，配点韩国小菜和她腌在酱汁里的秋刀鱼。不过，如果我们很幸运地发现了虾卵，她就会很开心地舀些饱满的橙色虾卵到她自己的盘子里。

我和爸爸坐下来吃龙虾，我们把虾尾拽下来，然后把虾翻转过来掰开。

"没有虾卵。"爸爸叹了口气，继续剥着虾，吸虾里的汁水。

"我的也没有。"说完，我用核桃钳夹起了虾钳。

圣诞节的时候，彼得终于结束了他所授的那门课，搬来跟我们一起住。我们俩到街边的苗圃挑了棵圣诞树。妈妈不在，这一切就像过家家一样。彼得接替了我爸爸的任务，躺在树下，把树旋进支架，而我像妈妈一样看着，在感觉旋好的时候让他停下来。妈妈把我们的圣诞节饰物放在楼上过道的储物间里。那些东西都用报纸包好，再放进三个成套的帽盒里，圣诞灯则放在一个用几本《时代》杂志卷成的圆筒里。

妈妈有很多存放物品的地方，这间壁橱只是其中一个。她在尤金的这些年，存下了数量多到无法理解的高品质垃圾：一个装饰性木鸟笼，一大堆彩色玻璃灯罩和灯泡，还有各种连包装都还没拆的蜡烛。每个壁龛和柜子里都放满了她在 QVC 电视购物买的东西，几十瓶没有用过的眼霜与精华露，还有筷架和纸巾套环。

难道恩美小姨的离世没有让她有所领悟吗？我不禁想。为什么她还留着我们家每一种电器的包装盒，还留着二十多年前的汽车常规保养收据？

在这个储物间的壁柜里，我见到了满满一柜子的童年纪念物。我收到的每一张成绩单都装在一个牛皮纸信封里。她还存放着我自三年级以来在每一次科研活动展上做的海报展板，还有我学写字时她要求我写的日记。"今天，我和妈妈一起去公园喂鸟。"

我开始恨她存放的东西，让我在看到时不得不去处理的东西：两双婴儿鞋。这两双鞋保存得非常好，一双是脚踝处缠着三条白色皮革的凉鞋，另一双是不系带式帆布运动鞋，鞋子里衬着彩色花格布。鞋子非常小，也就有我手掌心那么大。我托着一只凉鞋，忍不住哭了起来。我想，一个有先见之明的妈妈，必须留着这些东西，必须收好她孩子的鞋子，这样可以留给她孩子的孩子，一个她永远也不会见到的孩子。

妈妈为我将来的孩子囤积了很多东西。很奇怪，处理这些东西，竟对我产生了一种治疗效果。我花了至少一周的时间，把我收藏的"摩比世界"拼装玩具按套系分类。在爸爸那间闲置的大办公室里，我倾倒出那些错配的配件，并将它们分类堆放。我找到了八个玉米粒大小的蓝绿色茶杯，把这些茶杯和一些别的配件安到热狗架上。我找到了两个火圈，把它们放回"马戏团"。我把维多利亚时期的建筑配件摊在米色的地毯上，在小小的积木里为我的金发小男孩翻找他小小的蓝色鸭舌帽。这个小男孩和一个棕色短发的小女孩一起住在这里，女孩穿着粉色的衬衣和白色的裤子。

要是妈妈看到我清理掉的东西，一定会杀了我。我扔掉了上学时写的作文和以前的保险卡，扔掉了小时候在韩国参加过的一个儿童节目的录像带，还扔掉了娜美姨妈帮我翻录的动画片。我卖掉了我们以前上当买的豆豆公仔，一个既没有拆开包装也没有取下标牌的戴安娜王妃熊，还有我求妈妈买的"美国女孩"娃娃——棕色长发的萨曼莎，以及配套的娃娃衣服和妈妈以优惠价定制的娃娃衣服。我就像是着了魔，如一场大火般肆无忌惮地吞噬着一切，又像是被判了劳动改造，只有把这堆积成山的财物全部处理掉，我才算是服刑结束。

失去她以后，所有物品都仿佛成了孤儿，或是沦为一个个物件、器具、累赘。曾经有用的东西，如今却只是障碍物。用来盛放各种特定菜肴的碗碟，现在都只是需要分类摆放的器皿，挡在我离开的路上。我小时候用来当魔法罐的烛台，我幻想世界里推进情节的关键道具，现在也只是需要丢弃的废品。

那一周，我用一卷大号加厚垃圾袋把她的衣服装好，全部拿到楼上堆起来，以免爸爸见了触景伤情。一堆是准备捐赠的，一堆是我可能会留着的，还有一堆是我想要的。把她的衣服摊在地板上，就好像看到不同造型的她，在我面前慢慢缩小，逐渐消失。

我试穿了她所有的外套。时尚的皮夹克，每一件的肩部都宽了令人心碎的一英寸。我留下了适合自己的鞋，但那些厚底运动鞋我都没有试。我把她的手袋一个个排在桌上，柔软的橘色皮包、亮闪闪的红色蛇皮袋，以及只能放得下一只手机的迷你小手袋，这是一个圆圆的黑色软皮小手袋，上面有个细细的银色环扣，包内衬着黑色丝绸。每一个都像是崭新的，仿佛从未用过。还有一个高仿的香奈儿黑色菱格纹经典款皮夹，以及一个仍装在盒子里的同款正品。

我把妮可和科里也请到家里来，把她们带到房间，鼓励她们试一试那些物品，挑一些想要的东西。一开始有点尴尬，不过在我的坚持下，她们都各自挑了一些。我还请来了妈妈的朋友，然后将剩下的东西装进车里，送去城里的捐赠中心。

我感觉自己的心正在变硬，正在长出厚实的老茧。我删掉了和妈妈在医院病床上穿着相似睡衣的照片，删掉了她发给我的那张她剪"精灵头"的照片，当时她表情腼腆，仿佛最难的阶段都已经过去了。我整理了摆放座机的柜子，安好松开的电池，扔掉模糊的旧照片，收起还没冲洗的胶卷，这时突然看到了我用来记录她服药和进食情况的绿色线圈本。本子上记录着让人绝望的数字，记录着满怀希望的细节，记录着我们强忍着难过的心情哄她服下的每一滴汤药、吃掉的每一口饭菜。我把自己愚蠢而无用的计算从线圈本上扯了下来，尖叫着撕成数不清的碎片。

没做成松仁粥的挫败时常萦绕在我心头，但我慢慢发现，自己对松仁粥有种难以解释的渴望。桂经常给我妈妈做这种粥，毕竟她当时能吃的食物不多。

我在谷歌上搜索，看曼琪有没有做过松仁粥，我之前跟她学做了大酱汤。我不确定能不能搜到，因为松仁粥没有大酱汤那么有名，但我很快就找到了。

描述上写道："我认为，松仁粥是当之无愧的'粥中之王'……这粥看起来有点像浓稠的羹汤，但我建议一定要用勺子舀着喝，而不是直接喝，这样才能尝到余味。先喝一勺，然后停下来！像我在视频里一样闭上眼睛，品尝嘴里的余味。噢，太美味了，太美味了，那再来一勺吧（大笑）！"

她的文字让我想起妈妈发的消息，我妈妈也很喜欢把吃东西的每个细节与感受都详尽地描述出来。

我把笔记本电脑放到厨房灶台上，点开了视频。曼琪穿着一件领口有蕾丝绣花的棕色中袖上衣，披着整齐的黑色过肩长直发，面前摆着切菜板和一个搅拌机。这个视频的拍摄时间比我上次看的那个近得多，质量有所提升，厨房也变得更加明亮，更加时尚。

"嗨，大家好！今天我们来学习怎么做松仁粥！"她愉快地说。

做法非常简单，只需要松仁、大米、盐和水，这些食材我们家都有。我按照曼琪的指示，将三分之一杯大米放进水里，浸泡两小时。再舀出两勺松仁，一粒粒地掐掉松仁尖，然后把这些松仁放进搅拌机。米泡好以后，我用自来水冲洗大米，再把米和水一同放进搅拌机，跟松子一起高速搅拌，然后将搅拌好的液体倒进炉子上的炖锅里。

"不需要很多食材，但要花一点时间，这就是松仁粥弥足珍贵的原因。家人生病的时候，我们能为他做的事并不多。所以，在去医院看望病人时，我们常常会做点松仁粥带去，因为很多东西病人都吃不了。松仁富含蛋白质和优质脂肪，对身体很有好处，非常适合正在恢复身体的病人食用。"曼琪解释道。

从搅拌机里倒出来的液体是很美的乳白色。我开了中火，一边煮一边用木勺搅拌。一开始，我急不可耐地等粥变稠，担心自己水加得太多了。而当锅里的液体黏度慢慢从脱脂奶变得如花生酱一般时，我又担心水放少了。我把火关小，继续搅了一会儿，希望粥可以稀薄些，跟曼琪煮出来的状态差不多。当锅底开始嘶嘶作响时，我关掉火，加了点盐，把粥倒进一个小碗里。

我把长缨小萝卜泡菜切成小片，还舀了一些泡菜水浇在萝卜片上。松仁粥非常柔滑，带有浓郁的松香，我每吃一口，都深感慰藉。我吃了好几勺，嘴里回荡着醇厚的香气，才开始嚼酸酸辣辣的泡菜。这并不算难嘛，我不禁想，很高兴自己能做出这道桂不愿教我的美食。

我发现这就是我想要的。那么多天以来，我在高级菲力牛排与昂贵虾蟹间辗转，尝试在土豆上涂抹不同比例的黄油、芝士与奶油。然而，只有这碗简简单单的粥，让我感觉到了实实在在的满足。曼琪在食谱里一步步揭开这碗粥的神秘面纱，像一位我随时能求助的安全卫士一样，将我应该掌握却无从习得的技能传授给我。我舀了一勺粥放进嘴里，闭上眼睛，想象这柔软的粥轻轻包裹着妈妈满是水疱的舌头，在享受清新的余味时，又想象这温暖的粥缓缓流进妈妈的胃里。

十七

小斧头

"我们还差两份蔬菜年轮挞！"一位服务员喊道。她趾高气扬地越过沙拉备餐台这个前厅与后厨间的"非军事区"，才停下脚步闻了闻空气里的味道，又做了个鬼脸说："有什么东西烧焦了吗？"

"给——我——滚——出——去！"我咆哮道，同时费劲地铲起一堆烧焦的芝士，脑子里还想着烤箱里的比萨。我得在一张梯凳上保持平衡，眼睛被滚滚浓烟熏得不行，浓烟中央是我刚才花了整整十分钟烹制的蔬菜年轮挞。我尽可能地让自己保持冷静，努力解决当前的问题。这是我第一次独自在忙碌的厨房里当班，当时我突然就理解了，为什么在我以前打工的餐厅里，所有厨师都对前厅的工作人员咬牙切齿。我必须竭尽全力，才能不把比萨刀像"星型镖"一样扔出厨房。

圣诞假期过后，我在这家很火的比萨店找了份工作，成了一名厨师。我以为，自己再也不用理会有关"客户服务"的那些事，可以不受干扰地在定好的岗位上干活。我以为，在比萨店工作是非常轻松的，可以有大把时间一边听音乐，一边揉着软软的面团，让自己的思想在《忍者神龟》的禅宗精神与身穿印有"一片天堂"T恤的朱莉娅·罗伯茨的经典影片 [1] 间游荡。我以为，就像大多数人以为的那样，在比萨店打工是非常容易的，只需要付出脸上沾点面粉的代价，就能把钱赚进口袋。

然而，"嗞嗞馅儿饼店"对我另有安排。就像是为残酷的苦役庆祝大典做准备，这家饭店安排我每个周末都值夜班，让我迅速适应。我晚上十点开始上班，早上六点下班。凌晨两点，市中心的酒吧打烊以后，一群群醉眼蒙眬的大学生就会拥进来。所有工作人员忙得不可开交，不停挥舞巨大的木铲，慌乱地到处"扔"比萨，一直忙到凌晨四点，餐厅打烊。接下来的两小时，我得把厨房里的各个角落都打扫得干干净净，才能披着黎明的晨光下班离开。

下班后，彼得会来接我。我上夜班的时候，他会在家翻译一些法语文件，这是他在克雷格列表网上找的自由翻译工作。我坐进副驾驶座，感觉每根骨头都在痛，手臂上到处是烫伤，

---

[1] 朱莉娅·罗伯茨曾在一部浪漫喜剧电影《现代灰姑娘》（*Mystic Pizza*）中饰演一位比萨店服务员，该角色在影片中身穿一件印有"一片天堂"（a Slice of Heaven）字样的 T 恤。——编者注

隐形眼镜上还沾着面粉。彼得吃着意大利辣肠片，劝我赶紧辞职。

"这钱不值得赚。"他说。

这跟钱没关系。我想让自己尽可能地保持忙碌，让工作榨干我所有的精力，这样就没时间难过了。在我和彼得永远离开尤金前的最后几个月，我希望自己可以过得忙一点，有规律一点。或许我是在惩罚自己，惩罚自己没能成为一名成功的照顾者。又或者，我只是害怕面对慢下来的生活，害怕会发生点什么。

不上班的日子，我会在家里做饭或收拾东西，还会到位于我们家房产尽头的一栋小屋里去写歌。我写了关于茉莉娅的歌，写它一直困惑地在我妈妈的卧室里嗅个不停，跑来跑去；写了妈妈的婚戒和这与世隔绝的树林；写了我想跟别人说，却又没有说的话；写了自己想跟过去六个月挥别的尝试，当时我曾以为坚不可摧的生活，都渐渐崩塌了。

写好以后，我去问了当时在尤金和波特兰两地奔波的尼克，是否愿意为这些乐句编写吉他伴奏。高中毕业后，我们仍保持着好朋友的关系。尼克还给我介绍了科林，他是一名鼓手，也是一位泛性恋者，曾在阿拉斯加做过器官移植，还热衷于收集各种步枪。他在城里有一间居家工作室，我们可以在那里录音。彼得负责弹贝斯，我们四个在两周内录制了一张有九首歌的专辑，我将这张专辑命名为《灵魂摆渡人》(*Psychopomp*)。

二月底，我已经把家里的大部分东西都收到了盒子里。三月意味着这一年还剩十个月，也是时候继续我们的生活了。我和彼得决定到纽约去，在那里找一份朝九晚五的普通工作，让自己逐渐蜕变为正常的成年人。不过，在我们向公司保险妥协前，打算先去度个假，给过去画一个完整的句号。我和彼得计划用办婚礼剩的钱，去韩国完成我们迟来的蜜月之旅。我们准备去首尔和釜山，还有我和爸妈没去成的济州岛，然后再回东海岸找工作。

在谷歌翻译的帮助下，我通过"卡考"通信软件，努力用简短的英语句子和拼凑的韩国字词，跟娜美姨妈说了我和彼得打算到韩国来的这件事。娜美姨妈将她用韩语写好的回复发给成永表哥或金姨爹的女儿埃丝特，他们帮她翻译成英语，她再转发给我。她坚持让我们住在她公寓的客房里。

我不知道该不该接受她的提议。娜美姨妈离开尤金后，我就一直很想跟她沟通。可是，我的情感实在太微妙了，我根本不知道该如何表达。更重要的是，我不想打扰她的生活。在过去的四年里，娜美姨妈和金姨爹已经在公寓里经历了太多伤心事。现在我妈妈去世了，我一点也不想让娜美姨妈再想起那些黑暗的日子，不想再往她的肩上添一点负担。

我翻看妈妈的旧照片和信件时，常常会想起娜美姨妈，也一直很纠结，不知道该不该跟她分享这些东西。妈妈从恩美小姨那里拿回来的照片，我以前还从来没看过，看了以后，我感觉自己与妈妈更亲近了。在照片上，妈妈还是个孩子，头发短短的，穿着褐色的运动鞋。她们三姐妹都还是孩子，而外公和外婆也还很年轻，很有魅力。

　　我不知道，这些照片是否会带给娜美姨妈不一样的感受。其中一张是在宴会上抓拍的彩照，她们三姐妹从小到大站成一列，跟爸妈一起跳康茄舞。他们站在漂亮的墙纸和配套的幔帘前，个个都穿得很华丽，仿佛那是一场婚宴。外公站在最前面，他系着白色领带，穿着一身时髦的褐色西服。外婆穿着粉红色小礼服，手从后面搂着外公的腰。娜美姨妈站在中间，正闭着眼睛，笑嘻嘻地把手搭在外婆的臀部。她穿着鲜艳的绿松石色长裙，戴着一对特别大的珍珠耳环，并没有意识到相机的存在。我妈妈站在她后面，烫了一头带刘海儿的蓬松鬈发，穿着一身黑色的无尾礼服，看起来特别时尚。恩美小姨站在最后，她穿着一条素雅的印花裙。照片上的人都望向前方，而照片是从侧边拍的。这是我第一次看到，外婆在照片里绽放笑容。

　　现在，除了中间的娜美姨妈，其他人都已经离开了这个世界。我试着从娜美姨妈的角度去看这张照片，试着想象照片里的一个个身体，仿佛被后期特效处理过一般，慢慢从画面中淡出，就像影片里追忆过去的人，突然被拉回了现实。

妈妈曾跟我说，娜美姨妈算过一次命。算命的说，她就像一棵不断奉献的树，为他人遮风挡雨，让他人得到滋养，永远高大、平静地立在那里，让树下的人得享阴凉。然而，也永远有那么一把小斧子，一点点地砍向她的树干，一点点地消耗她的生命。

我现在就在想，我是不是那把小斧子呢？娜美姨妈该享受她平静的生活了，该拥有她自己的空间与隐私了。我不愿意打扰她，可也有种感觉，在这个世界上，或许只剩下她，能真正明白我的感受。

三月末，距离我二十六岁生日还有几天的时候，爸爸把我和彼得送到机场。我们拥抱着道别，心中的情绪十分复杂。我和彼得的离开，结束了我们第一阶段的悼念。我和爸爸都很担心，对方能不能调整好自己的状态，能不能过好将来的生活，但我们也都为离开对方而松了一口气。

这是彼得第一次去亚洲。他将前往我从小到大每隔一年就会去一次的地方，体验我经历过的种种，这让我非常兴奋。我和妈妈常常搭乘大韩航空的航班前往首尔。走到登机桥尽头，看到堆放得整整齐齐的韩国报纸，她总会拿上一张，然后系上安全带，兴奋地浏览起来。那是她熟悉的文字，她在家里很少读到的文字。航班上的服务员，全是绾着黑色长发、肌肤白皙嫩滑的韩国美女。在航班降落前，她们会在过道里来回穿梭，一点点地加深你对韩国的印象。如同前往韩亚龙超市，可以通过沿途招牌的风格与色彩变化来判断所处的位置一样，在真正抵达目的地之前，这个封闭加压的客舱也将让你率先感知韩国的种种文化。

我们仿佛已置身于韩国。周围的乘客讲着我们熟悉的语言，语调和节奏都让人备感亲切。仪态优雅的空姐穿着熨烫平整的天蓝色外套，搭着配套的围巾、卡其色半身裙和黑色高跟鞋。我和妈妈一同吃着石锅拌饭，不时听到有人喊，想再来一碗辛拉面。拌饭还配有小管装的苦椒酱，跟旅行牙膏差不多大。

我和彼得登上飞机，在座位上坐好，我不禁回想起了过去的一幕幕。伴随着涡轮机嗡嗡的声音，周围人纷纷用韩语交谈起来。不同于我在高中时试着学习的第二外语，一些韩语字词我直接就能听懂，甚至不需要学习其意思，不需要经过从一种语言到另一种语言的瞬时翻译过程。这些韩国字词已经根植于我的记忆深处，我不用想就能明白它们的意思，并不需要转换为相应的英语表达。

在我语言形成期的第一年，我听到的韩语远多于英语。那个时候，爸爸出去上班了，留下我们一屋子的女人，她们会给我唱《炸酱炸酱》(*Jajang Jajang*)等摇篮曲，还会在我耳边呢喃"米歇尔啊""好孩子呀"之类的短语。电视声音也一直播着，韩国新闻、动画片与电视剧让韩语如背景音一般在房间里回荡。还有我外婆如雷般的声音，她总是准确饱满地发出每一个拖长的元音，不仅节奏抑扬顿挫，还带有韩国独特的咆哮声，感觉是从喉咙深处发出来的，就像一只猫发出的咕噜声，或是有人咳痰的声音。

阿妈，这是我学到的第一个韩国词。即便只是婴孩，我也能感觉到妈妈的重要。她是我见得最多的人，在意识即将形成的朦胧期，我已能感知，她是属于我的。事实上，我学到的第一个词与第二个词都是她——阿妈与妈妈。我用两种语言喊她，即便早在那个时候，我肯定已经知道，在这个世界上，没人会像她一样爱我。

这次旅行曾让我兴奋不已，但现在，我的心里又充满了担忧，因为我突然意识到，这是我和娜美姨妈第一次在没有恩美小姨、我妈妈或成永表哥帮我们翻译的情况下相见。我们不得不在无人相助的情况下想办法沟通。

只凭借三岁小孩的词汇量，我如何能奢望跟娜美姨妈维持好亲戚关系？我怎么才能充分表达出自己内心的冲突？没有了妈妈，我跟韩国、跟娜美姨妈一家还有真正的联结吗？"小斧子"这个词在韩语里又是怎么说的?

我小时候,小姨和姨妈常常逗我,问我是兔子还是狐狸。

我总是说:"我是兔子!"

她们就会说:"不,米歇尔是狐狸!"

"不不不,"我坚持道,"我是兔子!"

然后我们就会这么反反复复地说上好几次,直到她们终于放弃反驳。我是聪明乖巧的兔子,而不是狡猾淘气的狐狸。

在娜美姨妈眼里,我还是那个每两年夏天被她妹妹带来一次的爱生气的任性小女孩吗?那个在高级餐厅哭闹,抱怨眼睛和嗓子都被烟熏疼了的孩子。那个让成永表哥不得不一次次汗流浃背地在楼梯上追的孩子,因为表哥担心她一个人找不到家。毕竟,"著名调皮鬼"这个称号,是娜美姨妈给我封的。

"很累吧!肯定很累!"娜美姨妈会说一点点英语。"很好!很好!休息一下!""你们饿吗?这个怎么样?"

她穿着宽松的居家长裙,剪着整齐的短发,头发染成了带点红褐的深棕色。我们兴奋地走出电梯,走进娜美姨妈家,恩美小姨留下的玩具贵宾犬里昂在我们脚边尖声大叫。娜美姨妈带我们来到客房,让我们把行李放下,然后带彼得来到一个阳台,那里放着一个垫了张湿纸巾的烟灰缸,她戒烟已经二十多年了。

"在这抽烟，没问题的！"她说。

她把手掌搭在彼得背上，向他表示欢迎，又带彼得来到客厅，让他坐到一张自动按摩椅上。这张椅子特别大，看起来非常高科技，就像个变形金刚，亮闪闪的米色塑料扶手上嵌着会变色的电子显示屏，椅身裹着光滑的棕色皮革。

"休息一下！"娜美姨妈按了几下遥控，椅背缓缓倒下来，脚架也在慢慢升高。与此同时，按摩椅发出了一些轻柔的声音，有点像即将打喷嚏时的吸气声，似乎正在压缩并排出空气。接着，椅子紧紧包裹住彼得的手臂和双腿，同时开始按摩他的后背和脖子。

"真不错！"彼得礼貌地赞叹道。

金姨爹穿着一身灰色西服，从中医诊所下班回来。他握着彼得的手，快速晃动着。

"很高兴见到你——彼得！"他的发音清晰而坚定，却又会随时戛然而止，就像在加速与刹车间快速切换，因为他需要时间来选择单词与思考发音。"你有疼痛吗？哪里——疼痛？我是——医生。"

金姨爹走出房间，娜美姨妈帮我们在地板上铺好毯子。我和彼得趴在毯子上，掀起了衣服。金姨爹换了一套印有很多卡通小狐狸图案的蓝色睡衣，他把一些拔罐杯放在我们背上，用一把类似塑料枪的装置抽掉了杯里的空气，又敏捷而娴熟地在我们的脖子和肩膀上插了几根针灸针。二十分钟后，他把拔罐杯和针灸针取下来，娜美姨妈像护士一样帮他一一收好。

或许是时差的影响，我有些昏昏欲睡，就没从毯子上爬起来，而是似睡非睡地继续躺着。眼皮越来越沉时，我感觉娜美姨妈给我盖上了一条轻薄的毯子。她慈母般的温柔与体贴，慢慢消除了我最初的担忧。有人照顾的感觉，真的很好。

第二天早上，我醒来的时候，娜美姨妈已经在准备早餐了。

"睡得好吗？"我用韩语问娜美姨妈。她背对着我，弯腰在炉子前忙碌。然后她转过身来，惊讶地瞪大眼睛看着我，手里拿着一双筷尖沾着油脂的筷子，另一只手放到了胸口！

"吓我一跳！^① 你的声音跟你妈妈的好像啊。"她说。

娜美姨妈给彼得准备了一份西式早餐，又给我做了一份韩式早餐。彼得的早餐是煎蛋和涂了黄油的切边吐司，以及用对半切开的圣女果、紫甘蓝和卷心生菜做的沙拉。接着，姨妈拿来几个特百惠保鲜盒，帮我炸了点饼。我站在她身后，看着鸡蛋面糊在嗞嗞冒泡的油锅里炸着，这面糊只放了鸡蛋和面粉，里面裹着牡蛎、鱼片或香肠肉饼，炸好后可以蘸酱油吃。她还炖了一锅热气腾腾的韩式泡菜汤，又像我妈妈以前那样，打开

① 原文为韩语的英文发音：Kkamjjag nollasseo!

一袋海苔，放在我的饭碗旁边。

我们到韩国后的第四天，是我的生日。为了庆祝生日，娜美姨妈做了海带汤，这汤营养丰富，特别适合产后需要补身子的女性喝。韩国人过生日的时候，素有喝海带汤的传统，这是为了向母亲表达敬意。现在，这碗汤又多了一重更为庄重的含义。我感激地喝着汤，咀嚼着一块块软软滑滑的海带，这味道为我勾勒出古老的海神形象，他随浪潮来到岸边，光溜溜地在洁白的浪花间享用美餐。这碗汤抚慰了我，仿佛让我回到了子宫，回到了可以自在漂浮的地方。

我无比渴望跟娜美姨妈交谈，但我的词汇太匮乏了。我们努力与对方交流，对话却总是陷入长时间的停顿，因为我们要随时拿出手机来录入需要翻译的内容。

"真的，非常感谢你，姨妈。"一天晚上，我在餐桌上喝啤酒、吃煎饼的时候。然后，我又在谷歌翻译里输入"我不想成为你的负担。"再把手机拿给姨妈看，她看到后摇了摇头。

"不！不！"她用英语说道。然后她对着自己的翻译软件说了句韩语，又把手机拿给我看。在几个韩国字的下方，显示着"我们是血缘关系"的英文，与此同时，这句话的语音也大声播了出来，但只是一个字一个字地往外蹦，没有读出词句应有的节奏变化。我有好多好多话想对娜美姨妈说。我想起妈妈带我去韩语培训学校的那些年，想起自己每周都会哀求她，让我跳过周五晚上的课，去跟朋友聚会。我想起自己浪费了那么多金钱、那么多时间，想起妈妈一次又一次地跟我说，有朝一日，我一定会为自己没有好好学习这门课而后悔。

她都是对的。坐在娜美姨妈对面，我觉得自己实在太蠢了，蠢到我想用头去撞墙。

"不要哭①，米歇尔。"娜美姨妈说。眼泪在我的眼眶里凝结，又顺着面颊滚落下来。

我用手背拭去眼泪。

"阿妈总是说'把眼泪留到你妈死的时候'。"我笑道。

"外婆也常常这么说。你跟你妈妈真的很像。"

我不禁呆住了。我这一生经常都在想，这是一条多么残酷的格言，是我妈妈独特教育理念的产物。在我擦伤膝盖或扭伤脚踝时，在我笨手笨脚地弄坏东西时，在我呆头呆脑地错过机会时，在我发现自己的平庸、缺点与失败时，在瑞安·沃尔什用塑料锤砸到我的眼睛时，在前任比我先一步开始新生活时，在无人观看我们乐队蹩脚的演出时，这条格言都会冒出来，提醒我不要哭闹。而我想大叫着说，就让我好好地感受一下。我想说，只需要抱着我，让我难过地哭一会儿。我也曾经想过，

---

① 原文为韩语的英文发音：Uljima。

如果我有孩子，我永远都不会让他们忍住自己的眼泪。听到这样的话，无论是什么样的人，都会像我一样心生恨意。可我现在才发现，我叛逆的妈妈也常常听到这句训斥。

"我小时候，她说她丢掉过一个孩子。"我用韩语说道，但我不知道"堕胎"这个词用韩语怎么说，"她有很多秘密。"

娜美姨妈则用英语说："我知道，我想……你妈妈觉得……带两个孩子来韩国太难了。"

娜美姨妈做出双手各抱一个婴儿的动作。我从未真的相信，妈妈多年前生气时对我说的那句话——她是因为我才堕胎的，可是，我也想不出任何反驳的理由。作为一个小女孩，我只沉浸在长途旅行的快乐里，从来不曾意识到，这一次次的回乡之旅对她有多重要，这个国家又在她的生命里占据着怎样的地位。

我想，如果她对我们三个最了解她的人——我爸爸、娜美姨妈和我——都保留了不一样的百分之十，那么，只要我们聚在一起，就能揭穿她的把戏。我想知道，如果我要了解她的全部，还得到哪里去寻找她遗留的线索。

我们在首尔的最后一夜，娜美姨妈和金姨爹带我们去了三元花园，这是一家位于狎鸥亭洞的高档烧烤店。妈妈曾说，狎鸥亭洞相当于首尔的贝弗利山庄。走进这个风景秀丽的庭园，我们看到一座拙朴的假山，假山上挂着两道人造瀑布，瀑布哗哗地落进下方的锦鲤池。餐厅里摆着一张张石质面板餐桌，每张桌子还配有实木炭火烤架。娜美姨妈塞给服务员两万韩元，我们的桌上很快就摆满了各种精致的小菜。有香甜的南瓜沙拉，有果冻般的绿豆糕，上面点缀着芝麻粒和葱花，有鸡蛋羹，还有一碗碗精致的腌萝卜片、腌卷心菜和泡在粉红色腌汁里的小红萝卜。吃完烧烤，我们又吃了朝鲜冷面。点冷面的时候，可以选择苦椒酱等酱汁做的拌面，也可以选择浸在牛肉冷汤里的汤面。我选的是汤面。

娜美姨妈说："我也是，我喜欢冷汤面，你妈妈也喜欢冷汤面，这是我们家的口味。他就更喜欢拌面。"娜美姨妈指了指金姨爹。面条端上来以后，她用汤匙敲了敲自己的金属碗说："这是平壤特色。"又指了指金姨爹的碗说，"这是咸兴特色。"

朝鲜冷面是朝鲜的特色小吃。这里寒冷的气候和连绵起伏的山脉非常适合开垦犁沟，种植荞麦和根茎类蔬菜，而不像朝鲜半岛南边的河谷平原那样，更适合栽种大片的水稻。娜美姨妈提到的正是朝鲜的两大城市，平壤是朝鲜的首都，而咸兴位于北海岸线上。在韩国，这两种冷面都很受欢迎，因为在朝鲜战争期间，很多北方人都逃到了南方，也将他们的地区性偏好带到了各地。朝鲜最高领导人金正恩和韩国总统文在寅在一次朝韩首脑会晤后，分享了一碗牛肉汤冷面。这是朝鲜战争结束后六十多年来，朝鲜领导人第一次跨过"三八线"。这次历史性事件，让整个韩国的朝鲜冷面店都排起长龙，这个充满希望的和平象征，唤起了全国人民对朝鲜冷面的狂热。

我试着向娜美姨妈倾诉，跟她一起分享食物，听她说这些事，对我来说意味着什么：我一直在试着通过食物联结自己对妈妈的记忆；桂是如何让我感到，我不是一个真正的韩国人；我自己做大酱汤和松仁粥的时候，到底是在追寻什么；我一直觉得自己没有照顾好妈妈，这让我感觉很崩溃。而那些原本似乎已嵌入我生命的文化，如今好像正在离我远去。可是，我找不到合适的词，这些句子对翻译软件来说，又太长太复杂，所以我说到一半就放弃了，只是伸手握了握她的手，然后我们俩就继续吸起了冰凉酸爽的牛肉汤冷面。

我和彼得继续我们的蜜月之旅。我们去了首尔很有年头的广藏市场，在搭有顶棚的市场里穿过一条条熙熙攘攘的巷道。这里宛如一个自发形成的迷宫，一个世纪以来，不断有商家加入与离开。我们从一排排货摊前经过，身着围裙的大妈不停地忙碌着，戴着橡胶手套翻拌一大锅咕嘟冒泡的刀切面，或是从一个个满满的碗里抓出一把把凉拌时蔬，制作色彩缤纷的石锅拌饭，又或是站在一锅嗞嗞作响的滚油前，双手各拿一把金属铲子，给酥脆的石磨大豆饼翻面。有的摊位码放着金属罐，罐里装着满满的海鲜酱，这种用盐发酵的酱料又被人们亲切地称为"下饭神器"，因为海鲜酱浓郁咸鲜的味道，特别适合配着软软的白米饭一起吃。有的摊位摆放着浸在酱汁里的生蟹，全都腹部朝上地展示它们似乎要漫出壳来的蟹黄或蟹膏。有的摊位堆放着特别小的粉色磷虾，可以买来制作韩国小菜，或是在热腾腾的汤泡饭煮好前加一点提鲜。在这里，还能买到一袋袋绯红的明太子——用苦椒酱腌制的明太鱼子，我们家人都非常爱吃。

这里弥漫着辛辣刺激的香味，我不由得回想起以前跟妈妈、姨妈和小姨逛过很多次的一家高档食杂店，这家店位于明洞商业区地下层。一个包着布头巾、身穿配套围裙的大妈喊着"欢迎光临"①，将海鲜酱里的各种海鲜穿在一根根牙签上，请大家品尝。她们三姊妹总是每种都尝一点，还会讨论这些海鲜的味道，再选出最喜欢的，用一层又一层的塑料袋包好，一直包到有足球那么大，再吃力地拎回家。有时候，妈妈会再买一个行李箱，就为了多带点东西。每当我们在家里吃海鲜酱配白米饭的时候，都会淋一些芝麻油上去。那个时候，我只要闭上眼睛，耳边就会响起她们精挑细选的讨论声。

我和彼得从首尔搭乘火车南下至釜山，这是韩国南部第二

---

① 原文为韩语的英文发音：Eoseo oseyo。

大城市。我们走进酒店房间，看到床上放着一瓶香槟和一张便笺，便笺上写着"米歇尔夫妇，祝你们新婚愉快"。我们在釜山待了三天，这三天一直在下雨，我们却未受阻碍，仍满不在乎地泡在屋顶游泳池里遥望东海，任凭冰冷的雨点在池水里泛起一圈圈涟漪。这家酒店非常奢华，是娜美姨妈订的，作为送我们的结婚礼物。

我们去了札嘎其鱼市场，滂沱大雨哗啦啦地冲刷着由无数把海滩遮阳伞和防水油布雨篷拼凑而成的屋顶，雨水落进一个个装着各种海鲜的红色塑料盆和蓝绿色的滤水盆里，飞溅到一堆堆蛤蜊和带有棱纹的扇贝上，或顺着如领带一般挂在木架上的银色带鱼滴到湿漉漉的人行道上。

我们在市场上买了些生鱼片。回到酒店，我们把打包盒都摊放在白色的床罩上，以韩国人的方式品尝有嚼劲的新鲜白鲑鱼刺身——蘸点包饭酱和放了醋的苦椒酱，再用一片红叶生菜包起来，同时喝着大瓶的克洛德啤酒和小杯的真露烧酒。

接着，我们飞去了济州岛，徒步前往天地渊瀑布，看奔泻的瀑布在清澈的池水里激起洁白的浪花。我们沿着黑色玄武岩壁走过陡峭的小路，吃完了一整袋新鲜的橘子，又在海滩上漫步，当时水还是太冷了，不适合下海游泳。我们吃了新鲜的辣炒章鱼与辣鱼汤，还吃了济州岛特色美食——芝麻叶包烤黑猪肉。

在滚烫的木炭上方，厚厚的猪肉条嗞嗞冒油地烤着，已黏附在金属烤网上。大妈会拿一把厨用剪，把肉条剪成适合入口的小块。这让我想起了妈妈，想起她穿着一条蓝色的肩部系带连衣裙，在我们家楼上的木质露台上用丁烷炉烤玉米、炭烤牛排和包饭用的五花肉。吃完饭以后，爸爸会习惯性地把玉米芯收集起来，再乐呵呵地把它们都扔到栅栏外的草坪上。妈妈总会抱怨说，这个月都得看着这些玉米芯在下面慢慢腐烂。"这是可生物降解的！"爸爸会这样低声反驳，然后望向远方的地平线，望向被阳光炙烤的干草地，以及草地上的一棵棵松树与冷杉。

这些就是妈妈去世前想去的地方，她想带我去看看的地方。然而，我们来到韩国的最后一次旅行，却始终困在医院的病房里。这是妈妈希望跟我分享的记忆，希望我学会去爱的东西，希望我记住的味道，希望我永远也不会忘记的感觉。

十八

我和曼琪

每当我妈妈梦到屎，她就会去买一张刮刮卡。

早上开车送我去上学的时候，她会默不作声地把车停在7-11 便利店门口，让我在车上等着，发动机也继续转着。

"你要做什么？"

"没什么。"她一边说，一边从后座拿起皮夹。

"你要去 7-11 买什么呢？"

"等会儿告诉你。"

很快，她就拿着一把刮刮卡回来了。我们离学校还有几条街的距离，她会拿起放在仪表盘上的硬币，刮掉卡上黏糊糊的涂层。

"你肯定梦到屎了，对吧？"

"阿妈赢了十美元！我刚才不能跟你说，不然就不灵了。"她说。

梦到猪、总统或是跟名人握手，都是好运气的象征。不过，梦到屎是运气最好的，要是你还梦到自己碰过屎的话，那就相当于取得了"赌博许可证"。

　　我梦到屎的时候，就会迫不及待地让妈妈给我买一张刮刮卡。我会梦到自己不小心把屎拉在裤子上，或是在公共厕所里看到几条长长弯弯的大便。每当从这样的梦里醒来，如果那一天是上学日，我就会静静地坐在车里，拼命压抑住激动的心情与倾诉的欲望，直到我们离 7-11 便利店只差一条街的距离。

　　"妈妈，停车，"我会说，"我等会儿再告诉你为什么。"

　　回美国以后，我开始频繁地梦到妈妈。在我还是个容易妄想的孩子时，也曾梦到过这些情节，病态般地梦到我父母的死。在梦里，爸爸驾车行驶在渡船街大桥上，因闪避前方车辆而把车开到路边，穿过施工区的一处缺口，眼看就要从大桥侧边掉下去了，只能尽可能让车跃到下方的一个平台上。他专注地望向那个平台，倾身靠向方向盘，不断地加速，却还是差了几英尺。汽车栽进波涛滚滚的威拉米特河，我会在这个时候喘着粗气醒来。

　　后来我十几岁的时候，妮可跟我说，她妈妈给她讲过一个传闻，说是有一个女人，总是反反复复做同样的噩梦，梦到同样的车祸场景。那些梦太逼真了，每次都让她感受到巨大的痛苦，于是她去看了一个心理治疗师。治疗师建议她说："车祸过后，要是你想办法到别的地方去呢？你可以试着前往医院，或一些安全的地方，让这个梦自然结束。"后来，这个女人每次都会梦到自己从车里爬出来，沿着高速路越爬越远。然而，她还是会不断地梦到这一切。有一天，这个女人真的遭遇了车祸，据说，她在沥青路上往前爬，也不知要爬到什么地方去时，感觉自己已分不清这究竟是现实还是梦境。

我做了很多关于妈妈的梦，这些梦不太一样，却都有一个相同的结局。在梦里，妈妈还活着，但已经失去了行动能力，只能在某个地方待着，而我们已将她遗忘。

其中一个梦是这样的。在一个温暖的晴天，我独自坐在修剪得整整齐齐的草坪上，看到远处有一栋阴森森的玻璃房。这房子很现代，从外面看上去，完全由黑色玻璃和银色钢架构成，看起来也很大，宛若一座庄园，只是分隔成了无数个方形小隔间，就像由一个个单色魔方堆叠而成。我从草坪上站起来，朝这栋奇怪的房子走去。我推开厚重的房门，走进黑漆漆、空荡荡的房间，到处转了一下，又向地下室走去。我扶着墙走下楼梯，来到很洁净也很安静的地下室，看到妈妈就躺在房间中央。她闭着眼睛，躺在一个平台上休息。那既不是一张桌子，也不是一张床，而是一张低矮的石台，有点像白雪公主吃了毒苹果后所躺的地方。我碰到她的时候，她睁开眼睛，笑着看向我，就好像一直在等我去找她。她非常虚弱，头依然秃着，病也还没好，但仍然活着。一开始我感到很内疚——我们太早放弃她了，让她一直待在这里。我们怎么会这么糊涂啊！接着我感觉如释重负，大大地松了一口气。

"我们还以为你已经死了！"我说。

"我只是一直待在这里。"她对我说道。

我把头伏在她的胸口，她把手放在我的头上。我可以闻到她的味道，感觉到她的触碰，一切都跟真的一样。虽然我知道她还病着，也知道我们很快就会失去她，可是发现她还活着，我真的太开心了。我对她说，让她等着我，我要跑去把爸爸找来！可是，就在我爬上楼梯去找爸爸的时候，突然醒了过来。

在另一个梦里，她来参加一个屋顶晚餐派对，还说自己一直都住在隔壁的那栋房子里。还有一个梦，我在我们家周围散步，慢慢走下一个小山坡时，不小心踩滑了，顺着厚实的黏土一路滑到人造池塘旁。在下面的空地上，我发现妈妈穿着睡裙，独自躺在郁郁葱葱的草地上，草地上盛开着各种各样的野花。我再次松了一口气。我们是有多蠢，才会认为你已经去世了！我们究竟是怎么回事，竟然会犯这么重大的错误！而你就在这里就在这里就在这里！

在梦里，她总是光着头，嘴唇开裂，身体虚弱，我必须把她抱回家，带她去见我爸爸。可是，只要我俯身将她搂进臂弯，就会突然悲痛欲绝地醒来。我会立刻闭上眼睛，渴望回到她身边，渴望再度睡着，回到刚才的梦里，继续感受跟她在一起的时光。但我怎么也睡不着了，或是重新做了一个完全无关的梦。

这是妈妈来看我的方式吗？是她想要告诉我什么吗？沉溺在这种超自然的想法里，我觉得自己很蠢，所以我没跟人说起过这些梦，只默默思考梦的含义。如果梦反映了藏在潜意识里的愿望，那妈妈在我的梦里，为何不是我希望的模样？为什么她每次都病着，就像我已经完全忘记了她生病前的容颜。我不知道自己的记忆是不是被封住了，我的梦是不是停顿在"创伤期"，妈妈的形象是不是定格在我们分开的时候。难道那个健康美丽的她，我已经忘了吗？

度完蜜月，我和彼得来到巴克斯县，住在他父母家。白天，我们修改与投递简历，同时在网上寻找合适的公寓。我以近乎疯狂的热忱做着这些事。在过去的一年里，我基本算是没有收入的护士和保洁员。在之前的五年里，我没能成为一名音乐人。我得尽快让自己投入到某项事业的奋斗中去。

只要办公地点位于纽约，看起来又像是一份办公室工作，我就会投递简历。与此同时，我还给认识的每个人都发了信息，寻求潜在机会。不到一周，我就在位于威廉斯堡的一家广告公司找到了一份销售助理的工作。这家公司在布鲁克林和曼哈顿长期租赁了近百面广告墙，还有自己的美术部，部门里的工作人员会像二十世纪五十年代一样，在墙体上手绘广告画。我的工作是辅助公司两位最重要的客户代表，协助他们向目标客户销售墙体广告。如果我们跟瑜伽服公司洽谈，我会创建一些地图，在地图上标出辐射周边五个街区的流瑜伽工作室和有机健康食品店。如果我们接洽的是滑板鞋公司，我会标出周边的滑板公园和音乐会场地，从而比对出我们公司位于布鲁克林的广告墙中，哪些墙覆盖的十八至三十岁男性比较多。我的薪资是每年四万五千美元加各种福利津贴，这让我感觉自己像百万富翁一样富有。

我在绿点社区跟一个离婚时从丈夫那儿分得一半房产的波兰老太太租了间"火车式公寓"，这种公寓的房间像火车车厢一样纵向排列，要进入里面的房间，必须先穿过外面的房间。厨房很小，几乎没有灶台，地上贴着黑白相间的塑胶地板。洗手间里也没有洗脸池，只能用厨房里的大洗碗池。

绝大多数时候，我适应得很好。一切都是陌生的——住在一个新的大城市，从事一份真正的工作，一份属于成年人的工作。我努力让自己不要执着于无法改变的事，全身心投入到工作中去，但仍不时被回忆侵扰。痛苦会循环式地爆发，将我试图压抑的所有记忆一股脑地带到面前，让我无从逃避。

这一幕幕不断重现：妈妈乳白色的舌头和紫色的褥疮，她沉甸甸的头从我的臂弯里滑落，她睁开眼睛。内心的尖叫声在我的胸腔里回荡，震颤着我的身体，却无法向外释放。

我试着接受心理治疗。每周一次，我会在下班后搭乘 L 线地铁前往联合广场，尝试跟心理治疗师描述我的感觉。事实上，我大部分时候都在一分一秒地熬时间，直到熬过预约的半小时，我又搭乘地铁到贝德福德街，再步行半小时回我住的公寓。这不但没有什么治疗效果，还让我更加疲惫。治疗师说的每一个精神疗法，我早就试过好几百万次了。每半小时需要支付一百美元，我渐渐觉得，每周去吃两次五十美元的午餐，可能更有意义一些。于是，我取消了之后的预约，去寻求其他形式的自我疗法。

我想到了一位熟悉的朋友——YouTube 视频网站的美食博主曼琪。我曾跟她学过大酱汤与松仁粥的做法。每天下班后，我就会点开她的主页，选一个自己没做过的菜。有时候，我会一步步跟着她做，严格称量，不断暂停、回放，确保每个步骤都准确无误。另一些时候，我会挑一道菜，先看看需要准备哪些食材，再凭记忆中的味道和以前学到的做法来进行烹制，忙碌的同时也会点开她的视频，像播背景音乐一样播着。

我做的每一道菜，都能唤起一段尘封的回忆。我闻到的每一缕香气、尝到的每一口美味，都能让我从现实中抽离一小会儿，回到家园尚在的过去。鸡汤刀切面让我来到"明洞饺子馆"，那天的队排得可长了，从二楼排到一楼，一直排到大门外面，又顺着那栋楼的墙往外排，我们逛了一下午的街，才在那家店吃到午餐。软糯的刀切面泡在浓稠的牛肉汤里，吃起来有如富含胶质一般。妈妈加了好多蒜香泡菜，这是那家店的特色小菜。那天姨妈还责备她，说她不该在公共场所擤鼻子。

香脆的韩式炸鸡将我带到与恩美小姨在"单身公寓"度过的那些日子。我们一边嚼酥脆的鸡皮，一边舔油乎乎的手指，再喝一口生啤或吃一块腌白萝卜解腻。美餐过后，我会在恩美小姨的帮助下，完成韩语作业。炸酱面可以"召唤"出外婆，她跟我韩国的家人们一同坐在客厅的茶几旁，吸溜吸溜地吃着餐厅送来的炸酱面。

我把一整瓶油倒进珐琅铸铁锅，将裹着面粉、鸡蛋和面包糠的猪排放进锅里炸。这道日式炸猪排，我以前上学带午餐时，妈妈经常给我做。我花好几个小时的时间来包饺子，先把煮过的豆芽和豆腐里的水挤掉，然后用汤匙把馅料舀到又薄又软的饺子皮上，再把边缘的皮捏起来，每一个都很不错，并不比曼琪做的完美饺子逊色多少。

曼琪拿一把大大的刀子，以把刀往内拉的方式给亚洲梨削皮，我妈妈以前也是这么削的。我放学以后，她会给我削富士苹果，在一个红色砧板上把果肉切下来，自己吃果核上的残余果肉。曼琪也跟我妈妈一样，一手用筷子夹起牛小排，另一只手拿着剪刀，灵巧地将其剪成韩式料理所需的大小。右手不断地把肉递出来，左手将肉煎成适合入口的小块，像武士挥舞武器一样使用厨用剪。

很快，我就驾车来到法拉盛，准备囤点虾酱、辣椒面和豆瓣酱。在车流中寻觅了一小时，我发现了五家韩亚龙超市。顶着盛夏的酷暑，我来到了位于联合广场的这一家。停车场门口有一片很大的露天区域，正在展销各种植物和沉甸甸的棕色陶罐。我认出了一种叫"瓮"的罐子，这是用来存放泡菜和发酵型酱料的传统器皿。虽然我妈妈没有这种罐子，但娜美姨妈跟我说过，以前家家户户的后院里，至少都有三个瓮。我选了一个中等大小的瓮，它非常沉，我得用双手才抱得住。感觉这是非常古老且结实耐用的物品，我决定买一个，让自己接受终极考验，挑战曼琪最受欢迎的食谱——泡菜。

我想做两种泡菜，长缨小萝卜泡菜和辣白菜。一棵超级大的白菜只要一美元，几乎跟我买的瓮一般大。三个长缨小萝卜，用蓝色皮筋捆成一扎，每扎售价七十九美分。我买了六扎，放进我大大的挎包，长长的绿色萝卜缨会从挎包口伸出来。我还买了所需的其余食材：糯米粉、苦椒酱、鱼露、洋葱、姜、葱、虾酱和一大罐蒜瓣，收获颇丰地回了家。

我把电脑放在餐桌上，点开视频。我把一整棵大白菜对半切开，刀顺着爽脆的白菜切下去的时候，发出了很好听的声音。根据曼琪的指示，我"温文尔雅"地把菜掰开，菜叶跟一沓揉皱的纸巾似的，非常容易分开。白菜切开以后，颜色逐层渐变，非常好看。白菜心和白菜帮是白色的，叶子则由最外面的青绿色逐渐向中心的黄色过渡。我最大的餐具是彼得妈妈作为结婚礼物送的一个火鸡烤盘。我把白菜放进半边烤盘，洗干净菜，在层层菜叶间撒了四分之一杯盐，然后把装着白菜的烤盘放在餐桌上，将定时器调至半小时，等待腌制。

这些食材我都比较熟悉，只有糯米粉除外。我了解到，糯米粉可以调成像粥一样的液体，发挥如黏合剂一般的功效。我在一个小锅里放了两勺糯米粉，加了两杯水，等混合液煮至冒泡凝结时，又舀了几勺糖放进去。我比曼琪做的要黏稠一些，看起来是黏糊糊的奶白色，稠度跟精液差不多。

一次制作两种泡菜，这野心似乎有点太大了。不过，这么做也有好处，我可以一次性制作两份泡菜的腌汁。腌制白菜的时间还没到，我开始用另外半个烤盘清洗长缨萝卜。我用蔬菜刷一个个地刷洗萝卜，但还是洗不干净，于是我决定把萝卜皮削掉。在削皮的过程中，一个原本已经很小的萝卜，不小心被我削掉了一厘米，里面白生生的，一看就非常新鲜。定时器响了，我给白菜翻了个面，让另一面也在浓盐水里泡一会儿。白菜叶已经开始变蔫儿了。

我像金娜制作牛小排腌汁一样，把洋葱、大蒜、生姜搅碎，然后把萝卜放进我最大的一个锅，又把另一半烤盘冲洗干净，将鱼露、虾酱、辣椒面、葱花和我之前煮好并已经凉凉的糯米粉糊拌在一起。拌好以后，混合液颜色鲜红，味道鲜香，立刻让我口水直涌。时间一到，我同时把所有蔬菜都冲洗干净，这个时候我又非常庆幸自己有一个特别大的洗涤池，哪怕它只是屋子里唯一的一个洗涤池。

尽管所有窗子都开着，公寓里仍然特别热。我热得满头大汗，汗珠滴落到我的运动内衣上。我没有穿外套，以免在做泡菜的时候，把衣服弄脏。灶台上已经没位置放东西了，我把所有碗都放在厨房的地板上。盛着红色酱汁的烤盘放在我两腿之间，我把洗好的白菜倒了进去。我一边按曼琪的指导把菜抓拌均匀，一边深吸着空气里的味道。我手上沾满了红通通的拌料，只好用下巴让视频暂停。我把辣白菜整齐地摞起来，再放进瓮底，然后将萝卜放在白菜上面。

我们没有洗碗机，于是我又用了半小时把烤盘和搅拌机洗干净，再把紧紧粘在地板上的泡菜酱料拖干净。做这些泡菜总共用了三个多小时，但还是比我想的要简单一些，制作过程也非常治愈。

两周之后，泡菜发酵得特别完美，让每顿饭都变得更有滋味，也让我每天都想起自己辛勤的制作过程和渐进的厨艺。这一切让我更懂得欣赏泡菜了。以前，要是饭后有泡菜没吃完，我会懒懒地把泡菜倒掉。现在，这些泡菜是我一步步亲手做出来的，我会很小心地把剩下的泡菜都放回瓮里。

我开始每月做一次泡菜，这是我的最新疗法。我用刚做出来的泡菜佐餐，以前做的就用来做炖菜、煎饼或炒饭。再后来，我做的泡菜多到吃不完，就开始推销给我的朋友。我的厨房里摆满了玻璃罐，每一个都装着不同的泡菜，并处于发酵的不同阶段。灶台上，发酵了四天的小红萝卜正在变酸。冰箱里，还处于第一阶段的白萝卜正在析出水分。还有砧板上，一棵刚刚切开的大白菜，正等着来一场盐巴浴。在我位于绿点社区的小厨房里，各种蔬菜在鱼露、大蒜、姜、苦椒酱等香料的辅助下不断发酵，散发出种种独特的香气。我想起妈妈以前经常跟我说，千万不要爱上一个不吃泡菜的人，他们会闻到你毛孔里散发出来的味道。她的这句话，其实是对"人如其食"的独特诠释。

十九

泡菜冰箱

十月，妈妈去世一年后，爸爸把我们的房子挂出来销售。点开他发来的链接，上方角落里是一张房地产经纪人的照片，一个男人和一个女人背靠背地站在绿色的背景前，背景是一张通用的威拉米特河风景照，显然是用图像处理软件替换的。照片只有邮票大小，这让他们小小的牙齿看起来就跟卡通片一样，宛如两根上下相连的白色横线。男士穿着粉色的衬衣，打了条红色的领带；女士穿着紫色的低口圆领衫，领口刚好盖过乳沟。他们就是要卖掉我童年居所的人。

其余照片让我有些不适。照片展示着我熟悉的一切，可这一切又让我感到十分陌生。经纪人建议我爸爸，在房子售出以前，尽可能多保留些家具，但最好调整下这些家具摆放的位置，让房子显得更有吸引力。

我卧室里的墙，已由亮橘色和薄荷绿变为了纯白色，还标示着"三号卧室"。原本放在客房的边几也搬了过来,好让房间显得没那么空。边几上放着一个小小的钟和一个孤独的豆豆公仔,肯定是我收拾捐赠物品时不小心遗漏的。

每张床上的每个枕头,都还套着妈妈添置的棉枕套。压在玻璃桌面下的桌布,是她亲自挑的,包裹着曾在我五岁时撞凹我头骨的桌角。我爸妈的浴缸,那个妈妈曾掉落头发的地方,依旧还在那里。而那面全身镜已经不见了,妈妈曾无数次在镜前审视自己的仪容,也曾第一次在那里见到自己即将变秃的头。洗漱台上,她的有色防晒霜和保湿露都已消失,只摆着一瓶实用的洗手液。主卧里,仍放着她去世时睡的那张床。还有我们家后院,我和彼得举办婚礼的地方,对比度调得极高,草坪的颜色已成了荧光绿。"来这儿住吧!"这个链接向一个个新家庭发出了邀请。

我十岁的时候,我们搬到了这里。我还记得自己刚搬来时,有多憎恶以前的住客留下的各种痕迹。有人用蓝色圆珠笔在客房壁柜里的一个无漆书架上刻下了一个个球队的名字。在我们家庄园最外围的一棵大树下,有一个迷你小木雕,雕的是一个修女。我和朋友曾经求我妈妈把这个木雕移除,我们拿出青少年饱满的热情,断言这个东西会让这里闹鬼,但我妈妈仍不同意。

我想知道,新住户会看到我们留下的哪些痕迹,我们又到底落下了哪些东西。我想知道，经纪人是否隐瞒了我妈妈在卧室里去世的事，她的灵魂是否仍在那儿，新搬来的一家人又是否会感觉闹鬼。

在那之前，爸爸已在泰国住了好几个月，他打算等房子售出以后，就在泰国永久定居。由于他不在国内，就委托朋友吉姆·贝利帮忙把一些家具打包，从尤金寄到费城。寄来的东西主要有三大件：一张大号雪橇床、一架雅马哈立式钢琴和妈妈的泡菜冰箱。我们租的公寓放不下，所以暂时放在彼得父母位于郊区的家里。

好几周之后，我才亲眼见到寄来的冰箱。那一天是感恩节，妈妈离开后的第二个感恩节。我做了红薯天妇罗，妈妈常在感恩节带这道菜去三伯罗恩家。我还记得自己坐在车上，把沉甸甸的餐盘放在大腿上，餐盘里高高地堆放着裹有面糊的炸红薯，最上面覆着一层保鲜膜。而在回家的车上，餐盘已经空了，妈妈总是很得意地夸耀，我们的美国亲戚有多爱吃她做的天妇罗。

我买了天妇罗粉、一大桶菜籽油和六个日本红薯。这是一种紫皮白心的红薯，比大多数食杂店卖的要更细长一些。我把红薯洗干净，切成六毫米左右厚的圆块，又用面粉和冰水调出稀薄的面糊，然后将红薯一个个裹上面糊，放到烧热的油里炸。我分好几批来炸，很小心地不让油锅里的空间变得太挤。有面糊炸至金黄酥脆时，我便用筷子把那块红薯夹起来，放到一张纸巾上，让纸巾吸掉一些油脂。我咔嚓咔嚓地咬着刚刚炸好的红薯，舔着嘴唇上的油，用食指拭去嘴角的碎屑。妈妈炸的天妇罗，每一口都是酥脆的。我做的要稍差一点，面糊挂得不太均匀，但也很接近了。可以延续我们家的小传统，这让我非常开心。

在巴克斯县，我做的天妇罗几乎无人问津，逐渐变成了一堆冷冰冰、软塌塌的"滞销货"。我很努力地向大家推荐，还用羊皮纸做了一个放薯条等炸物的锥形容器，让这道菜显得更容易接受，但彼得一家更喜欢他们家的感恩节传统菜肴，往自己的盘子里添着火鸡馅儿料和焗烤四季豆。只有彼得和他妈妈象征性地帮我推荐了一下。

"尝尝看，这跟炸红薯条差不多！"彼得鼓励着他的亲戚们，但这说辞让我有些愕然。

"是曲奇饼吗？"彼得的叔叔问道。

晚餐过后，我到地下室的独立套房去放一些烤盘，突然注意到厨房另一头的角落里，在几艘切萨皮克帆船小摆件和几个宾夕法尼亚煤矿纪念品旁，放着一个格格不入的东西——我妈妈的泡菜冰箱。我都快忘记彼得爸妈把冰箱放在这儿了。

这就像个侧放着的普通冰箱，光滑的塑料外壳是灰色的。冰箱只到臀部那么高，门朝上开，可以从上方看到里面的东西。在尤金，我们把这个冰箱放在洗衣机旁边，每当妈妈要翻找洗衣机里的衣物时，都得站在这个冰箱前面，扭身去翻洗衣机里的东西。

冰箱里分了很多格，每格都放着一个棕色的塑料保鲜盒，可以用来存放不同的泡菜。我深深地吸了一口气，既希望能闻到一缕妈妈多年来存放韩国小菜的味道，又希望这个冰箱不会在彼得奶奶的居所散发出刺鼻的气味。我确定自己闻到了一丝红辣椒和洋葱的味道，更多的还是洁净的塑料味。我往里看，保鲜盒里放了一些东西，但又绝不可能是以前剩的泡菜。这个冰箱已经断电好几个月了，要是还有泡菜在里面，肯定会腐烂的。我握住一个保鲜盒提手，把盒子拿了出来，拿的时候惊讶地发现，盒子还挺沉的。我把保鲜盒放在餐桌上，从侧边松开了保鲜盒的塑料盖。

原本在放长缨萝卜泡菜与辣白菜的地方，放起泡的萝卜水泡菜和带有泥土与生命气息的凉拌时蔬的地方，放我妈妈喜欢的各种韩国小菜与酱料的地方，存放着好几百张我们家的老照片。

各个时期、各种背景的照片都有，并没有按什么顺序或规律排列。一些是我爸妈在我出生以前拍的照片。其中一张，我爸爸站在一座雪雕前，因寒冷而有些弓腰驼背，双手都揣在口袋里。他瘦瘦的，黑发与胡须都很浓密，穿着棕色羽绒服和蓝色牛仔裤。照片是用富士彩色负片胶卷拍的，整体色彩烘托出一种很奇妙的怀旧气息。

一些是我儿时的照片，好多都没有穿衣服——在家门口的草坪上，我坐在一辆红色三轮车后座；我坐在开放式厨房的一张高脚凳上，倚着扶手，面前的地毯上摊放着一盒彩色铅笔和一根木琴槌；我蹲在草地上，手伸进一个装奶酪卷的塑料盒里，眼睛像只野狗似的盯着镜头。

我知道，是妈妈在镜头后观察与拍摄，记录我简简单单的快乐，探知我的内心世界。在一张照片里，我躺在铺在客厅里的小被子上，沐浴着从窗子照进来的阳光。我还记得，自己当时正在玩水上漂流的游戏，这床百衲被是我的竹筏，竹筏上摆放着只属于我的财产。还有一张从远处拍摄的照片，在一条私家车道上，一个蹒跚学步的小孩独自坐在一条毛巾上，就像是坐着魔毯随风飘来的，但我也能看到妈妈。虽然她不在画面里，但我可以看到她站在最上面的一级楼梯上，单眼瞄着拍立得相机的镜头，看着过道那一头的我。我可以听到她指引我在一把儿童摇摇椅前行屈膝礼，听到她哄我穿黄色连衣裙，听到她说"万岁"，让我把衣领拉过头顶，从袖子里脱出手臂，又叫我抬起脚来，帮我将一双米老鼠及膝袜套在脚上。

我在照片背景里寻觅她，在彩漆荷兰小屋、陶瓷芭蕾舞者和水晶动物摆件间寻觅她。我看到自己的表情，就仿佛看到了她——向她寻求肯定，被她当场抓获，或是喜笑颜开地欣赏她送我的礼物。

我泪流满面地翻看与整理着那堆照片，又叫彼得来看，同时把我婴幼儿时期的照片拿给彼得的妈妈和奶奶看。

"好可爱的韩国小女孩！"彼得的奶奶说，她眯着眼，把照片凑到眼睛跟前仔细地看。

"天哪，你看这裙子！"彼得的妈妈从膝盖上的一小堆照片里抽出一张惊叹道，"看得出来，你妈妈真的很喜欢打扮你。"

那天晚上，我们在彼得家住。彼得已经睡着了，我把那些照片拿到他以前的游戏房，一张张看了起来。我很喜欢各种有瑕疵的照片，比如妈妈拍得不太好的照片。在一张照片上，她闭着眼睛，不小心眨了眼。这张是她在"来德爱"药店，为用完那卷胶卷随手拍的。另一张，她面带微笑地在情人节的纸板装饰前摆了个造型，她的一侧放着把投币摇摇椅，而另一边的货架上，展示着酒水和折叠椅。还有一张在车库抓拍的照片，她的五十铃轻骑兵白色越野车的后备厢门正在关上。就好像我在那里，看着她下车以后，绕到后面去拿采购回来的东西，她像平常一样戴着大大的太阳镜，嘴半张着，似乎正在说话。我可以听到她让我放下相机的声音。

我喜欢这些随兴拍下的照片。她坐在沙发上，我可以看到她向我投来温柔的爱意，当时我正背对着她，拆恩美小姨送我的礼物。另一张，她坐在椅子上，喝了一口啤酒。还有一张，她坐在我们最早那套房子的客厅地板上，望向镜头外的什么东西，睡袍从肩上滑落下来，露出了手臂上的牛痘疤痕，就像是被车载点烟器烧过似的。想到以后我也会有这样的疤痕，她就感觉心惊胆战。在她看来，她有责任保护我，不让我留下任何遗憾。

她是我的捍卫者，也是我的档案馆。她小心翼翼地珍藏我成长路上的点点滴滴，收集我在这个世界上留下的种种痕迹，保存我的每张照片与每件物品。我所有的事，她全都记得。我出生的时间、我转瞬即逝的兴趣和我阅读的第一本书，我每种性格的形成，我每次的失败与痛苦，我取得的每个小成就……她以无人能比的热忱观察我，并将永不枯竭的爱意投向我。

现在她已经离开了，我再也找不到人问这些事了。那些回忆都已随她一同埋葬，只剩下这些照片和我自己的记忆。从此以后，我对自己的理解，只能靠我自己，以及她留给我的这一切。对一个孩子来说，试着站在母亲的角度去回溯自己的成长，这是怎样一种苦乐交织的体验啊！在这个过程里，你将看到自己的点点滴滴是如何被记录下来的。

我曾认为，发酵可以控制死亡。一棵白菜放着不管，一定会发霉腐烂，无法食用。可是，只要用盐水腌制，再存放起来，这个过程就会改变。糖将被分解，生成乳酸，让泡菜不易变质。乳酸会不断发酵，让盐水变酸，同时释放出二氧化碳。蔬菜在这个过程里逐渐熟化，其颜色与质地都发生了变化，味道会变得更酸，也更加刺激。但它仍然活着，仍在不断变化。所以，发酵并没有控制死亡，而是领着蔬菜一同拥抱新生。

我不会让自己的记忆发霉腐烂，不会让创伤慢慢渗透与扩散，不会让过往种种都变得毫无价值。我拥有的是随时可以重温的时刻，是我和妈妈共享的文化，这文化铭刻在我的基因里，蠕动在我的肠胃里，我必须让它们留存下来，而不是逐渐消亡。有朝一日，我会将这一切传递下去。她言传身教的道理，她曾活过的证明，这一切都在我身上，在我的言行举止中。我是她留在这个世上的人。如果我不能跟妈妈在一起，那么，我将会成为她。

回纽约前，我开车去了埃尔金公园，打算去我爸妈和彼得第一次见面时去的那家韩国浴室搓澡。在一个小隔间里换好鞋，我走进女更衣室，根据编号找到储物柜，开始脱衣服。我希望自己可以慢慢来，希望自己把储物柜里的东西放好，所以我很自然地弓起身子来遮挡身体，把衣服叠成整整齐齐的一摞。

我小时候，外婆家的公寓附近有一家水疗馆，韩国各年龄层的女性会一起在不同温度的浴池里裸泡，在各种汗蒸房和桑拿房里裸蒸。每年，我妈妈都会额外付一次全身搓澡的钱。在池子里泡了半小时后，我们俩会肩并肩地躺在铺了一次性塑料垫的按摩台上，两个穿着文胸和松垮内裤的搓澡大妈就会拿着香皂，戴着一对粗糙的搓澡手套，有板有眼地给我们搓起澡来，直到把我们的皮肤搓得跟刚生下来的老鼠一样嫩红。不到一小时，你将看到自己身上的污垢在按摩台边逐渐累积成一堆恶心的卷曲灰线，然后大妈会用一大桶温水把污物全冲走，再让你翻个身，又开始给你搓起来。等你完成一个三百六十度大旋转后，会感觉自己似乎已掉了两磅死皮。

浴室里，几个年龄比较大的女人正在洗澡，她们皮肤松弛，肚皮下垂。我尽量礼貌地望向别处，但眼角的余光偶尔还是会瞥到她们。我有点好奇她们的年龄，心想自己永远也不会见到妈妈皮肤松弛或满是皱纹的样子了。

我泡了半小时后，一个穿着白色文胸和白色内裤的大妈让我躺在按摩台上。她看了我一眼，似乎有点疑惑我为何会来到这里。她默默地搓着背，每隔几分钟就会简洁地说：

"翻身。"

"侧身。"

"趴着。"

我看着落在按摩台上的灰色污垢，好奇跟她的其他顾客相比，从我身上搓下来的污物是多还是少。在我向左侧身躺着，就快完成整套旋转动作时，她停了下来，仿佛刚刚才注意到。

"你是韩国人？"

"是的，我在首尔出生。"我用韩语快速答道。我说得很放松，因为这是我非常熟悉的一句话。我这么说，似乎是想给她留个好印象，或者更实际一点，是想掩饰自己的语言缺陷。在韩国度过的婴儿期和在韩语培训学校度过的那些年，让我成了一个识字的模仿者。我可以很自然地说出自己会的词句，模仿出我婴儿时期听到的语音语调。然而，发音带来的好处也只有这么多了，继续聊下去，我就会不时卡顿，绞尽脑汁地思考某个最基本的不定式短语该怎么说。

她看着我的脸，似乎是在寻找什么。我知道她在找什么。我上学的时候，一些同学在问我是什么人之前，就是这样在我的脸上搜寻的，不过他们是站在完全对立的视角。她在我的面孔上寻觅属于韩国人的特色，某种她说不清的特色，某种她也有的特色。

"我妈妈是韩国人，爸爸是美国人。"我又用韩语说道。她闭上眼睛，张嘴说"啊"，同时点了点头。她再次看向我，露出明白的神情，仿佛在我脸上筛选出了韩国人的特征。

一直以来，我都很希望自己跟白种人同学更像一些，非常不想让他们看出我是半个韩国人。讽刺的是，在这个浴室里，我却很怕这个陌生人看不出来自己属于韩国人的那部分。

"你妈妈是韩国人，你爸爸是美国人。"她用韩语重复了一遍，然后语速很快地说起话来，我一点也没听懂。我模仿着韩国人交谈时的各种附和声，希望自己可以听明白她说的内容，可以在假装听懂的过程中捕捉到几个我知道的词。最后她问了我一个问题，我没有听懂，这个时候她也意识到自己很难再从我这里了解什么，或是与我分享什么了。

"很漂亮的小脸。"她用韩语说。

我小时候听过这句话，然而现在听到，感觉完全不同。我第一次想到，她在我脸上看到的特征，可能会慢慢消失。给了我这一半特征的人再也不会站在我身旁，再也不能让人明白，我究竟来自何处。无论轮廓还是肤色，我害怕这珍贵的一半会慢慢消失，就好像没有了妈妈，我也不再有资格留住脸上的这些特征。

这位大妈拿来一个大脸盆，将盆抬到她胸口上方的位置，把这盆温暖的水倒在我身上。她洗好我的头发，按摩了我的头皮，又用一块毛巾帮我包好头发，我以前曾试着模仿在更衣室里看到过的一位老太太，也想学着她把头发包起来，但都没成功。她扶我坐起来，用拳头在我背上捶了一会儿，又总结性地用掌心拍了我几下，然后说："好啦！"

我坐在一张塑料凳上，把身体冲洗干净，又用毛巾擦干，然后回到更衣室，换上宽松的水疗馆休闲服——特别大的荧光色 T 恤和有松紧带裤腰且裤腿大到可以随风飞扬的粉色短裤。我走进温暖的汗蒸室，据说这里对健康颇有些晦涩难明的好处。

里面一个人也没有，只有两个木枕，看起来就像是半个木枷锁，当然是只剩下边半个。我靠墙躺下来，将脖子放在木枕中间的凹陷处休息。这里光线很暗，只有一点柔和的橙光。我感觉很清爽，很干净，很舒适，很放松，感觉自己成了一个崭新的人，就好像我褪去了一层无用的皮，就好像我刚刚完成了洗礼。地板正在加热，房间里恰到好处的温暖，让人感觉这里是一个健康人体的内部，是一个子宫。我闭上眼睛，泪水顺着我的脸颊流淌，但我没有发出一点声音。

二十

一杯咖啡

我和彼得搬到布鲁克林一年以后，我在父母家的那栋小屋写的专辑开始获得了一些令人意外的关注。有趣的是，这张专辑是以我多年前想到的一个名字——日式早餐——发布的。那是一天晚上，我浏览了一些美食照片，看到盛放在木盘里的烤三文鱼片、味噌汤和白面包，感觉十分精致。一家总部位于马里兰州弗罗斯特堡市的小唱片公司提出将这张专辑制成黑胶唱片。封面用了一张使专辑增色的老照片，那是我妈妈二十多岁时在首尔拍的，照片里的她穿着白色西服与荷叶边衬衫，跟一位老朋友一起摆着拍照姿势。黑胶唱片中间的纸上，印着她的两张水彩画，我为了怀念她而写的这些歌，都将围着这个中心旋转。

我在四月得知，歌手米茨基①夏天将在美国各地举行一场

---

① 米茨基（Mitski，1990—　）：日裔美国创作歌手。

为期五周的演唱会巡演，我获邀成为巡演时的暖场歌手。与此同时，我利用晚上的下班时间写的一篇名为《爱、失去与泡菜》的文章被评为《魅力》杂志年度最佳散文。奖品包括在杂志上发表文章、与一位出版经纪人会面和五千美元的奖金。我当初搬到纽约，是想让自己把创作野心放到一旁，专注于职场上的晋升与发展，这些讯号表明，还没到放弃的时候。

我辞掉了广告公司的工作。《灵魂摆渡人》这张专辑获得了越来越多的关注，让我在成年后第一次有机会全身心地追逐自己的音乐梦想。我找来乐手，组建起一支乐队，在95号州际公路上沿着东海岸一路南下，又顺着10号州际公路向西穿过路易斯安那州的沼泽地和得克萨斯州西部的空旷沙漠，来到亚利桑那州，再沿着5号州际公路北上，从太平洋海岸线上的崇山峻岭与悬崖峭壁间驶出，最后回到雾气弥漫的威拉米特河谷。我在妈妈的墓前留下鲜花，她的墓志铭终于改成了"可爱的"。我们在"哇哦音乐厅"演出，整个音乐厅座无虚席。那年年末，我们来到传说中的"水晶音乐厅"。在那里，我笑逐颜开地看着自己崇拜的音乐人，十六七岁的女孩们也这么笑容满面地看着我。我们获得了更多的演出机会，之后一年的大部分时间，我们都在美国各地巡演。

每场演出结束后，我会销售自己的专辑和文化衫。来买的人多半是混血或亚裔美国人，他们像我以前一样，总觉得很难见到跟自己比较像的艺人。还有一些失去父母的孩子，他们会告诉我，我的歌对他们有怎样的疗愈效果，我的故事又对他们有怎样的意义。

当乐队的发展势头好到足以摆脱经济问题时，彼得回到乐队担任主音吉他手，与鼓手克雷格和重回乐队的贝斯手德文一同组成了一支完整的乐队。我们参加了在加利福尼亚州举办的科切拉音乐节和在田纳西州举办的波纳罗音乐节。我们去了伦敦、巴黎、柏林和格拉斯哥。我们住假日酒店，还有公司专门为我们供应饮料和小吃。我们在北美洲演出了一年，去欧洲巡演了三次。一天，乐队经纪人打电话告诉我，我们将有机会前往亚洲进行为期两周的巡演，而最后一场演出将在首尔。

我通过"卡考"通信软件告诉娜美姨妈这个消息，说我们会在十二月底去韩国。

过去一年，我们一直都有联系，但语言障碍让我们很难进行深入交流。大部分时候，我都只是发"我爱你"和"我想你"，再配上各种表情图标，以及我做的一些韩国菜的照片。我试着跟她解释，一切都很顺利，我们乐队取得了一些成绩，但我不确定她是否真能明白或相信我，直到我告诉她，我们将于十二月的第二周在首尔举办一场演唱会。

过了一会儿，我接到一个电话。

"你好，米歇尔，你最近好吗？我是埃丝特。"

埃丝特是金姨爹跟他前妻生的女儿。她比我大五岁，毕业于纽约大学法学院。她是到韩国去探亲的，现在和丈夫住在中国，有个一岁大的女儿。

"娜美刚才跟我说，你会过来演出几周，这是真的吗？"

"是真的！我们会在亚洲举办为期两周的巡演，最后一场演出就在首尔。我和彼得打算在演出结束后租一间公寓，大概租几个星期，可能会租在首尔弘大区。"

"噢，弘大区是个很有意思的地方，那里有很多年轻艺人，有点像布鲁克林。"她停顿了一下，我听到娜美姨妈跟她说了点什么。"我们……有点不太明白，是有一个什么公司吗？"

"公司？"

"嗯……我们只是好奇，是有什么机构给你支付酬劳吗？"

我笑了。这当然不是我第一次听到这样的问题。更何况，这么多年来，我都是自己攒钱去巡演的，所以就连我本人也很难相信这一切。"嗯，是有一个承办方负责预定演出场地，然后观众买票付钱，我们再从中获得报酬。"

"噢……我明白了。"虽然她这么说，但我感觉她还是不太明白。她又说道："我真的很想去看你的演唱会，不过那个时候我已经回中国了。娜美说，她和我爸爸非常兴奋。"

巡演从香港开始，之后我们将前往台北、曼谷、北京、上海、东京与大阪，最后抵达首尔。演出都在晚上举行，每场有三百至五百名观众。每次演出，承办方都会来机场接我们。在送我们去演出场地的路上，工作人员会给我们介绍经过的地方，将当地的地标性建筑指给我们看。此外，他们还会翻译我们的演唱曲目等信息，并将之提供给相关的舞台工作人员。最重要的是，承办方会带我们去品尝当地美食。

我们在北美洲巡演时，只能在加油站买点小吃，或是在快餐店随便吃点。而这趟亚洲之旅，与我们昔日的惨状形成了鲜明对比。在台北，我们去士林夜市吃蚵仔煎和臭豆腐，还发现了可以说是全世界最美味的汤面——台湾牛肉面，嚼劲十足的面条配大块的牛腿肉，汤汁更是充满了浓郁的肉香。在北京，我们在六英寸深的雪地里跋涉了一英里，专程去吃香辣可口的涮羊肉火锅。羊肉片特别薄，脆生生的莲藕宛如一只只有很多孔洞的车轮，豆瓣菜还带着泥土清香，都在一个放了很多辣椒和花椒的超辣汤锅里涮着吃。在上海，我们大吃特吃盛放在竹蒸笼里的灌汤小笼包，上瘾似的吸着鲜美的汤汁，再品尝薄而软糯的汤包皮。在日本，我们大口大口地吸溜豚骨拉面，小心翼翼地品尝热腾腾的章鱼烧，章鱼烧上撒了"会跳舞的木鱼花"，最后在威士忌高杯酒的"猛攻"下快速醉倒。

巡演已接近尾声。我们飞往仁川国际机场，在行李领取处找到了我们的吉他。在机场入境大厅，我们见到了当地的接洽人乔恩。他帮我们在首尔弘大区的一个音乐厅安排了一场演出，他自己也在那个社区开了一家小小的唱片店，名叫"紫菜包饭唱片店"。乔恩是以自己猫的名字给这家店取名的。我想起以前去韩语培训学校上课，轮到我妈妈准备午餐时，她就曾做过紫菜包饭。乔恩瘦瘦高高的，素雅得体地穿着厚呢短大衣和黑色正装长裤，看起来更像是上班族，而不是音乐会承办人和一家炫酷唱片店的老板。

乔恩带我们去吃夜宵，我们在餐厅见到了他的合伙人科基，他笑起来有酒窝，非常热情友好，韩语和英语都说得很流利。科基很真诚地给我们提供了很多信息，他的性格刚好跟乔恩互补。那天晚上我们吃着泡菜饼，喝了好多瓶克洛德啤酒，庆祝我回到自己的故乡。

第二天，我们来到演出场地——V音乐厅，这里最多可容纳四百余人。我们的休息室摆满了我小时候吃过的韩国零食、虾条、红薯条、香蕉泡芙酥、长谷牌蜂蜜脆脆圈、切成一片片的韩国小香瓜，甚至有一小盒韩式炸鸡。乔恩给娜美姨妈和金姨爹预留了二楼包厢的位置，可以从上面俯瞰舞台。他们俩很早就来了，还带来了鲜花。我们拥抱合影，娜美姨妈教我摆了一个当下最流行的姿势，拇指和食指交叉，比出一个类似桃心的手势。

我们登上舞台，我花了一点时间，好好地看了看整个音乐厅。即便是在我最有野心的时候，我也没想过，自己可以在妈妈的故乡，在她出生的地方，举办一场演唱会。我希望妈妈可以看到我，希望她会为我成为这样一个女性、成就这样一番事业而骄傲，还希望她知道，她长久以来担心的事，永远也不会发生。我意识到，我唱的歌都是在怀念她，而我们所获得的成功，也都是以她的去世为主题，然而此时此刻，我最渴望的，是她可以绕开这所有的矛盾，来到这里。

我深深地吸了一口气。"你好！①"我对着话筒喊道，我们的演出开始了。

大约从十岁起，我就不再相信任何神灵了。祷告的时候，我心里想的却是罗杰斯先生②。可是，我妈妈去世后的这些年像是被施过魔法一般。我十六岁就加入了乐队，这辈子都想成为一名成功的音乐人。作为一个美国人，纵然妈妈经常愤懑地警告我，我也觉得自己有权追求梦想。我已经徒劳无功地为梦想奋斗了八年，而在她去世之后，一切都开始魔力般地如我所愿。

如果真有神灵，那感觉就像是，我妈妈已经控制住了神灵，要求神灵满足我的愿望。如果我们不得不在相互理解的转

---

① 原文为韩语的英文发音：Annyeonghaseyo。

② 弗雷德·罗杰斯（Fred Rogers，1928—2003）：美国电视节目主持人、作家、制片人，也被称为罗杰斯先生。他制作的儿童节目《罗杰斯先生的邻居》（*Mister Rogers' Neighborhood*）陪伴了无数青少年的成长。——编者注

折点分开，不得不在我们之间的关系真正开始变好的时候分开，那神灵至少得让她女儿不切实际的梦想成为现实。

如果她看到这些年发生的事，一定会非常开心。看到我打扮得美美的，为时尚杂志拍摄照片；看到第一次有韩国导演获得奥斯卡金像奖；看到在 YouTube 视频网站获得数百万点击量的十五步护肤法。虽然我对如此烦琐的护肤方式完全没兴趣，但我相信她肯定能做到。她也一定会为我终于找到属于自己的一席之地而欣慰不已。

在我们唱最后一首歌前，我抬头望向坐在二楼包厢的姨妈和姨爹，感谢他们来看我的演出。"姨妈、姨爹，欢迎来到我的地盘。"我大声说道，同时向人群张开双臂。我们乐队一同摆着娜美姨妈教我们的"比心"手势合影留念，背景是全场爆满的看台。几十个孩子拿着装在封套里的黑胶唱片走出音乐厅，走向这座城市的大街小巷，封面上印着我妈妈的脸，她的手朝着镜头伸过来，就好像她刚刚松开下方某个人的手。

之后，乔恩和科基邀请我们所有人一同去一家名为"牛肠砂锅"——但菜单上并没有这道菜——的黑胶唱片酒吧庆祝。我们点了几道下酒菜，有加了红椒香醋拌海螺的日式冷面，还有泡菜豆腐和河豚鱼干拌花生。

酒吧里灯光昏暗，只点着圣诞装饰灯和在墙上不停闪烁的蓝色 LED 灯。天花板是拱顶的，可以看到一块块砖，让人感觉如同置身于地下室。前方的舞台上有两个唱盘，一个打碟师正播放着二十世纪六十年代的韩国摇滚乐、流行乐和民谣，他身后有一个十英尺高的架子，上面放满了唱片。坐在一张木桌旁，听到一首熟悉的音乐，我们的赞助人突然跟着唱了起来。

克雷格和德文学习了韩国的饮酒礼仪：不要给自己倒酒，要双手给长辈倒酒。乔恩教我们玩了一个类似"泰坦尼克号"的游戏，将一个空空的小酒杯放在一个装满啤酒的杯子里，大家轮流给小酒杯倒少量烧酒，谁让小酒杯沉下去，那他就得把那杯酒干了。这种混合了啤酒与烧酒的液体非常强劲，是让韩国饮酒者宿醉的主要原因。

我们用迷你小酒杯喝凯狮冰啤酒，又从一个个绿色瓶子里倒出烧酒，将烧酒递给大家，主要是递给乔恩，希望能让他敞开心扉。那天深夜，我们终于取得了一些进展，他开始谈起了音乐。

乔恩说起了二十世纪六十年代的韩国摇滚乐，我全神贯注地听着。妈妈从来没有谈论过她从小到大听的音乐。事实上，我对韩国音乐几乎一无所知，除了几个在美国颇受关注的流行摇滚乐队和一个叫 Fin.K.L 的女团，这是成永表哥在九十年代时向我推荐的。

词汇，一直在她头脑里的某个角落存放着。

"娜美姨妈，你有没有听说过申重铉？"彼得接过我们的购物袋时问道。

"申重铉？你怎么知道申重铉的？"娜美姨妈难以置信地问道。彼得解释说，是乔恩在"牛肠砂锅"黑胶唱片酒吧跟他说的。

"我和你妈妈，我们都很喜欢'珍珠姐妹'，她们的那首《一杯咖啡》（*Coffee Hanjan*）就是申重铉写的！"

娜美姨妈打开手机，在 YouTube 视频网站上找了这首歌给我们听。这张专辑的封面是鲜黄色的，两姐妹穿着相同的绿色波点迷你连衣裙。这是申重铉在六十年代末期给双人组合"珍珠姐妹"制作的一张专辑。娜美姨妈说，这是她们小时候很喜欢的歌，经常在我外公的宴会上演唱。她们也会穿上和珍珠姐妹一样的衣服，但她们没有舞靴，只好用橡胶雨靴代替。

我们在首尔的最后一天，金姨爹开车带我们四个去仁川的海边吃饭。娜美姨妈塞给一个大妈一万韩元，点了海鲜刀切面，鲜浓的汤里有扇贝、蛤蜊和淡菜。一盘新鲜的韩式生鱼片，这盘白色与淡粉色的鱼片还配有自制包饭酱、腌糖蒜、红叶生菜和芝麻叶。肉质紧实咸鲜的鲍鱼片直接盛放在炫彩迷人的鲍鱼壳里，看起来有点像小小的蘑菇片。还有活的海肠，看起来就像是尚未勃起、不停蠕动的阴茎。

"这是很滋补的食物！"金姨爹说，"对男人——力量！"

"这是什么？"彼得问道，他是个什么都敢尝试的人，正用筷子夹着一大块沾着玉米粒和蛋黄酱的煮土豆，很努力地不让食物掉下去。

"这是土豆沙拉。"我笑道。

我们吃完这丰盛的一餐，彼得和金姨爹快速走进隔壁的一家便利店，出来的时候拿了些烟花，立刻就在海滩上放了起来。娜美姨妈和我坐在餐厅里看着，他们的夹克衫在风里不停乱颤。这几周实在是太冷了，我穿着厚厚的长款羽绒服，就像裹了床被子在身上，但还是觉得冷。

放完烟花，金姨爹和彼得回餐厅来喝最后一瓶啤酒，他们的脸潮湿而又红润。我们起身回家时，挂在黄海尽头的太阳正缓缓下落，灰色的天空中，一缕缕鲜艳的橙色云霞一点点地消失在渐浓的夜色里。

"我觉得，外婆、恩美和你妈妈都很开心。"娜美姨妈一边说，一边翻转我给她的那条项链的心形吊坠，让吊坠正面朝上。"她们现在都在天堂，一起玩花札，喝烧酒，为我们在这里相聚而开心。"

我们在麻浦区下高速，回到了公寓。金姨爹开始追忆他在弘益大学上学时的生活，追忆校园周围的环境。他当时很想成为一名建筑师，但作为家里的长子，他有责任接管父亲的诊所。从那时起，那个街区发生了很大变化，出现了越来越多的护肤品店与时装店，还有很多卖鱼饼、辣炒年糕、玉米热狗和炸虾的食品车。街头音乐家带着便携扩音器，给步履匆匆的年轻艺术家、学生和游客们演唱。

说到兴起，金姨爹建议我们一起去唱卡拉 OK。他把车停在一条小巷里，上方挂了块亮灯的招牌，招牌上写着"唱歌房"。房间里，一个迪斯科球灯旋转着，在暗紫色调的房间里投射出闪烁的灯光。

娜美姨妈在触摸点歌屏上找到了《一杯咖啡》这首歌。歌曲以缓慢而拖长的铙钹声开始，接着是一段吉他拨弦声。当主旋律响起时，我发誓自己肯定听过这首歌。或许是在我小时候，我们一起去唱卡拉 OK 时，她们曾一起唱过。漫长的前奏结束时，歌词逐渐出现在屏幕上。娜美姨妈把第二只无线话筒递给我，她牵着我的手，把我拉到屏幕前，看着我唱了起来。我跟着她一同摇摆身体，同时看着字幕，希望能跟着旋律唱起来。我在脑海里努力搜寻，这旋律或许藏在我的记忆深处，或许并不存在，又或者，这是一段属于我妈妈的记忆，而我不知怎的读取了。在过去的一周里，我能感觉到，娜美姨妈在向我寻觅着什么，就像我也在向她寻觅着什么一样。并不完全是我的妈妈，也不完全是她的妹妹，在那一刻，我们是彼此仅次于最亲近的亲人。

彼得和金姨爹适时地摇着铃鼓，每次都会让彩色LED灯亮起来。我努力地跟着唱，很想帮娜美姨妈复刻那段回忆。我追逐着一个个高亮显示的韩国字，那速度快极了，如弹出的玻璃珠般飞速滚动。我略有些滞后地唱着，让歌声从我的嘴角飞出，希望我的"母语"可以引领我。

致 谢

我首先要感谢丹尼尔·托尔道伊，您是我非常重要的导师。在我上大学时，您不得不阅读了我大量非常糟糕的文章。尽管如此，您依然愿意相信我的能力。我所知道的关于写作的一切，都要归功于您的教导。

感谢布瑞特尼·布卢姆，你不仅是出色的经纪人，也是我贴心的支持者和好朋友。你真正改变了我的生活，让我的生活充满乐趣。

感谢我的编辑乔丹·帕夫林，你是我才华横溢的顾问，给予了我真诚细致的支持，让我能更好地完成此书。

感谢罗宾·德赛尔，是你让这本书在克诺夫出版集团有了一个家。你的睿智与眼光，将这本书雕琢成一部更好的作品，这绝非我独力所能完成。

感谢克诺夫出版集团每一位享有盛誉的"居民"，感谢你们给予我宾至如归的感觉。你们的热情与鼓励，让我觉察到自己的渺小。

感谢迈克尔·阿格和《纽约客》杂志给我提供的宝贵机会，让我有了创作本书的契机。

感谢瑞安·马特森一直锲而不舍地相信我、支持我。

感谢曼琪向全世界分享自己珍贵的知识财富。你是一束光，指引无数人追寻"联结"与"意义"。我非常感谢你的热情与慷慨。

感谢亚当·沙茨和诺亚·刘为我花费宝贵时间，并向我提出极具洞察力的建议。

感谢娜美姨妈，感谢您曾忍着内心的伤痛，向我张开双臂。这几年，我们的关系越来越亲近，这是一份弥足珍贵的礼物，虽然这礼物源自我们共同的伤悲。我永远也不会忘记您为我所做的一切，也将永远珍藏您与我共享的美好回忆。这是血缘关系。

感谢金姨爹、埃丝特和成永表哥，你们是我在韩国的家人。感谢弗兰和乔·布拉德利，你们是我新的家人。

最重要的是，我要感谢彼得·布拉德利，在我创作这本书的过程中，你忍受着我各种各样的坏心情，一次次地包容与安抚我因撰写本书而产生的复杂情绪：时而狂妄自大，时而彻底绝望。我何其荣幸，才能让你成为我的第一位读者、编辑和无比完美的伴侣。我又是多么幸运，才能成功地骗你跟我结婚。我爱你，爱你所有的一切。感谢你，最最感谢你。

图书在版编目（CIP）数据

妈妈走后 /（美）米歇尔·佐纳著；蔡雯婷译 . --
北京：北京联合出版公司 , 2023.1（2023.3 重印）
ISBN 978-7-5596-6500-3

Ⅰ . ①妈… Ⅱ . ①米… ②蔡… Ⅲ . ①回忆录－美国
－现代 Ⅳ . ① I712.55

中国版本图书馆 CIP 数据核字 (2022) 第 190554 号

北京市版权局著作权合同登记 图字：01-2022-4570

妈妈走后

作　　者：[美] 米歇尔·佐纳
译　　者：蔡雯婷
出 品 人：赵红仕
责任编辑：邓　晨
出版统筹：慕云五　马海宽
策划编辑：王　鑫
封面设计：汐　和 at compus studio

北京联合出版公司出版
（北京市西城区德外大街 83 号楼 9 层　100088）
北京联合天畅文化传播公司发行
北京中科印刷有限公司印刷　新华书店经销
字数 170 千字　880 毫米 ×1230 毫米　1/32　9.5 印张
2023 年 1 月第 1 版　2023 年 3 月第 2 次印刷
ISBN 978-7-5596-6500-3
定价：52.00 元